BASTEI
LÜBBE

Bisher sind im BASTEI-LÜBBE Taschenbuchprogramm von A. E. VAN VOGT nachstehende Bände erschienen:

21 157 Das Reich der 50 Sonnen
21 165 Haus der Unsterblichen
21 170 200 Millionen Jahre später
21 178 Planeten zu verkaufen
22 004 Das Gedankenfenster
24 045 Das Atom-Imperium
24 077 Meister der Zukunft

A. E. van Vogt

Das unheimliche Raumschiff

BASTEI LÜBBE

SCIENCE FICTION

BASTEI-LÜBBE-TASCHENBUCH
Science Fiction Bestseller
Band 22 093

Deutsche Lizenzausgabe 1986
Bastei-Verlag Gustav H. Lübbe GmbH & Co., Bergisch Gladbach
Mit freundlicher Erlaubnis des „Hohenheim"-Verlages, Köln-Löwenich
Originaltitel: Rogue Ship
Ins Deutsche übertragen von Thomas Schlück
Titelillustration: D. B. Mattingly
Umschlaggestaltung: Quadro-Grafik, Bensberg
Satz: Computersatz Bonn GmbH, Bonn
Druck und Verarbeitung:
Elsnerdruck, Berlin
Printed in Western Germany
ISBN 3-404-22093-5

Widmung

Für Ford McCormack als Freund, Logiker, technischen Experten und Mann vieler Fähigkeiten, der im exotischen Universum der Translichtgeschwindigkeit ebenso zu Hause zu sein scheint wie auf der Bühne wichtiger kleiner Theater – ihm verdanke ich einige der Ideen in dieser phantastischen Geschichte und beinahe alles, was darin wissenschaftlich stimmt.

1

Aus dem Augenwinkel bemerkte der junge Lesbee Ganarette, der die Stufen zur Raumschiffbrücke erstieg. Eine unbestimmte Gereiztheit überkam ihn. Mit neunzehn war Ganarette ein großgewachsener, kräftiger Jüngling mit vorgestrecktem Kinn und kriegerischem Auftreten. Wie schon Lesbee, war er an Bord des Schiffes geboren worden. Als Nicht-Offizier hatte er auf der Brücke eigentlich nichts zu suchen, und eben das störte Lesbee an dem Eindringen des anderen, ganz abgesehen von seiner persönlichen Abneigung.

Außerdem würde sein Dienst in fünf Minuten beendet sein.

Ganarette bewältigte die letzte Stufe und betrat vorsichtig den gepolsterten Boden. Er mußte sich auf diesen letzten Schritt konzentriert haben, denn als er den Kopf hob und den sternenübersäten schwarzen Himmel erblickte, stockte ihm hörbar der Atem. Ein Dutzend Schritte von Lesbee entfernt blieb er taumelnd stehen und starrte in die Dunkelheit hinaus. Seine Reaktion verblüffte Lesbee. Er hatte noch gar nicht darüber nachgedacht, daß es ja im Schiff Leute gab, die das Weltall bisher nur auf den Bildschirmen zu sehen bekommen hatten.

Der ungefilterte, unmittelbare Eindruck der Realität, den die Plastiglas-Brücke vermittelte, mußte überwältigend sein: es war, als stünde man ungeschützt in der dunklen Leere. Ein Gefühl der Überlegenheit stieg in Lesbee auf. Er hatte seit früher Kindheit die Brücke betreten dürfen.

Was dort draußen zu sehen war, kam ihm so natürlich und alltäglich vor wie das Schiff selbst.

Ganarette begann sich langsam von dem ersten Schock zu erholen. »So ist das also wirklich«, stellte er fest. »Wo liegt eigentlich Centaurus?« Abrupt deutete Lesbee auf den sehr hellen Stern, der hinter den Visierlinien der Astrogationsgeräte auszumachen war. Da nicht-militärische Besatzungsmitglieder keinen Zutritt zur Brücke hatten, überlegte er, ob er das Eindringen des Jünglings melden müßte.

Dies behagte ihm nicht – vor allem, weil eine derartige Handlungsweise die anderen jungen Leute an Bord gegen ihn aufbringen mochte. Als Sohn des Kapitäns wurde er sowieso schon wie ein Außenseiter behandelt. Wenn er sich ganz eindeutig auf die Seite der Schiffsleitung schlug, mochte seine Isolierung noch größer werden.

Vor seinem inneren Auge entstand die Vision des einsamen Lebens, das sein Vater führte und das auch ihn erwarten mochte. In stummer Ablehnung einer solchen Existenz schüttelte er unmerklich den Kopf.

In wenigen Minuten würde sein Dienst für diesen Tag vorüber sein. Dann wollte er Ganarette höflich, aber entschlossen die Treppe hinabführen und ihm eine freundschaftliche Warnung zukommen lassen. Er bemerkte, daß der junge Mann ihn mit einem zynischen Lächeln musterte.

»Sieht aber wirklich nicht nahe aus. Mann, wie sehr die Kolonisten doch hereingelegt wurden mit dem Versprechen, das Schiff würde mit Lichtgeschwindigkeit oder schneller fliegen und sein Ziel in vier Jahren erreichen.« Ganarette äußerte sich in sarkastischem Ton.

»Noch neun Jahre«, sagte Lesbee, »dann sind wir dort.«

»Ja!« Ein zynischer Ausruf. »Das muß man abwarten.« Er stockte. »Und wo ist die Erde?«

Lesbee führte ihn langsam auf die andere Seite der Brücke zu einem optischen Gerät, das stets auf die Erd-Sonne ausgerichtet war.

Der bleiche Stern fesselte Ganarette beinahe eine Minute lang. In dieser Zeit veränderte sich sein Gesicht, ein düsterer Ausdruck erschien darauf. Sein Körper verlor etwas von seiner starren Haltung, dann flüsterte er: »So weit weg, so unheimlich weit weg. Wenn wir uns jetzt auf den Rückflug machten, wären wir beide bei der Ankunft vierzig Jahre alt.«

Er fuhr herum und packte Lesbee an den Schultern. »Überleg dir das!« sagte er. »Vierzig Jahre alt. Die Hälfte unseres Lebens wäre vorüber, doch wir hätten die Chance, noch ein bißchen Spaß zu haben – wenn wir auf der Stelle umkehren.« Lesbee löste sich von den zupackenden Fingern. Er war beunruhigt. Zum letztenmal hatte er ein derartiges Gerede vor gut einem

Jahr von jungen Leuten gehört. Seit sein Vater Vorträge über die Bedeutung dieser zweiten Reise nach Alpha Centauri angesetzt hatte, waren die aufmüpfigen Geister unter den jungen Leuten wieder etwas zur Ruhe gekommen.

Ganarette schien zu erkennen, daß er töricht gehandelt hatte. Er setzte ein schiefes Lächeln auf und trat einen Schritt zurück. Wieder schlug er einen ironischen Ton an: »Aber natürlich wäre es dumm, zurückzukehren, wo wir doch nur noch neun Jahre von Centaurus entfernt sind, bloße achtzehn Jahre weiter von der Erde, dorthin und zurück.«

Lesbee fragte nicht, was mit diesem Zurück gemeint sei. Schon vor langer Zeit hatte für die meisten Menschen an Bord der ursprüngliche Zweck der Reise seine Bedeutung verloren. Da war doch die Sonne, ohne sichtbare Veränderung – oder nicht? Also mußte es auch eine Erde geben, auf die man zurückkehren konnte. Lesbee wußte, daß sein Vater unter den jungen Leuten als alter Dummkopf galt, der es nicht wagte, zurückzufliegen und sich dem Spott der anderen Wissenschaftler auszusetzen. Der Stolz dieses törichten alten Mannes zwang eine ganze Schiffsladung voller Menschen, die Zeit eines ganzen Lebens im Weltall zu verbringen. Das Entsetzen über eine solche Existenz, das Ganarette zum Ausdruck brachte, hatte auch Lesbee oft in sich gespürt, und insgeheim stand auch er hinter einigen Vorwürfen, die seinem Vater gemacht wurden.

Zitternd blickte er auf die Uhr. Erleichtert stellte er fest, daß es Zeit war, den automatischen Piloten einzuschalten. Seine Dienstzeit war vorüber. Er drehte sich um, bediente die Kontrollschalter, zählte die Lichter, die zu leuchten begannen, fragte bei den beiden Physikern im Maschinenraum zurück und nahm schließlich wie immer eine zweite Zählung der Lämpchen vor. Die Zahl stimmte noch immer genau.

In den nächsten zwölf Stunden würden elektronische Maschinen das Schiff lenken. Dann würde Carson sechs Stunden lang Wache halten. Dem Ersten Offizier würde nach zwölf weiteren Stunden der Zweite Offizier folgen, an den sich später Browne anschloß, der Dritte Offizier. Und nach weiteren zwölf Stunden automatischen Fluges war er wieder an der Reihe.

Das war der Rhythmus seines Lebens, so sah seine Zeiteinteilung seit dem vierzehnten Geburtstag aus. Es war auf keinen Fall ein anstrengendes Leben. Im Grunde hatten es die führenden Offiziere des Schiffes sogar leicht. Doch jeder wachte eifersüchtig über seine Anteile am Dienstbetrieb und erschien stets superpünktlich. Vor einigen Jahren hatte sich Browne sogar im Rollstuhl auf das Oberdeck fahren und von seinem Sohn auf die Brücke helfen lassen, der dann während der gesamten sechsstündigen Dienstzeit bei seinem Vater geblieben war.

Eine solche Dienstbeflissenheit hatte den jungen Lesbee erstaunt, der daraufhin eine seiner seltenen Anstrengungen unternahm, mit seinem Vater in Kontakt zu treten. Er erkundigte sich, welche Motive Browne wohl gehabt habe. Der alte Mann lächelte ihn vielsagend an und erklärte: »Das Antreten der Wache ist für jeden Offizier das entscheidende Statussymbol; du solltest das nicht auf die leichte Schulter nehmen. Niemand tut das, wie Browne uns vorgeführt hat. Wir sind die offizielle herrschende Klasse, mein Junge. Wenn du all diese Männer respektvoll behandelst und mit ihrem formellen Titel anredest, werden sie auch deine Position anerkennen. Was immer dem Adel dieses Schiffes an Vorzügen zusteht, hängt davon ab, wie gut wir derartige Dinge zu wahren wissen.«

Lesbee hatte bereits festgestellt, daß zu diesen Vorzügen auch der Umstand gehörte, daß die hübschesten Mädchen ihm zulächelten und sofort gelaufen kamen, wenn er zurücklächelte.

Er dachte an ein bestimmtes Mädchenlächeln, als er aus seinen verträumten Gedanken erwachte und sich klar machte, daß er kaum noch Zeit hatte, sich zu waschen, ehe der Film begann.

Plötzlich bemerkte er, daß Ganarette auf die Uhr in der niedrigen Kontrollkonsole blickte. Der junge Mann drehte sich zu Lesbee herum. »Okay, John«, sagte er, »ich kann dir genausogut gleich Bescheid geben. Fünf Minuten nach Beginn des Films wird meine Gruppe das Schiff übernehmen. Wir beabsichtigen, dich zum Kapitän zu machen, doch nur unter der Bedingung, daß du dich einverstanden erklärst, zur Erde umzukehren. Von den alten Knaben soll niemandem etwas geschehen – wenn sie sich benehmen. Sollten sie uns Ärger machen, können sie sich auf was gefaßt machen. Und wenn du jemanden zu warnen versuchst, überlegen wir uns das mit dem Kapitänsposten für dich.«

Er ignorierte Lesbees offensichtliche Bestürzung und fuhr fort: »Unser Problem besteht darin, daß kein Verdacht erregt werden darf. Mit anderen Worten: alle müssen weitermachen wie bisher, und das schließt dich ein. Was machst du normalerweise, wenn du die Brücke verläßt?«

»Ich gehe in mein Quartier und wasche mich«, antwortete Lesbee wahrheitsgemäß.

Er begann sich von dem Riesenschock zu erholen, den die Offenbarungen des anderen ihm bereitet hatten. Er wurde sich einer fiebrigen Anspannung bewußt, zu seiner Überraschung plagte ihn die schreckliche Sorge, »diese Dummköpfe« – er murmelte die Worte vor sich hin – könnten die Meuterei zum Scheitern bringen, worauf dann die wahnsinnige Reise ins Unendliche weiterging. Als Lesbee sich seiner Sympathie für die Rebellen bewußt wurde, mußte er schlucken. Verwirrung überkam ihn.

Ehe er seine Gedanken sammeln konnte, sagte Ganarette widerstrebend: »Na schön – aber ich begleite dich.«

»Vielleicht sollte ich nicht nach Hause gehen«, schlug Lesbee zögernd vor.

»Damit dein Vater mißtrauisch wird! Kommt nicht in Frage!«

Lesbee spürte Unbehagen in sich aufsteigen. Ihm ging auf, daß er mit den Verschwörern sympathisierte. Darin lagen aber unbekannte Gefahren. Trotzdem kam er nicht um das Gefühl herum, das aus verborgener Tiefe in ihm hervorgebrochen war. »Das wäre immerhin besser, als wenn er sich fragte, was ich in deiner Begleitung mache«, sagte er in verschwörerischem Tonfall. »Er mag dich nicht.«

»Ach nein!« rief Ganarette aufbrausend und fuhr ein wenig unsicher fort: »Na schön, wir gehen sofort ins Kino. Aber denke an meine Worte. Achte darauf, wie du reagierst. Stell dich so überrascht wie die anderen, aber halte dich bereit, das Kommando zu übernehmen.«

Impulsiv legte er Lesbee die Hand auf den Arm. »Wir müssen siegen«, sagte er. »Mein Gott, wir müssen!«

Als sie kurze Zeit später ins Schiff hinabstiegen, spürte Lesbee, wie er unwillkürlich die Muskeln anspannte, als bereite er sich auf einen Kampf vor.

2

Lesbee ließ sich in seinen Sitz sinken. Ringsum tasteten sich Leute zu ihren Plätzen vor. Nun hatte er Zeit, seinen Zweifeln nachzuhängen, sich die Sache noch einmal genau zu überlegen. Wenn er etwas gegen die Aktion unternehmen wollte, mußte er schnell handeln.

Ganarette, der im Gang mit einem anderen jungen Mann geflüstert hatte, ließ sich in den Nachbarsitz fallen und beugte sich zu Lesbee herüber. »Nur noch wenige Minuten, sobald alle da sind. Wenn die Türen geschlossen sind, lassen wir das Licht ausgehen und den Film anfangen. In der Dunkelheit gehe ich dann zur Bühne vor. Sobald das Licht wieder angeht, kommst du zu mir.«

Lesbee nickte, fühlte sich aber sehr unbehaglich. Seit dem ersten Aufwallen der Sympathie für die Rebellion war erst kurze Zeit vergangen, doch schon ließ das Gefühl nach und machte einer vagen Sorge um die Folgen Platz. Er konnte sich nicht ausmalen, welche Konsequenzen der Aufstand haben mochte. Eine Vorahnung des Bösen erfüllte ihn.

Ein Summer ertönte. »Ah«, flüsterte Ganarette, »jetzt geht es los mit dem Film.«

Unaufhaltsam schritt die Zeit voran. In Lesbee steigerte sich der Drang, etwas zu unternehmen. Er hatte das schreckliche Gefühl, sich mit der Autoritätsgruppe an Bord zu überwerfen, während die Meuterer ihn lediglich in der Anfangsphase ihrer Rebellion benutzen wollten, um ihn später zu beseitigen. Urplötzlich festigte sich in ihm die Überzeugung, daß mit dem Sieg der Rebellen für ihn nichts zu gewinnen war.

In aufwallender Verzweiflung bewegte er sich in seinem Sitz und schaute angespannt in die Runde. Er suchte nach einem Fluchtweg.

Aber die Lage war hoffnungslos. Seine Augen hatten sich an die Dunkelheit im Theatersaal gewöhnt, die eigentlich gar keine Dunkelheit war. Weiter seitlich vermochte er den Dritten

Offizier Browne und seine Frau auszumachen. Der ältere Mann bemerkte seinen unruhigen Blick und nickte.

Lesbee verzog das Gesicht zu einem angespannten Lächeln und wandte sich ab. »Wo ist Carson?« fragte Ganarette neben ihm.

Lesbees suchender Blick machte den Ersten Offizier schließlich weiter hinten im Theater aus, ebenso entdeckte er den Zweiten Offizier, der sich in einer vorderen Reihe ausgestreckt hatte. Von den höchsten Offizieren des Schiffes war bisher nur Kapitän Lesbee nicht in Erscheinung getreten. Das war ein wenig beunruhigend, andererseits war der Theatersaal gefüllt wie immer.

Dreimal in der »Woche« gab es eine Vorstellung. Dreimal in der Woche kamen die achthundert Menschen des Schiffes in diesem Raum zusammen und betrachteten stumm die Szenen einer weit entfernten Erde, die über die Leinwand glitten. Nur selten versäumte jemand die Vorführung. Jeden Moment mußte sein Vater eintreffen.

Lesbee fügte sich in das Unvermeidliche der bevorstehenden Ereignisse. Über die Leinwand zuckte ein Licht, dann ertönte ein Tusch. Eine Stimme sagte etwas von einem »wichtigen Prozeß«, und schon tauchten mehrere Reihen von Worten auf und eine Liste mit technischen Beratern. Gleichzeitig kehrten Lesbees Blicke und Gedanken zum reservierten Platz seines Vaters zurück. Er war noch immer leer.

Der Schock dieser Entdeckung war keine normale Empfindung. Es war wie ein Stich, Erstaunen mischte sich mit einer Vorahnung drohender Katastrophen, mit der überwältigenden Überzeugung, daß sein Vater von der Verschwörung wußte.

Enttäuschung überkam ihn, eine qualvolle Bitterkeit, die Erkenntnis, daß der Flug weitergehen würde. Diese Empfindungen überraschten ihn. Ihm waren die Tiefe und die Intensität seiner Frustration bisher nicht bewußt geworden – seiner Unzufriedenheit mit dem Leben an Bord des Schiffes, das siebentausendundachthundert Tage von der Erde entfernt war. Er fuhr herum und wollte Ganarette heftig tadeln, weil er die Verschwörung so dilettantisch angepackt hatte.

Doch als er schon den Mund geöffnet hatte, zögerte er.

Wenn der Aufstand sowieso zum Scheitern verurteilt war, machte es sich nicht gut, auch nur eine einzige befürwortende Bemerkung dazu gemacht zu haben. Seufzend ließ er sich wieder in seinen Sitz sinken. Sein Zorn verflog, und auch seine Enttäuschung verging. An ihrer Stelle erhob sich ein Gefühl für die Unausweichlichkeit der Zukunft.

Auf der Leinwand stand jemand vor einer Geschworenenbank und sagte: ». . . das Verbrechen dieses Mannes ist der Verrat. Die Gesetze der Erde sind nicht auf die Stratosphäre oder den Mond oder den Mars beschränkt . . .«

Wieder vermochten die Worte und die Szene Lesbees Aufmerksamkeit nicht zu fesseln. Sein Blick zuckte zu Kapitän Lesbees Platz hinüber. Ein Seufzen kam über seine Lippen, als er seinen Vater bemerkte, der sich gerade hinsetzte. Er hatte im Grund also doch keinen Verdacht gehabt. Sein Zuspätkommen war ein bedeutungsloser Zufall.

In wenigen Sekunden würde das Licht angehen, und die jungen Rebellen würden im Schiff das Kommando übernehmen.

Nachdem er nun keine Chance mehr hatte, etwas zu unternehmen, vermochte er sich seltsamerweise zum erstenmal auf den Film zu konzentrieren. Es war beinahe, als wollte sein Gehirn dem Schuldgefühl entrinnen, das plötzlich in ihm aufzusteigen begann; so blickte er lieber nach draußen als in sein Inneres.

Der Film spielte noch immer im Gerichtssaal. Ein sehr bleicher junger Mann stand vor einem Richter mit einem schwarzen Barett, und dieser Richter sagte gerade: »Haben Sie noch etwas zu sagen, ehe das Urteil über Sie gesprochen wird?«

Die Antwort kam in stockenden Worten: »Nichts, Sir . . . außer, daß wir eben weit draußen standen . . . Es war beinahe, als hätten wir keine Bindungen mehr an die Erde . . . Nach sieben Jahren erschien es nicht mehr möglich, daß die Gesetze der Erde noch von Bedeutung waren . . .«

Lesbee fiel auf, daß es im Saal totenstill geworden war – und daß sich die Rebellion schon um etliche Minuten verspätet hatte. Und während er die letzten Worte des Richters hörte, erkannte er, daß es gar keinen Aufstand geben würde – und warum das so war. Der Richter auf jener fernen Erde sagte: »Ich habe keine andere Möglichkeit, als Sie zum Tode zu verurteilen . . . wegen Meuterei.«

Mehrere Stunden später suchte Lesbee die Vorführkabine auf. »Hallo, Mr. Jonathan«, begrüßte er herzlich den schlanken Mann mittleren Alters, der damit beschäftigt war, seine Filmrollen zu verstauen.

Jonathan erwiderte den höflichen Gruß. Auf seinem Gesicht zeigt sich jedoch Verwunderung, daß der Sohn des Kapitäns ausgerechnet ihn besuchte. Dieser Ausdruck erinnerte Lesbee daran, daß es sich nicht auszahlte, an Bord eines Schiffes irgend jemanden zu vernachlässigen – nicht einmal Leute, die man für unwichtig hielt.

»Sie haben uns da am Anfang einen seltsamen Film gezeigt«, sagte er beiläufig.

»Ja.« Die Filmrollen wurden in die Hüllen geschoben. »Überraschte mich auch irgendwie, als Ihr Vater anrief und mich darum bat. Ein sehr alter Film, wissen Sie. Aus der Frühzeit der interplanetarischen Weltraumfahrt.«

Lesbee schwieg; er wußte nicht, ob er ein vernünftiges Wort herausgebracht hätte. Er nickte, tat, als sehe er sich den Raum an und ging dann wieder – wobei er kaum auf seinen Weg achtete. Eine Stunde lang wanderte er im Schiff herum und kam dabei allmählich zu einem konkreten Entschluß. Er mußte mit seinem Vater sprechen.

Das war etwas Besonderes, denn seit dem Tod seiner Mutter war er dem Vater gegenüber sehr einsilbig gewesen.

3

Er fand den alten Mann in dem weitläufigen Wohnzimmer der Wohnung, die sich die beiden teilten. John Lesbee, der in den Siebzigern stand, hatte es gelernt, den Mund zu halten: als sein Sohn eintrat, hob er lediglich den Kopf, begrüßte ihn und las weiter.

Eine Minute verging, ehe der Vater bemerkte, daß der Sohn nicht in sein Zimmer weitergegangen war. Wieder hob er den Blick, in dem jetzt aber Überraschung stand. »Ja?« fragte er. »Kann ich etwas für dich tun?«

Der junge Lesbee zögerte. Ein unbestimmtes Gefühl hatte von ihm Besitz ergriffen, der Wunsch, mit dem anderen Frieden zu schließen. Er hatte seinem Vater den Tod der Mutter nie verziehen.

Abrupt fragte er: »Vater, warum hat Mutter sich umgebracht?«

Kapitän Lesbee legte das Buch aus der Hand. Er schien bleich geworden zu sein, obwohl man so etwas auf einem von Natur aus grauweißen Gesicht schlecht bestimmen konnte. Er atmete langsam und tief ein. »Nun ja«, erwiderte er, »was für eine Frage!« Er sprach irgendwie atemlos, und ein Funkeln stand in seinen Augen.

»Ich finde, ich müßte es wissen«, ließ Lesbee nicht locker.

Es trat ein Schweigen ein, das sich in die Länge zog. Auf dem faltigen Gesicht des alten Mannes zeigte sich noch immer keine Farbe; das Funkeln der Augen setzte sich fort.

Lesbee II. fuhr fort: »Sie hat sich früher immer sehr verbittert geäußert, vorwiegend gegen dich, aber ich habe das nie begriffen.« Kapitän Lesbee nickte vor sich hin. Er schien zu einem Entschluß gekommen zu sein, denn er richtet sich auf. »Ich habe sie ausgenutzt«, sagte er tonlos. »Sie war mein Schützling, und als sie älter wurde, zog sie mich als Frau an, und ich spürte das Verlangen in mir. Unter normalen Umständen hätte ich derartige Gefühle für mich behalten müssen, und dann wäre sie losgezogen und hätte irgendeinen jungen Mann aus ihrer Generation geheiratet. Aber ich redete mir ein, daß sie wenigstens am Leben bleiben würde, wenn sie mich begleitete. Auf diese Weise täuschte ich das Vertrauen, das sie in mich setzte – das Vertrauen eines Kindes in seinen Vater, nicht das Vertrauen einer Frau in ihren Liebhaber.«

Da er sich seine Mutter nie als besonders jung vorgestellt hatte, fiel es Lesbee II. schwer, hierin den Grund für ihre intensiven Empfindungen zu sehen. Doch erkannte er, daß sein Vater ehrlich geantwortet hatte. Aber es war der Augenblick, die ganze Wahrheit auf den Tisch zu legen, nicht nur einen Teil davon, und deshalb fuhr er fort: »Sie nannte dich immer wieder einen Dummkopf und« – er zögerte – »andere Dinge. Dumm bist du nun mal nicht. Aber, Sir, Mutter hat mir geschworen, der Tod Mr. Telliers sei kein Unfall gewesen, wie du behauptet hast. Sie ... äh ... hat dich einen Mörder genannt.«

Eine leichte Röte stieg in die Wangen seines Vaters. Lange Zeit saß der alte Mann da und hatte ein schwaches Lächeln auf den Lippen. Dann sagte er: »Nur die Zeit kann erweisen, Johnny, ob ich ein Genie oder ein Dummkopf bin. Ich war Tellier letztlich überlegen, aber das lag daran, daß er sich auf jeden Schritt gefühlsmäßig vorbereiten mußte, während ich aufgrund meiner größeren Erfahrung das Kommende voraussah. Eines Tages werde ich dir diesen langgezogenen Kampf schildern. Mit seinen Kenntnissen über die Apparate an Bord hätte er mich besiegen können. Aber er war nie ganz so stark motiviert wie ich.«

Er schien zu erkennen, daß die Erklärung zu allgemein klang, denn nach kurzem Zögern fuhr er fort: »Ich kann dir das alles in wenigen Sätzen erklären. Beim Start ging Tellier davon aus, daß wir mit einem Tempo dicht unter der Lichtgeschwindigkeit fliegen und die in der Lorentz-Fitzgerald-Theorie vorausgesagten Vorteile genießen könnten. Wie du weißt, war das leider nicht möglich. Der Antrieb blieb weit hinter Telliers theoretischen Erwartungen zurück. Kaum wurde ihm klar, daß uns eine lange Reise bevorstand, wollte er umkehren. Natürlich konnte ich das nicht zulassen. Daraufhin wechselte er in einen

Seelenzustand, der ans Psychotische grenzte, und in dieser Verfassung erlitt er seinen Unfall.«

»Warum wirft Mutter dir das aber vor?«

Der ältere Lesbee zuckte die Achseln. Ein Anflug jener Ungeduld, die er damals gefühlt haben mußte, lag in seiner Stimme, als er jetzt sagte: »Deine Mutter hat nie begriffen, worum Tellier und ich uns stritten, wußte nicht, was das wissenschaftlich bedeutete. Sie wußte nur, daß er umkehren wollte. Da sie das auch wünschte, behauptete sie, sein Wissen als Astrophysiker übertreffe das meine als Astronom, und ich stellte mich sinnloserweise den Ansichten eines Mannes entgegen, der im Grunde als einziger die Tatsachen richtig zu deuten wußte.«

»Ich verstehe.« Lesbee II. schwieg eine Zeitlang und fuhr fort: »Ich habe die Lorentz-Fitzgerald-Kontraktions-Theorie nie begriffen, ebensowenig wie die Beobachtungen, die du an der Sonne machtest und die dich bewogen, diesen Flug anzutreten.«

Der ältere Mann musterte ihn nachdenklich. »Das ist eine lange, umständliche Geschichte«, sagte er. »Zum Beispiel habe ich nicht die eigentliche Sonne untersucht, sondern eine Verformung des Weltalls. Diese Verformung dürfte inzwischen die Zerstörung des Sonnensystems bewirkt haben.«

»Aber die Sonne ist dabei nicht aufgeflammt!«

»Das habe ich auch nicht behauptet«, erwiderte sein Vater mit gereizter Stimme. Er nahm sich zusammen: »Junge, du findest meinen detaillierten Bericht in den wissenschaftlichen Unterlagen des Schiffes, wo auch Dr. Telliers Bericht vorliegt über die Versuche, mit denen er die Hochgeschwindigkeit erreichen wollte. Seine Ausführungen enthalten eine Beschreibung der berühmten Lorentz-Fitzgerald-Kontraktions-Theorie. Warum liest du das nicht mal alles, wenn du Zeit hast?«

Der Jüngling zögerte. Er hatte keine Lust, sich einen langen Wissenschaftsbericht anzusehen, besonders nicht zu so später Stunde. Gleichzeitig erkannte er aber, daß es zu diesem Kontakt mit seinem Vater kam, weil er sich selbst übermäßig stimuliert fühlte; so etwas gab es vielleicht nur einmal. Nach kurzem Zögern hakte er daher nach: »Aber warum hat das Schiff nicht wie vorgesehen beschleunigt? Was ist schiefgegangen?«

Er fügte hastig hinzu: »Natürlich ist mir klar, daß zu diesem Thema viele Vorträge gehalten wurden, aber da ich dich kenne, vermute ich, daß darin nur jene Dinge angesprochen wurden, die die Leute im Interesse der Reise glauben sollten. Wie sieht aber die Wahrheit aus?«

Das Funkeln in den Augen des alten Mannes verstärkte sich, dann lachte er leise. »Ich habe wirklich Instinkt darin bewiesen, wie man Disziplin und Moral aufrechterhält, wie?« Dann fuhr er ernster fort: »Ich wünschte, ich könnte dir auch ein Quantum davon mit auf den Weg geben.« Er stockte. »Aber egal. Du siehst das ganz richtig. Ich sagte den Leuten, was sie aus meiner Sicht wissen durften. Die Grundwahrheit entspricht im wesentlichen dem, was ich dir bereits mitgeteilt habe. Als Tellier feststellte, daß die ausgestoßenen Partikel sich nicht soweit beschleunigen ließen, daß sie sich ausdehnten, führte das zur Notwendigkeit, unsere Treibstoffvorräte möglichst groß zu halten. Der Theorie zufolge hätten uns Partikel, die auf die bei Lichtgeschwindigkeit vorgesehene Ebene expandiert wären, aus winzigen Mengen Treibstoff nahezu unendliche Energie vermitteln müssen. Wie die Dinge sich aber entwickelten, verbrauchten wir viele hundert Tonnen Treibstoff, um 15 Prozent der Lichtgeschwindigkeit zu erreichen. Da wir zu der Zeit unsere Treibstoffsituation durch einfache Addition oder Subtraktion ermitteln konnten, befahl ich, die Maschinen abzustellen, seither sind wir mit dieser Geschwindigkeit weitergetrieben. Wenn wir Centaurus erreichen, brauchen wir eine gleiche Tonnenmenge Treibstoff, um den Flug abzubremsen. Wenn sich die Dinge bei unserer Ankunft logisch entwickeln, macht das kein Problem. Aber wenn nicht, dann werden wir irgendwo und irgendwann den Preis für Telliers Versagen bezahlen müssen.«

»Welchen Preis?« fragte Lesbee II.

»Kein Treibstoff mehr«, erwiderte sein Vater lakonisch.

»Oh!«

»Noch etwas«, fuhr der alte Mann fort. »Ich weiß natürlich, daß die Leute glauben, es gebe noch immer eine Erde, trotz meiner Voraussagen, und daß ich in dieser Beziehung heftig und bitter kritisiert werde. Ich habe schon vor Jahren darüber nachgedacht und bin zu dem Schluß gekommen, daß es für mich besser ist, meinen Stolz herunterzuschlucken, als mich auf Diskussionen einzulassen. Der Grund dafür: meine Autorität leitet sich von der Erde her. Wenn die Menschen tatsächlich glauben müßten, die Erde sei vernichtet worden, dann wäre von uns Machthabenden – ich, du, die anderen Offiziere – keiner mehr in der Lage zu tun, was ich heute abend getan habe: Dissidenten daran zu erinnern, was die Erde mit allen macht, die sich diesen Mandaten widersetzen.«

Der Jüngling nickte. Es widerstrebte ihm, sich auf dieses spezielle Thema einzulassen, und so war es Zeit, das Gespräch zu beenden. Eine weitere Frage beschäftigte ihn allerdings noch, und sie hatte mit der Beziehung des älteren Lesbee zu Telliers Witwe zu tun, seit seine Mutter tot war. Aber nach kurzer Überlegung kam er zu dem Schluß, daß hier ein Nachhaken wohl nicht angebracht war.

»Vielen Dank, Vater«, sagte er und ging in sein Zimmer.

4

Seit Wochen schon wurde gegenbeschleunigt. Und Tag um Tag wurden die hellen Sterne in der vor dem Schiff liegenden Schwärze größer und strahlender. Die vier Sonnen des Systems Alpha Centauri sahen nicht mehr wie ein einziger funkelnder Diamant aus, sondern zeigten sich als getrennte Himmelskörper, zwischen denen sich erkennbare schwarze Weltall-Lücken dehnten.

Das Schiff passierte Proxima Centauri in einem Abstand von gut zwei Milliarden Meilen. Langsam blieb der schwache rote Stern zurück.

Nicht der kleine rote Proxima war das erste Ziel, sondern Alpha A. Von der fernen Erde hatten die Schattenteleskope sieben Planeten ausgemacht, die um A kreisten. Von sieben Planeten mußte mindestens einer bewohnt sein.

Als das Schiff noch vier Milliarden Meilen vom Hauptsystem entfernt war, kam der sechsjährige Sohn von Lesbee II. zu seinem Vater in die hydroponischen Gärten – wohin man ihn gerufen hatte, um einen Streit über den Gebrauch von Festkörper-Kühlmitteln beim Anbau von Gemüse und Obst zu schlichten.

»Opa möchte dich sehen, Paps, in der Kapitänskabine.«

Lesbee nickte und bemerkte, daß der Junge die Arbeiter in den Gärten ignorierte. Dies freute ihn irgendwie. Es war wichtig, daß die Menschen ihren Platz im Leben richtig einzuschätzen wußten. Und seit der Junge mehrere Jahre nach der von Ganarette heraufbeschworenen Krise geboren worden war, hatte er es bewußt darauf angelegt, dem Jungen das Gefühl dafür zu vermitteln.

Der Junge würde mit jener Einstellung der Überlegenheit heranwachsen, die für einen Anführer nötig war.

Lesbee schlug sich diese Gedanken aus dem Kopf. Er führte das Kind in den Spielbereich nahe dem Wohnsektor und fuhr anschließend mit dem Fahrstuhl zum Offiziersdeck hinauf.

Sein Vater, vier Physiker aus der technischen Abteilung sowie Mr. Carson, Mr. Henwick und Mr. Browne hatten mit ihrer Sitzung bereits begonnen. Wortlos ließ sich Lesbee in einen Sessel am Rand der Gruppe sinken; Fragen zu stellen hätte keinen Sinn gehabt, das wußte er genau.

Es dauerte nicht lange, da ahnte er, was hier besprochen wurde. Es ging um die Funken. Seit Tagen flog das Schiff durch Erscheinungen, die auf ein heftiges elektrisches Unwetter zurückzugehen schienen. Die Funken knisterten von Heck bis Bug über die Außenhülle. Auf der durchsichtigen Brücke mußten die Diensthabenden neuerdings Sonnenbrillen tragen; das ständige glühwürmchenartige Aufflackern brachte das Muskelgleichgewicht der Augen durcheinander und verursachte Übermüdung und Kopfschmerzen.

Die Störungen wurden schlimmer, nicht besser.

»Nach meiner Auffassung«, sagte Mr. Plauck, der Erste Physiker, »sind wir hier in eine Gaswolke geraten – Sie wissen, daß das Weltall kein vollkommenes Vakuum ist, sondern besonders in oder bei Sternensystemen eine große Anzahl freier Atome und Elektronen enthält. In einem komplizierten Gebilde, wie es von den Sonnen Alpha A, B, C und Proxima gebildet wird, zieht die Schwerkraft natürlich gewaltige Mengen von Gasatomen aus den äußeren Bereichen sämtlicher Sterne – und diese Atome durchdringen selbstverständlich das gesamte umliegende Weltall. Was die elektrischen Erscheinungen angeht, so hat sich anscheinend in diesen Gaswolken eine Störung gebildet, ein Strom, der womöglich durch unser Hindurchfliegen ausgelöst wurde, obwohl das unwahrscheinlich sein dürfte. Interstellare Unwetter elektrischer Art sind nichts Neues.«

Er hielt inne und musterte einen seiner Assistenten mit fragendem Blick. Der Mann, ein mausgraues Individuum namens Kesser, meldete sich sofort zu Wort: »Zufällig bin ich nicht für die Elektro-Sturm-Theorie – dagegen räume ich gern ein, daß die Gasmassen vorhanden sein können. Das ist schließlich in der Astronomie nichts Neues. Aber jetzt meine Erklärung für die Funken: Schon weit zurück im zwanzigsten Jahrhundert, vielleicht sogar früher, gab es Theorien, wonach die im Weltall schwebenden Gasmoleküle und Atome ohne weiteres Geschwindigkeit gegen Hitze oder Hitze gegen Geschwindigkeit tauschten. Wenn es zu derartigen Wechseln kam, konnten die betroffenen Partikel eine Temperatur von bis zu zwanzigtausend Grad Fahrenheit erreichen.«

Er blickte sich um und sah in diesem Augenblick gar nicht mehr wie eine Maus aus. »Was geschähe, wenn ein sich mit solchem Tempo bewegendes Molekül gegen unser Schiff prallte? Es würde natürlich Hitzefunken geben.« Er hielt inne. Er war ein grau werdender Mann, der sich mit stockender Stimme äußerte. »Und dabei dürfen wir die erste Centaurus-Expedition nicht vergessen und müssen doppelt vorsichtig sein.«

Ein eisiges Schweigen setzte ein. Es war seltsam, doch Lesbee II. hatte den Eindruck, daß zwar jeder an die erste Expedition gedacht hatte, niemand aber die Sprache darauf hatte bringen wollen.

Der junge Lesbee betrachtete seinen Vater. Kapitän Lesbee hatte die Stirn gerunzelt. Mit den Jahren war der Kommandant noch hagerer geworden, doch bei beinahe einsneunzig wog er noch immer gut hundertundsechzig Pfund.

»Es ist selbstverständlich«, sagte er, »daß wir uns in acht nehmen. Eines der Ziele dieser Reise ist es herauszufinden, was aus der ersten Expedition geworden ist.« Sein Blick zuckte zur Gruppe der Physiker hinüber. »Wie Sie wissen«, fuhr er fort, »ist diese Expedition vor beinahe fünfundsiebzig Jahren nach Alpha Centauri gestartet. Wir nehmen an, daß die Maschinen weitergelaufen sind. Daraus folgert, daß bei einem Sturz durch die Atmosphäre eines Planeten ein gewisses Maß an Steuerung stattgefunden haben muß – und dann gäbe es noch Spuren ihrer Existenz. Die Frage ist, was nach fünfundsiebzig Jahren noch funktionsfähig wäre.«

Die unterschiedlichen Antworten erstaunten Lesbee. Es gab viele Dinge, von denen die Physiker annahmen, daß sie überleben konnten. Die »Meiler«-Maschinen. Die elektronischen Orter und viele andere Energiequellen. Man stellte fest, daß gedruckte Instrumente 800 g auszuhalten vermochten. Die Schiffszelle? Deren Überleben hing von der Geschwindigkeit des Schiffes in der Planetenatmosphäre ab. Theoretisch war denkbar, daß das Tempo bei einem Sturz sämtliche Sicherheitsgrenzen überschritt. Bei einer solchen gewaltigen Geschwindigkeit mußte die gesamte Maschine in einer Explosion von Hitzeenergie untergehen.

Aber damit rechneten die Experten eigentlich nicht. Irgend etwas müßte zu finden sein. »Wir sollten in der Lage sein, das Schiff innerhalb weniger Stunden nach Ankunft auf dem Planeten zu finden, auf dem es abgestürzt ist.«

Als die Männer aufstanden, bemerkte Lesbee das Zeichen seines Vaters, das ihn zum Bleiben aufforderte. Nachdem die anderen gegangen waren, sagte der ältere Mann: »Wir müssen Pläne gegen eine zweite Rebellion schmieden. Es besteht eine Verschwörung, die zum Ziel hat, unserer Verbindung zum Erdengesetz dadurch zu entgehen, daß wir auf Centaurus eine ständige Kolonie gründen und nie zur Erde zurückkehren. Da es meiner Ansicht nach gar keine Erde mehr gibt, auf die man zurückkehren könnte, verwirrt mich diese neue Entwicklung. Es scheint mir noch immer zu unserem Vorteil zu sein, daß die Leute glauben, die Erde sei noch intakt. Aber ich muß dich darauf hinweisen, daß die Rebellen diesmal nicht die Absicht haben, dich zum Kapitän zu machen. Sprechen wir also über Taktik und Strategie ...«

5

Der Wachdienst wurde zum Alptraum. Die drei ranghöchsten Offiziere und Lesbee teilten sich die Zeit in aufeinanderfolgende 3-Stunden-Schichten. Während des Aufenthalts auf der Brücke trugen sie zum Schutz Halbraumanzüge; trotzdem hatte Lesbee ständig Augenschmerzen.

Während der Schlafperioden träumte er von sprühenden Funken, die in ungleichmäßigem Rhythmus unter seinen Lidern tanzten, außerdem gab es da Bilder von einer erfolgreichen Meuterei unter der Führung Ganarettes, ein Aufstand, der die Schiffsführung trotz ihres überlegenen Wissens überraschte. Es war erstaunlich, daß sein Vater so gut über die Verschwörung Bescheid gewußt hatte.

Die Geschwindigkeit des Schiffes senkte sich auf interplanetarische Verhältnisse. Langsam rückte es dem Planeten näher, der für die erste Landung ausgewählt worden war. Er bot die einzige Möglichkeit. Von den sieben Planeten im System hatten sich bereits sechs als so groß erwiesen, daß sie Jupiter Konkurrenz machten; dieser siebente besaß einen Durchmesser von zehntausend Meilen. Huntertundzwanzig Millionen Meilen von Alpha A entfernt, einer Sonne, die fünfzehn Prozent heißer war als Sol, kam diese Welt ziemlich dicht an irdische Verhältnisse heran. Erschwerend wirkte sich der Umstand aus, daß gut eine Milliarde Meilen von Alpha A entfernt der helle, aber sonnengroße Stern Alpha B schwebte und daß sich auch die beinahe unsichtbare Sonne C auswirken würde. Diese Einflüsse aber waren von geringerer Bedeutung angesichts der Tatsache, daß sich hier ein Planet von annähernd richtiger Größe drehte, der trotz der großen Entfernung bereits eine juwelenhaft schimmernde Atmosphäre zeigte. Viertausend Meilen über der Planetenoberfläche kreisend, wahrte die riesige *Hoffnung der Menschheit* eine Geschwindigkeit, die dieser Nähe zum Planeten entsprach – und schon begannen die vorläufigen Studien einer Welt, auf der man sofort Städte entdeckte.

Was eine erregende Forschungsarbeit hätte sein sollen, wie es sie im Leben nur einmal gibt, entwickelte sich zu einem angstvollen Kampf gegen wachsende Spannungen. Die Instrumente auf der Brücke und im Behelfs-Kontrollraum meldeten auf ihre gelassene Weise Oberflächen- und Luftbedingungen, die zumindest teilweise dem menschlichen Leben keine günstige Ausgangsbasis verschafften. Doch wußten die Fachleute, daß solche Distanz-Messungen nur ein erster Hinweis sein konnten.

Lesbee II. begleitete seinen Vater auf die Brücke, als beide von dem ältlichen Chemiker Kesser angesprochen wurden. »Je eher wir in die Atmosphäre hineintauchen, um direkte Tests vorzunehmen, desto wohler wird mir sein«, sagte er.

Der junge Lesbee war derselben Ansicht, aber sein Vater schüttelte nur den Kopf. »Als Sie sich für diese Reise verpflichteten, hatten Sie das College eben verlassen, Mr. Kesser. Sie haben keine Vorstellung von den Vorsichtsmaßnahmen, nach denen wir uns richten müssen. Das ist ja das große Problem hier an Bord. Wer während der Reise geboren wurde, weiß nicht, was wahre Tüchtigkeit ist. Ich habe nicht die Absicht, den Planeten so bald unmittelbar zu erforschen – wenigstens nicht in den nächsten beiden Wochen. Vielleicht lassen wir uns sogar noch mehr Zeit.«

Die Tage vergingen, und die ersten Informationen wurden durch neue Ablesungen bestätigt. Die Planetenatmosphäre wies eine kräftige Grünfärbung auf, die als Chlor identifiziert wurde. In der Stratosphäre gab es viel Sauerstoff, und allgemein zog man Vergleiche zu einer bewohnbaren Venus, doch hier hätte man gegen das störende Chlor Masken tragen müssen. Kesser und seine Assistenten hatten keine genauen Informationen über die genaue Verteilung von Wasserstoff und Stickstoff in den darunterliegenden Luftschichten – was nur ihr Bestreben verstärkte, hinabzufliegen und alles genau zu untersuchen.

In viertausend Meilen Höhe war der Unterschied zwischen Wasser und Land so deutlich, daß man eine photographische Karte anfertigen konnte. Kameras, die ohne Schwierigkeit viele tausend Aufnahmen in der Sekunde machten, verschafften sich ein völlig funkenfreies Bild.

Es gab vier Hauptkontinente und zahllose Inseln. Fünftausendneunhundert Städte waren groß genug, um sich trotz der Entfernung deutlich abzuzeichnen. Sie wurden nachts nicht beleuchtet, aber das mochte daran liegen, daß es keine Nacht im irdischen Sinne gab. Wenn nicht Alpha A die Kontinente beschien, verbreiteten Alpha B oder Alpha C oder beide eine Helligkeit, die dem Tageslicht in etwa gleichzusetzen war.

»Wir dürfen nicht annehmen«, sagte Kapitän Lesbee während einer seiner täglichen Reden über die Kommunikationsanlage, »daß die hiesige Zivilisation die Elektrizität nicht kennt. Die individuelle Beleuchtung in den einzelnen Behausungen wäre nicht unbedingt sichtbar, wenn sie nicht oft eingeschaltet ist.«

Lesbee stellte fest, daß diese Rede nicht die Wirkung hatte, die sein Vater sich erhoffte. Es wurde lebhafte Kritik laut; viele hatten das Gefühl, daß der Kommandant sich zu vorsichtig verhielt.

»Warum rasen wir nicht im Sturzflug hinab«, fragte jemand, »sammeln Luftproben und beenden die Unsicherheit? Wenn wir das Zeug da unten nicht atmen können, sollten wir das schleunigst feststellen und uns auf den Rückflug machen.«

Trotz des Vertrauens, das er in seinen Vater hatte, teilte Lesbee diese Ansicht. Die Lebewesen dort unten konnten ein derartiges Manöver doch wohl kaum falsch auffassen. Wenn man sich außerdem sofort wieder zurückzog . . .

Unter vier Augen teilte sein Vater ihm mit, daß die Meuterei verschoben worden war, bis die weiteren Entwicklungen eine klare Linie zeigten. Der Rebellenplan einer ständigen Besiedlung war durch die Möglichkeit erschüttert worden, daß der Planet sich nicht für Menschen eignete und daß ohnehin zuvor die Erlaubnis der derzeitigen Bewohner einzuholen war, ehe eine Besiedlung in Frage kam.

»Außerdem haben sie Angst«, sagte der Kommandant, »obwohl sie das nie zugeben würden.«

Auch Lesbee hatte Angst. Der Gedanke an eine fremdartige Zivilisation stimmte ihn unbehaglich. Ein Gefühl der Leere machte sich in seinem Magen breit, und er fragte sich, ob er so feige aussah, wie ihm zumute war. In dieser Lage gab es nur eine Befriedigung. Er war nicht allein. Überall gab es bleiche, angespannte Gesichter und zitternde Stimmen. Wenigstens hatte er die starke, zuversichtliche Stimme seines Vaters als Stütze.

Er begann sich eine nicht-technische Zivilisation vorzustellen, die sich von dem großartigen Erdenschiff blenden und beherrschen ließ. Er hatte Visionen, wie er inmitten ehrfürchtig blickender Kreaturen wandelte, einem Gott vergleichbar, der vom Himmel herabgestiegen war.

Diese Vision fand ihr Ende am neunten Tag nach dem Einschwenken in die Kreisbahn, als jeder Kommunikator an Bord Generalalarm verkündete.

»Hier spricht Kapitän Lesbee. Beobachter haben soeben ein Superraumschiff gemeldet, das unter uns in die Atmosphäre eindringt. Der Kurs des Schiffes deutet darauf hin, daß es uns in wenigen Meilen Entfernung passiert und natürlich auch gesehen haben muß.

Alle Offiziere und Mannschaften gehen daher sofort auf Gefechtsstation.

Ich werde Sie weiter unterrichten, sobald es Neuigkeiten gibt.«

6

Lesbee legte den Anzug an und stieg auf die Brücke. An der Außenseite des Plastiglases tanzten die Funken wie verrückt. Es war jedoch ein Vergnügen, sich an der Leittafel der Brücke niederzulassen und den Bildschirm zu beobachten, der vor zwei Tagen von der physikalischen Abteilung eingerichtet worden war. Dem Schirm wurden Bilder aus den empfindlichen Ortern zugeführt, doch elektronische Schaltungen löschten jedes Bild, auf dem ein Funke erschien. Die Schnelligkeit, mit der die Bilder trotzdem duchkamen, vermittelte einen fließenden, ununterbrochenen Eindruck.

Er saß bereits eine Zeitlang auf dieser Station, als es plötzlich weiter unten ein helles Aufblitzen gab – etwa zehn Meilen entfernt.

Ein Raumschiff!

Man mußte sich sofort fragen, wie es so schnell so dicht hatte herankommen können. Eben noch war das Weltall ringsum leer gewesen, in der nächsten Sekunde schwebte ein Riesenraumschiff ganz in der Nähe.

Kapitän Lesbees ruhige Stimme tönte aus dem Lautsprecher: »Offensichtlich haben diese Wesen einen eigenen Antrieb entwickelt, der trägheitsüberwindende Elemente enthält – auf diese Weise können sie auf behutsame Starts und Abbremsungen verzichten. Sie müssen in der Lage sein, schon wenige Minuten nach Verlassen der Atmosphäre interstellare Maximalgeschwindigkeit zu erreichen.«

Lesbee II. hörte diese Worte kaum. Er beobachtete das fremde Schiff. Er wußte noch, daß er sich vorstellte, wie viele Monate die *Hoffnung der Menschheit* zum Beschleunigen und Gegenbeschleunigen brauchte, dieser Gedanke wurde aber schnell beiseite gewischt, fiel doch der Vergleich zu ungünstig aus.

Zusammenfahrend machte er sich klar, daß das Schiff größer geworden war. Daß es die Entfernung verringert hatte.

Die energische Stimme des Kommandanten befahl: »Alle

Torpedomannschaften laden! Aber Achtung! Jeder Offizier, der ohne Befehl schießt, wird bestraft. Diese Wesen können durchaus friedliche Absichten haben.«

Stille herrschte auf der Brücke, während sich die beiden Raumfahrzeuge bis auf zwei Meilen näherten. Beide folgten inzwischen derselben Umlaufbahn, das fremde Schiff ein Stück hinter dem Erdenschiff, aber offensichtlich mit Antrieb, denn es rückte noch näher heran. Eine Meile Distanz, dann eine halbe Meile. Lesbee fuhr sich mit der Zunge über die trockenen Lippen. Er warf einen kurzen Blick auf Carson, den Ersten Offizier, der reglos auf seinem Stuhl saß und auf den Bildschirm starrte. Das bärtige Gesicht des Mannes offenbarte dieselbe verkrampfte Anspannung. Wieder tönte Kapitän Lesbees Stimme aus dem Kommunikator hinter den Männern: »Alle Waffenoffiziere gut zuhören. Der folgende Befehl gilt lediglich für Torpedokammer A unter dem Kommando des Technischen Kanoniermaats Doud. Doud, Sie werden einen entschärften Torpedo auslassen. Begriffen? Stoßen Sie das Ding mit Preßluft ab.«

Lesbee II. sah den Torpedo austreten und hörte weitere Befehle seines Vaters: »Steuern Sie ihn mehrere hundert Meter hinaus, damit die Gegenseite ihn unmöglich übersehen kann. Anschließend lenken Sie das Ding mit Funkkontrolle in einem Gebiet von zweihundert Fuß herum.«

Der Kommandant erklärte seinem unsichtbaren Publikum gelassen: »Ich hoffe, dieses Vorgehen wird dem anderen Schiff klarmachen, daß wir zwar Waffen haben, sie aber nicht aggressiv einsetzen werden. Die Reaktion darauf dürfte uns zeigen, ob die lautlose Annäherung in friedlicher oder heimtückischer Absicht erfolgte. Im weiteren könnten wir Informationen erhalten, die wir ebenfalls brauchen, aber darüber will ich mich im Moment noch nicht auslassen. Seien Sie unbesorgt. Sämtliche Schutzschirme sind in Funktion. Sie umfassen verschiedene Arten von Energie-Abstoßfeldern und stellen Bestleistungen der irdischen Wissenschaft dar.« Solche Worte sorgten vorübergehend für Beruhigung. Das Gefühl der Leere kehrte jedoch zurück, als sich über den Lautsprecher eine gepreßte Stimme meldete: »Hier Kanoniermaat Doud. Jemand versucht, mir die Funkkontrolle über den Torpedo zu entreißen.«

»Geben Sie ihn frei!« meldete sich Kapitän Lesbee hastig. »Offensichtlich hat man das Ding als harmlos erkannt.«

Lesbee verfolgte, wie der Erd-Torpedo auf die Außenhülle des größeren Schiffes zugezogen wurde. In der Flanke des Gebildes öffnete sich eine Tür, und der Torpedo schwebte hinein.

Eine Minute verging, dann eine zweite; schließlich kam der Torpedo wieder zum Vorschein und näherte sich langsam der *Hoffnung der Menschheit.*

Lesbee wartete ab, doch er bedurfte der Worte nicht mehr. Nicht zum erstenmal bekam er in diesen Tagen etwas von der Ungeheuerlichkeit dieser Begegnung zwischen zwei Zivilisationen verschiedener Sonnen mit. Seit einigen Wochen hatte der Flug nun eine ganz neue Bedeutung, und ihn erfüllte ein Staunen, daß er dabeisein durfte. Von den unzähligen Milliarden Menschen, die auf der Erde geboren worden waren, befand er sich nun hier an den äußersten Grenzen des menschlichen Universums und hatte teil am größten Ereignis in der Geschichte der menschlichen Rasse. Plötzlich wollte ihm scheinen, als verstünde er den Stolz, mit dem sein Vater diese Reise sah.

Einen Augenblick lang war Lesbees Angst verflogen, und er nahm teil an diesem Stolz, ein Gefühl der Freude, das jede frühere Empfindung übertraf. Die Aufwallung ging zu Ende, als Kapitän Lesbees Stimme sich meldete: »Ich beschränke diesen Aufruf auf alle Offiziere und die Wissenschaftsabteilung. Doud, als erstes möchte ich, daß Sie den Versuch machen, die Kontrolle über den Torpedo zurückzugewinnen. Sehen Sie zu, ob die anderen ihn freigeben. Jetzt sofort.«

Ein kurzes Schweigen trat ein; dann: »Hab' ihn, Sir.«

»Gut.« Kapitän Lesbees Stimme klang erleichtert. »Wie steht's mit den Telemetrie-Messungen?«

»Klar und deutlich auf beiden Kanälen.«

»Überprüfen Sie die Monitore Schärfung/Entschärfung.«

»Jawohl, Sir. Negativ durchweg. Entschärft.«

»Es war wohl auch kaum Zeit für die Leute, daran etwas zu ändern.« Noch immer war der Kapitän vorsichtig. »Irgendwelche unnormalen Werte? Eine zu hohe Strahlung?«

»Negativ. Alle Radiometer zeigen normal an.«

7

Der Prozeß gegen Ganarette begann kurz nach der Frühstücksstunde des nächsten Sternentages. Die *Hoffnung der Menschheit* stand noch immer in ihrer Kreisbahn um Alpha A-4, die Maschine der Fremden jedoch war verschwunden. So konnten die Menschen an Bord sich eingehend mit dem Verfahren beschäftigen.

Lesbee II. war verblüfft über den Umfang der Beweise. Stunde um Stunde wurden Aufzeichnungen von Gesprächen vorgeführt, Gespräche, bei denen Ganarettes Stimme laut und deutlich zu hören war, während die Stimmen seiner Partner nur verschwommen und nicht erkennbar erklangen.

»Ich habe mich zu dieser Handhabung entschlossen«, erklärte der Kapitän den stummen Zuschauern, »weil Ganarette der Anführer ist. Außer mir wird niemand die Identität der anderen Männer erfahren, und ich habe die Absicht, dies alles zu vergessen und so zu tun, als hätten sie damit nichts zu tun.«

Die Aufzeichnungen ergaben ein klares und negatives Bild. Wie sie zustandegekommen waren, konnte Lesbee nur raten, aber sie hatten Ganarette in einem Augenblick erwischt, da er sich für absolut sicher gehalten hatte. Der Mann hatte sogar davon gesprochen, jeden, der sich dem Aufstand widersetzte, rücksichtslos zu töten, und hatte sich ein dutzendmal sogar für die Ermordung des Kapitäns, der beiden führenden Offiziere und Lesbees Sohn ausgesprochen. »Man muß sie aus dem Weg räumen, sonst machen sie nur Ärger. Die ahnungslosen Schäfchen an Bord finden es doch nur selbstverständlich, daß die Lesbees das Kommando führen.« An dieser Stelle lachte Emile Ganarette und bedachte die Zuschauer mit kühnem Blick. »Ist doch die Wahrheit, oder? Ihr Idioten haltet es vermutlich für selbstverständlich, daß jemand dazu bestimmt sein kann, euch das ganze Leben lang zu bevormunden. Wacht auf, ihr Dummköpfe! Ihr habt nur ein Leben. Laßt euch von diesem Mann nicht vorschreiben, wie ihr es leben müßt!«

Ganarette widersprach der Anklage nicht. »Klar, stimmt. Seit wann sind Sie Gott? Ich bin auf diesem Schiff geboren worden, ohne daß man mich gefragt hat, ob ich hier leben wollte. Ich gewähre niemandem das Recht, mir vorzuschreiben, was ich tun muß.«

Mehrmals äußerte er eine Ratlosigkeit, die sich auch in Lesbee II. breitzumachen begann. »Was soll das alles überhaupt?« fragte er. »Dieses Verfahren ist doch sinnlos, nachdem wir feststellen mußten, daß das Centaurus-System bewohnt ist. Ich bin gern bereit, wie ein braver kleiner Junge auf die Erde zurückzukehren. Es ist schon schlimm genug zu wissen, daß die ganze weite Reise umsonst unternommen wurde und daß ich sechzig sein werde, wenn wir wieder zu Hause sind. Aber es geht mir darum, daß jetzt die Notwendigkeit besteht umzukehren. Außerdem hat es eine Meuterei nicht gegeben. Sie können mir nicht vorwerfen, groß herumgeredet zu haben, während in Wahrheit gar nichts passiert ist.«

Gegen Ende beobachtete Lesbee das Gesicht seines Vater. Es zeigte einen Ausdruck, den er nicht verstand, einen Ernst, der ihn frösteln ließ, eine Entschlossenheit, die Beweise nur zuließ, soweit sie verborgenen Zielen dienten.

Knapp eine Stunde vor der Essenszeit stellte der Kommandant dem Angeklagten die letzte Frage: »Emile Ganarette, haben Sie Ihre Verteidigung abgeschlossen?«

Der großgewachsene junge Mann zuckte die Achseln. »Ja, ich bin fertig.«

Es trat Schweigen ein, dann trug Kapitän Lesbee mit langsamen Worten sein Urteil vor. Er ließ sich über die Aspekte des Marinegesetzes aus, die die »Anstiftung zur Meuterei« betrafen. Zehn Minuten lang las er aus einem Dokument vor, das für Lesbee neu war und das sein Vater die »Befehlsartikel an Bord der *Hoffnung der Menschheit*« nannte, ein Erlaß, der vom gewählten Kabinett der Vereinigten Westmächte wenige Tage vor dem Abflug des Schiffes aus seiner Erdkreisbahn festgelegt worden war:

»›. . . es wird davon ausgegangen, daß ein Raumschiff stets ein Ausläufer der Zivilisation ist, aus der es hervorgegangen ist. Unter keinen Umständen kann seiner Besatzung eine unabhängige Machtbefugnis zugebilligt werden. Die Autorität seiner ordnungsgemäß bestellten Offiziere und der vorgesehenen Ziele der Mission sind seitens der Besatzung als Ganzes nicht durch Entscheidungsprozesse abzuändern. Ein Raumschiff wird durch seine Eigentümer oder eine freie Regierung entsandt . . . Seine Offiziere werden ernannt. Es unterliegt den Vorschriften und Gesetzen, wie sie von der Raumbehörde erlassen worden sind.

Es wird hiermit beurkundet, daß der Eigentümer der *Hoffnung der Menschheit* Averill Hewitt ist, beziehungsweise seine Erben oder die von ihm benannten Rechtsnachfolger. Aufgrund des festgelegten Reiseziels und -zwecks erhält sein Schiff Erlaubnis, als Militäreinheit zu fungieren, und seine ordnungsgemäß ernannten Offiziere erhalten hiermit Vollmacht, die Erde bei allen Kontakten mit fremden Mächten anderer Sternensysteme zu vertreten und in jeder Beziehung als Vertreter der bewaffneten Streitkräfte zu handeln. Zu diesem Status gibt es keine Einschränkungen . . .‹«

Der Text ging noch weiter, aber das waren die wesentlichen Passagen. Die Gesetze eines Planeten, der eine ganze Lebensperiode weit entfernt war, galten auch an Bord des Raumschiffes. Und noch immer wußte Lesbee II. nicht, worauf sein Vater mit seinen Worten abzielte. Oder warum dieser Prozeß überhaupt stattfand, nachdem die Gefahr einer Meuterei gebannt war. Die letzten Worte schlugen beim Publikum und beim Angeklagten daher wie ein Blitz ein:

»Auf der Grundlage der Macht, die das Volk der Erde mir durch seine rechtmäßige Regierung vermittelt hat, bin ich gezwungen, diesen unglücklichen jungen Mann zu verurteilen. Das Gesetz steht fest. Es bleibt mir nichts anderes übrig, als ihn im atomaren Konverter zum Tode zu verurteilen. Möge Gott seiner Seele gnädig sein.«

Ganarette war aufgesprungen. Sein Gesicht war grau wie Blei. »Sie Dummkopf!« rief er mit zitternder Stimme. »Was glauben Sie wohl, was Sie da tun?« Dann wurde ihm die Endgültigkeit des Urteils wohl erst richtig bewußt, denn er rief: »Da stimmt doch etwas nicht! Er führt irgend etwas im Schilde! Er weiß etwas, das uns nicht bekannt ist. Er . . .«

Lesbee II. hatte bereits das Zeichen seines Vaters bemerkt. Er und Browne und Carson und drei Militärpolizisten führten Ganarette gewaltsam aus dem Raum. Lesbee II. war froh, sich bewegen zu können. Die Aktion machte das weitere Nachdenken überflüssig.

Auf dem Weg durch die Korridore wurde Ganarette immer munterer, und frische Farbe stieg allmählich in seine Wangen. »Damit kommt ihr nicht durch!« sagte er laut. »Meine Freunde werden mich retten. Wohin bringt ihr mich überhaupt?«

Das war eine Frage, die sich auch Lesbee bereits gestellt hatte. Wieder einmal kam der intelligente Ganarette seiner Einsicht zuvor. »Ihr Ungeheuer!« sagte er atemlos. »Ihr wollt mich doch nicht *gleich* umbringen?«

Lesbee kam der widersinnige Gedanke, daß ein Außenstehender wohl kaum zwischen dem Gefangenen und seinen Häschern hätte unterscheiden können, wenn es nach der Gesichtsfarbe gegangen wäre. Alle Beteiligten waren totenbleich. Als einige Minuten später Kapitän Lesbee eintraf, war sein ledriges Gesicht nahezu papierweiß, seine Stimme aber klang ruhig und kalt. »Emile Ganarette, Sie haben eine Minute Zeit, mit Ihrem Gott ins reine zu kommen ...«

Die Hinrichtung wurde kurz vor der Schlafperiode verkündet, lange genug nach dem Abendessen, um körperliche Reaktionen zu verhindern.

Lesbee hatte nichts gegessen, auch die anderen Beteiligten an der Hinrichtung hatten nichts herunterbekommen.

8

Am nächsten Tag erwachte Lesbee aus unruhigem Schlaf mit der Erkenntnis, daß sein Dienstalarm summte.

Er zog sich an und begab sich sofort auf die Brücke.

Als er sich neben Browne in den Sessel sinken ließ, stellte er überrascht fest, daß der Planet, dem sie lange Zeit nahe gewesen waren, die Bildschirme verlassen hatte. Ein Blick auf die große Sonne Alpha A brachte eine weitere und noch angenehmere Überraschung. Der Stern war bereits viel kleiner geworden und blieb hinter dem Schiff zurück. Die drei Sonnen A, B und C waren noch nicht zu einer Einheit verschmolzen, doch nur eine Sonne, die matte C, stand noch vor dem Schiff; die beiden anderen schwammen als kleine helle Lichter in der Schwärze hinter dem Schiff.

»Ah«, sagte Kapitän Lesbee hinter den beiden Männern. »Da bist du ja, John. Guten Morgen, meine Herren.«

Sie schauten sich um. Der Kommandant, der sehr ausgeruht wirkte, ging zu einem Stuhl und setzte sich. Lesbee erwiderte den Gruß voller Unsicherheit. Der freundliche Ton behagte ihm ganz und gar nicht, wußte er doch nicht mehr, ob er seinen Vater überhaupt noch mochte. Egal wie verrückt sich Ganarette zuweilen geäußert hatte, er konnte schlecht vergessen, daß sie zusammen aufgewachsen waren. Außerdem hatte Ganarette recht gehabt! Sobald die Gefahr der Meuterei vorbei war, gab es für eine Hinrichtung eigentlich keine Grundlage mehr.

Das Finale war zu schnell gekommen, sagte sich Lesbee gepeinigt. Hätte er Gelegenheit bekommen, sich über das Urteil Gedanken zu machen, wäre er vermutlich selbst gegen seinen Vater angegangen. Die ungebührliche Eile der Hinrichtung widerte ihn an. Die Grausamkeit dieses Schrittes entsetzte ihn.

Sein Vater sprach weiter: »Während du schliefst, John, ließ ich einen besonders ausgerüsteten Torpedo in die Atmosphäre von A-4 schießen. Sicher möchte jeder der Anwesenden sehen, was daraus geworden ist.«

Er wartete die Antwort nicht ab. Das Bild auf dem Schirm wechselte. Es zeigte eine zuvor aufgenommene Szene, in der der Planet noch ziemlich in der Nähe stand, links ein heller Schimmer: der Torpedo, der der dunstigen Atmosphäre entgegenstürzte.

Die nächsten Ereignisse waren überraschend. Der Torpedo begann hin und her zu schleudern und ziellos zu fliegen; zuerst ging ein Rauchfaden davon aus, der dann aber zu einer weiten dunklen Bahn wurde.

»Eine Minute länger, und wir hätten das Stück ganz verloren«, sagte Kapitän Lesbee. »Ich bin überrascht, daß das Rückrufkommando durchgekommen ist, aber wir hatten Glück.«

Auf dem Schirm ging der Torpedo langsam wieder auf geraden Kurs, machte kehrt und stieg dem Schiff entgegen. Ein Teil der Rückreise führte durch einen dichten Regenschauer, der auf das unheimliche Land niederprasselte.

Der Torpedo raste bis in die Nähe des Schiffes, wurde von Traktorstrahlen ergriffen und an Bord gezogen.

Als das Bild auf dem Schirm verblaßte, stand Kapitän Lesbee auf und näherte sich einem langen Gegenstand, der von einem Leinentuch verdeckt war; Lesbee II. hatte ihn gleich beim Eintreten bemerkt.

Mit betonter Bewegung nahm Kapitän Lesbee das Tuch fort. Lesbee II. brauchte einen Augenblick, um das zerfressene, übel zugerichtete zigarrenförmige Ding zu erkennen, das da vor ihm lag: der ehemals schimmernde Torpedo.

Vorsichtig trat er näher und starrte das Ding verblüfft an. Die anderen Männer murmelten entsetzt durcheinander. Er achtete nicht darauf. Die zolldicke Außenhülle des Torpedos war an einem Dutzend Stellen wie von superheißem Feuer durchgebrannt. Zögernd sagte ein Mann hinter ihm: »Soll das heißen, Sir, daß . . . die Atmosphäre . . . da . . . unten . . .?«

»Dieser Torpedo«, äußerte Kapitän Lesbee, als hätte er die Zwischenfrage nicht gehört, »und möglicherweise auch die *Centaurus I* gerieten in einen salzsauren und salpetersauren Regen. Ein Schiff aus Glas, Platin oder Blei oder mit Wachs bedeckt, hätte vermutlich in einer Atmosphäre bestehen können, die solche Niederschläge hervorbringt. Auch *wir* könnten durchhalten, wenn wir die Möglichkeit hätten, unser Schiff ständig mit Natrium-Hydroxyd oder einem gleichermaßen starken Grundstoff zu besprühen. Damit wäre aber nur ein Aspekt der teuflichen Atmosphäre dort unten abgehandelt.« Ernst blickte er in die Runde. »Das wäre etwa alles, meine Herren. Es gibt natürlich andere Einzelheiten, aber ich brauche nicht mehr zu betonen, daß dieser Planet für uns Menschen nicht geeignet ist. Wir werden nie erfahren, ob die erste Centaurus-Expedition ohne vorhergehende Untersuchung in die Atmosphäre eingetaucht ist. Wenn sie es getan hat, dann sind die Betroffenen leider auf die unangenehmste Weise mit der Wahrheit in Berührung gekommen.«

Die Worte rissen den jungen Lesbee aus seiner Spannung. Er hatte es für selbstverständlich gehalten, daß dem Schiff mehrjährige Forschungsarbeiten bevorstanden. Statt dessen würde man nun nach Hause zurückkehren.

Er würde die Erde zu Gesicht bekommen, ehe er starb.

Die Erregung dieses Gedankens ging mit den nächsten Worten seines Vaters unter: »Wie immer die Zivilisation der Fremden auch ausgesehen hat, sie waren nicht besonders freundlich. Sie haben uns gewarnt, aber das mag auch daran liegen, daß sie nicht wollten, daß unser großes Schiff womöglich auf eine ihrer Städte stürzte. Als die Warnung ausgesprochen war, zog sich das andere Schiff zurück. Seither haben wir zwei Schiffe heraufkommen und verschwinden sehen, anscheinend mit Kurs auf das interstellare Weltall. Keines der Schiffe hat Anstalten gemacht, mit uns Kontakt aufzunehmen.« Er schwieg einen Augenblick lang und fuhr fort: »Jetzt möchte ich mich einer anderen Angelegenheit zuwenden. Die Bewohner dieses Systems sind offensichtlich psychologisch veranlagt, denn sie schickten uns Filmstreifen über das Leben ihres Planeten. Vermutlich gingen sie davon aus, daß wir neugierig sein würden. In den nächsten Tagen werden wir diese Filme vorführen. Ich habe schon einen Blick hineingeworfen und will im Augenblick nur sagen, daß die Wesen wie gehende Schlangen aussehen. Sie sind großgewachsen, anmutig, geschmeidig und intelligent. Ihr Leben scheint sehr angenehm und elegant zu sein. Es besteht da eine Aura äußerster Vornehmheit.«

Er hielt inne und sprach weiter: »Ich hoffe, Sie teilen meine Ansicht, daß es für uns hier nichts zu holen gibt. *Trotzdem fliegen wir nicht nach Hause.*

Aus zwei Gründen – erstens ist die Erde kein bewohnter Planet mehr, und das muß ich in meine Überlegungen mit einbeziehen. Im Hinblick auf meine persönliche Verwicklung will ich darüber nichts weiter sagen. Der andere Grund ist der – selbst *wenn* es eine heile Erde gäbe, müßten wir weitermachen. Ich habe Befehl von Averill Hewitt, dem Eigentümer dieses Schiffes, nach Sirius und Procyon weiterzufliegen.

Sie erkennen also die Notwendigkeit, den Unruhestifter aus unserer Mitte zu entfernen. Das Exempel, das an ihm statuiert wurde, wird andere Hitzköpfe im Zaum halten.«

Seine Stimme verlor ihre Intensität. Leise beendete er seinen Vortrag: »Meine Herren, Sie haben jetzt alle wichtigen Informationen. Sie werden sich mit dem Anstand und der Selbstverständlichkeit benehmen, wie es sich für Offiziere geziemt, unabhängig von der Situation, in der Sie sich befinden.

Ich wünschte Ihnen alles Gute . . .«

9

John Lesbee III., befehlshabender Kapitän, saß im großen Kapitänsstuhl, den er auf der Brücke aufgestellt hatte, und beschäftigte sich mit dem Problem der alten Leute.

Sie waren zu zahlreich. Sie aßen zuviel. Sie mußten ständig versorgt werden. Lächerlich, neunundsiebzig Leute an Bord zu haben, die über hundert Jahre alt waren.

Andererseits wußten einige dieser alten Knaben mehr über die Wissenschaft und die interstellare Navigation als alle jungen Spunde zusammen. Und sie wußten das auch, die raffinierten, senilen Knaben! Wen konnte man aus ihrem Kreis vernichten, ohne wertvolles Wissen zu verlieren? Er begann, sich Namen aufzuschreiben, in erster Linie Frauen und Nicht-Offiziere. Als er fertig war, musterte er die Liste nachdenklich und suchte sich im Geiste die ersten fünf Opfer aus. Dann drückte er auf einen Knopf an seinem Stuhl.

Nach kurzer Zeit erstieg ein untersetzter junger Mann die Treppe zur Brücke. »Ja?« fragte er salopp. »Was ist?«

Lesbee III. musterte den anderen mit sorgfältig kaschiertem Widerwillen.

Atkins besaß eine Grobschlächtigkeit, die seine Gefühle verletzte, und auf seltsame Weise wollte ihm scheinen, daß er nie in der Lage sein würde, den Mann zu mögen, der seinen Vater John Lesbee II. umgebracht hatte – obwohl er selbst diese Tat angeordnet hatte.

Lesbee seufzte. Das Leben war eine ständige Anpassung an die Wirklichkeit anorganischer und organischer Materie, die die Umwelt ausmachte. Um einen Mann richtig ermorden zu lassen, brauchte man einen fähigen Mörder. Schon seit frühester Jugend war ihm klar, daß sein Nichts von Vater aus dem Weg geräumt werden mußte. Dementsprechend hatte er sich um Atkins bemüht. Natürlich durfte der Mann den ihm zugewiesenen Platz nicht verlassen.

»Atkins«, sagte Lesbee mit müder Handbewegung. »Ich habe

hier ein paar Namen für dich. Sei vorsichtig. Die Todesfälle müssen ganz natürlich aussehen, sonst kann ich dich leider nicht weiter decken.«

Der großgewachsene Mann knurrte. Er war der Enkel eines der ersten Gartenarbeiter des Schiffes, und es hatte eine ziemlich große Aufregung gegeben, als er vor einigen Jahren von seinen Pflichten als Gärtner entbunden worden war.

Der Widerstand gegen diesen Schritt verstummte schnell, als der Offizierssohn, der am weitesten den Mund aufriß, anstelle von Atkins in die Gärten geschickt wurde. Lesbee III. hatte sich Dinge dieser Art gründlich überlegt, ehe er gegen seinen Vater vorging. Seine Absicht war es, Atkins umzubringen, sobald der Mann seinen Zweck erfüllt hatte.

Achtlos nannte er die ersten fünf Namen, gab sie mündlich weiter; als Atkins dann die Brücke verließ, richtete er seine Aufmerksamkeit auf den Bildschirm. Er drückte einen weiteren Knopf, und nach kurzer Zeit erstieg der grauhaarige Sohn des früheren Ersten Offiziers die Brücke und näherte sich langsam.

»Was ist – Kapitän?«

Lesbee zögerte. Ihm mißfiel die kurze Pause vor der Aussprache des Titels. Er wußte nicht recht, ob er Carson überhaupt mochte. Leise seufzte er. Das Leben war ein Problem endloser Anpassungen, und jedermann war bemüht, das Wissen, über das er gebot, für sich zu behalten. Auf diese Weise mußte man sich zuviel gefallen lassen, und das war seltsam, denn er wußte noch aus seiner Jugend, daß die Menschen damals im Umgang miteinander viel freier gewesen waren, ihr Herz war offener gewesen.

Nun ja, die erste Generation hatte ihr gesamtes Wissen an die Kinder weitergegeben – das wurde jedenfalls behauptet.

»Äh, Mr. Carson, wie sehen die neuesten Berichte über Sirius aus?« Carsons Miene hellte sich auf. »Wir stehen bereits innerhalb von zehn Milliarden Meilen. Zum Zwecke der Gegenbeschleunigung ist das Schiff umgedreht worden, doch es wird noch eine Woche dauern, ehe die Teleskope die Größe der Planeten klar bestimmen können – wie auch den Umstand, ob sie eine Atmosphäre besitzen.«

»Irgendwelche ... äh ... besonderen Strahlungen?«

Mr. Carson wollte schon den Kopf schütteln, als er innehielt. Ein seltsamer Ausdruck erschien in seinen Augen. Lesbee drehte sich um und folgte seinem Blick.

Langsam erstarrte er.

Am vorderen Ende der Plastiglas-Brücke blitzten Funken auf. Noch während Lesbee auf die Erscheinung starrte, verstärkte sich der Funkenschlag.

Nach einer Stunde hatte der Gassturm das ganze Schiff eingehüllt.

Aus einer Entfernung von fünfhundert Millionen Meilen wirkte Sirius A etwa so groß wie die Sonne aus der Sicht der Erde. Lesbee III. vermochte derartige Vergleiche nicht aus eigener Erfahrung anzustellen. Es gab Filmaufnahmen, die hierzu ein ziemlich präzises Urteil ermöglichten. Radikal verschieden war die Anordnung der Planeten.

Zwischen Sirius A und seinem Sonnenbegleiter gab es zwei Planeten. Der der B-Sonne am nächsten stehende Planet lief sehr dicht um seine Sonne und bewegte sich dementsprechend schnell. Der andere, der vierhundertundsiebzig Millionen Meilen von A entfernt war, kreiste gelassener um seine große, hellstrahlende Sonne.

Auf diesen nächsten Planeten richteten sich die einzigen Hoffnungen. Mit einem Durchmesser von siebzehntausend Meilen war er knapp halb so groß wie der zweite Planet und besaß etwa nur ein Hundertstel der Größe der Planeten, die sich schwergewichtig um die unausgewogene Bahn von Sirius B schwangen. Durch die Wolken von Sirius A-1 waren Städte auszumachen.

Lesbee III. studierte die Berichte und betrachtete die Szene deprimiert, aber entschlossen. Es lag auf der Hand, daß das Universum nicht zur Bequemlichkeit des Menschen entworfen worden war. Aber die Niederlage, die in diesem Umstand lag, durfte er nicht nach außen hin gelten lassen. Widerstrebend begab er sich zu der Kabine, in der er seit langer Zeit seinen uralten Großvater isoliert hatte.

Der Greis saß in einem Stuhl und verfolgte auf einem kleinen Bildschirm, wie der Planet immer näher kam. Dieser Bildschirm war eine der vielen kleinen Annehmlichkeiten, die der jüngere Mann dem Großvater zukommen ließ – bis jetzt aber war daraus keine Freundlichkeit erwachsen. Der Großvater hob bei seinem Eintritt nicht den Kopf. Lesbee zögerte, trat ein und begab sich zu einem Stuhl, der im Blickfeld des alten Mannes stand.

Er wartete. Es war unangenehm, wenn andere die eigenen Absichten mißverstanden. Früher einmal hatte er geglaubt, sein Großvater würde vor allen anderen begreifen, daß es John Lesbee III. nur um die Ziele des Fluges ging.

Vielleicht war das zu hoch gegriffen. Menschen waren stets bereit, objektiv zu sein – wenn es um andere Menschen ging, und so mochte ein alter Mann etwas gegen die Art und Weise haben, wie er in den Ruhestand versetzt worden war. Zweifellos würde eines fernen Tages auch er, Lesbee III., aus Amt und Würden geworfen werden, und zwar von Lesbee IV., der heute zehn Jahre alt war. In einem Anflug von Selbstmitleid sagte sich der junge Mann, er würde die Situation vernünftig hinter sich bringen, wenn die Zeit an ihn kam – vorausgesetzt, es geschah nicht zu früh. Die Anwandlung ging. Er ließ seine Bombe hochgehen. »Großvater, ich wollte dich um Erlaubnis bitten anzukündigen, daß du während der Zeit, die wir uns in der Nähe von Sirius aufhalten, deinen Ruhestand unterbrichst und in dieser Zeit die Geschicke des Schiffes leitest.«

Der lange, dünne Körper bewegte sich, aber das war alles. Lesbee unterdrückte ein Lächeln. Es wollte ihm scheinen, der Verstand seines Großvaters müßte sich überschlagen. Mit einschmeichelnder Stimme versuchte er zum Ziel zu kommen: »Dein ganzes Leben lang hast du doch nur ein Ziel vor Augen gehabt: dafür zu sorgen, daß die Reise der *Hoffnung der Menschheit* vollendet werde. Ich kenne deine Gefühle. Schließlich bin ich die Person, die den Entschluß faßte, das Schiff als dauerhafte Heimat zu akzeptieren.« Er zuckte die Achseln. »Davor kannten die Leute vor allem den Wunsch, nach Hause zurückzukehren. Ich habe damit Schluß gemacht und jedermann dazu gedrängt, das Leben in Hier und Jetzt zu akzeptieren. Die Leute machten sich Sorgen wegen der Tatsache, daß es in der dritten Generation ein Mädchen mehr gab als Männer. Ich löste das Problem auf einfache Weise. Ich nahm eine zweite Frau.

Das schockierte die anderen eine Zeitlang, aber jetzt denkt niemand mehr darüber nach.« Er lehnte sich geschmeidig zurück. »Ein Flug wie dieser ist etwas Besonderes. Wir sind eine kleine, abgeschlossene Welt, und wir müssen uns auf eigene Weise den neuen Bedingungen anpassen. Ich hatte gehofft, für dies alles deine Zustimmung zu erhalten.«

Er schwieg und wartete. Noch immer sagte der alte Mann nichts. Lesbee überspielte seine Gereiztheit mit einem breiten Lächeln.

»Vielleicht interessiert dich der Vorschlag, den ich dir für unseren Aufenthalt im Sirius-System zu machen habe. Natürlich steht bereits so gut wie fest, daß wir hier nicht landen können. Die Atmosphäre unter uns ist voller Schwefel. Wie der auf unser Schiff einwirken würde, weiß ich nicht. Eins aber steht fest. Wir müssen bestimmen, wohin wir als nächstes fliegen.«

Lesbee hatte den Eindruck, daß sein Zuhörer endlich Interesse zeigte.

Der alte Mann streichelte seinen dünnen weißen Bart und hatte die Lippen geschürzt.

Doch wieder mußte Lesbee das Schweigen beenden: »Ich habe die Berichte studiert, die festhalten, wie wir versucht haben, mit den Centaurianern in Kontakt zu treten. Im Rückblick scheinen mir diese Vorstöße zu zurückhaltend zu sein. Es gab von deiner Seite keine feste Entschlossenheit, die Aufmerksamkeit der Wesen notfalls zwangsweise auf uns zu lenken, und obwohl du hin und her fliegend viele Monate länger dort zubrachtest, als es ursprünglich deine Absicht war, ließ dein Mangel an Initiative dies zur bloßen Zeitverschwendung werden. Die Beschaffenheit der Atmosphäre, die du dort entdecktest, ließ auf jeden Fall den Rückschluß zu, daß es dort eine chloratmende interstellare Zivilisation gab, die der irdischen um einiges überlegen war. Hier scheinen wir nun eine schwefelatmende Welt zu haben.«

In plötzlicher Intensität beugte er sich vor. »Wir müssen uns den Bewohnern dieses Sirius-A-Planeten dermaßen aufdrängen, daß sie uns sämtliche gewünschten Informationen geben. Hast du Interesse?«

Der alte Mann verlagerte sein Gewicht. Langsam streckte er

den langen Körper. Er kniff die Augen zu blauen Schlitzen zusammen. »Was kannst du wohl anderes im Schilde führen«, fragte er, »als Mord?«

10

Die Atombombe, die in die Atmosphäre von Sirius A-1 geschossen wurde, bewegte sich nach kurzer Zeit mit einer Geschwindigkeit von dreißig Meilen in der Minute. So kam es, daß das Geschoß trotz der grell explodierenden Energie-Abwehrstrahlen bis auf vierzig Meilen an die vage erkennbare Oberfläche des Planeten herankam, ehe es durch einen direkten Treffer zur Explosion gebracht wurde.

Nach einer Stunde, während die ganze Szene noch unter einer undurchdringlichen Wolke lag, gab es die erste Reaktion. Die Orter erfaßten eine durchsichtige, schimmernde Hülle, knapp acht Fuß durchmessend. Es befand sich etwas darin – doch was immer dieses Etwas war, es ließ sich nicht deutlich erfassen.

Immer näher kam die Erscheinung – und noch immer bot sich das Innere den angestrengten Augen nicht fest umrissen dar.

Lesbee III. stand auf der Brücke neben dem Stuhl, auf dem sein Großvater saß. Schweiß erschien auf seiner Stirn. Als das Gebilde noch zweihundert Meter entfernt war, fragte er: »Ob wir es noch näher herankommen lassen sollen?«

Der alte Mann warf ihm einen verächtlichen Blick zu. »Unsere Schirme stehen doch, oder? Wenn es sich um eine Bombe handelt, kann sie uns nichts tun.«

Lesbee III. schwieg. Er teilte die Überzeugung des alten Mannes nicht, daß die irdische Wissenschaft allem ebenbürtig war, was sich im Weltall finden ließ. Er räumte gern ein, daß er kaum Ahnung hatte von der irdischen Wissenschaft – aber da war jenes runde Gebilde.

»Das Ding scheint angehalten zu haben, Sir.« Das war Carson, der sich bewußt an den alten Kapitän wandte und den befehlshabenden Kommandanten ignorierte.

Die Worte erleichterten Lesbee III., während das Verhalten des Ersten Offiziers ihn zugleich traurig stimmte. Welcher selbstmörderische Instinkt trieb Carson zu der Annahme, die vorübergehende Anwesenheit des hundert Jahre alten pensionierten Kapitäns sei ein guter Grund, den Mann zu beleidigen, der mindestens dreißig weitere Jahre lang Kapitän sein würde?

Er schob den Gedanken beiseite, denn das Ding in der runden Hülle, was immer es war, beobachtete die Menschen eindringlich. Lesbee III. spürte einen schrecklichen Schauder durch seinen Körper laufen. Nervös sagte er: »Jemand soll uns ein klares Bild davon verschaffen.«

Der Schirm wurde undeutlich und klarte wieder auf, doch das Gebilde in der runden Kugel sah so verwirrend aus wie vorher. Nach kurzem Verweilen bewegte es sich auf nichtmenschliche Weise. Im Nu rückte das Gebilde dem Raumschiff wieder näher – eine beunruhigend gleichmäßige Bewegung. Nach wenigen Sekunden war es nur noch knapp hundert Meter entfernt und glitt immer weiter vor.

»Der kommt nie durch unsere Abwehr!« sagte Lesbee III.

Angespannt beobachtete er die Kugel. Auf fünfundzwanzig Meter herangerückt, hatte sie nicht nur die äußere Abwehr des Schiffes durchstoßen, sondern auch die Grenzzone von Lesbees Verstand. Er konnte das Innere nicht genau erkennen. Das war das Schlimme daran, der Umstand, der ihn in den Wahnsinn zu treiben drohte. Immer wieder strengte er die Augen an, als vermochte das Gehirn das übermittelte Bild nicht anzuerkennen. Es war ein phantastisches Gefühl. Der Mut entrann ihm wie Sand. Er sprang auf die Treppe zu und empfand vage Überraschung, Carson dort anzutreffen, der einen Schritt schneller gewesen war. Der stämmige Browne folgte ihm dicht auf.

Lesbees letzte Erinnerung an die Brücke war das Bild des uralten Kapitäns Lesbee, der starr im großen Kommandostuhl hockte – und der fremdartigen Kugel, die wenige Fuß vor der Außenhülle stand.

Im tieferliegenden Korridor erholte er sich so weit, daß er seine Offiziere zu einem Lift winken konnte. Er geleitete sie in den zweiten Kontrollraum des Schiffes. Hastig schalteten sie dort die Bildschirme ein, die eine Verbindung zur Brücke schufen. Lichtstrahlen fuhren über die Fläche, doch ein Bild formte sich nicht. Ein gleichmäßiges Brausen tönte aus den Lautsprechern.

Es war eine bestürzende Situation. »Was konnte so auf unsere Augen einwirken?« fragte Lesbee III. verzweifelt. »Was konnte sie dermaßen täuschen? Kennt jemand in der Physik des Lichts ein Phänomen, das diese Wirkung hat?«

Anscheinend vermochte eine Anzahl subvisueller Laserstrahlen die Sehzentren auf schmerzhafte Weise anzuregen.

Und gewisse Angstzustände vermochten die Augen von innen heraus in die Irre zu führen.

Andere Ansichten wurden nicht geäußert.

Lesbee III. befahl: »Bauen Sie etwas, das solche Laserstrahlen reflektieren kann.« Und er wandte sich an Dr. Kaspar: »Was würde solche Angst auslösen?«

»Bestimmte Geräusche.«

»Es gab aber keine.«

»Gehirnwellen auf der Wellenlänge des Entsetzens.«

»Nun ja –« ein zweifelnder Tonfall –, »in die Flucht wurden wir wahrscheinlich geschlagen, aber ich habe keine Angst verspürt. Eher Verwirrung.«

»Vielleicht handelt es sich um eine Art Energiefeld – was aber nur eine Mutmaßung ins Blaue wäre!« sagte der Psychologe.

»Lassen Sie das technische Personal für sich arbeiten!« befahl Lesbee III. »Denken Sie sich irgendeine Abblockung aus für alle diese Möglichkeiten. Zack, zack, an die Arbeit. Sie alle!«

In den Labors herrschte fieberhafte Tätigkeit, als der Bildschirm im Behelfs-Kontrollraum plötzlich klare Umrisse übermittelte. Gleichzeitig hörte das Brausen der Lautsprecher auf. Das erste Bild zeigte die Brücke. Lesbee III. sah den alten Kapitän im Stuhl sitzen; er war nach vorn gesunken. Sonst war in dieser Blickrichtung nichts Ungewöhnliches auszumachen. Hoffnungsvoll drehte Lesbee III. die Raumorter. Erleichtert stellte er fest, daß die Kugel sich allmählich zurückzog; sie war jetzt bereits eine Viertelmeile entfernt. In schnellem Flug entfernte sie sich, schrumpfte vor dem riesigen, nebelverhangenen Planeten zu einem winzigen Punkt.

Lesbee III. wartete nicht, bis das Gebilde ganz verschwunden war – er eilte zum Lift, dichtauf gefolgt von Browne und Carson. Die Männer fanden den Greis noch am Leben. Er plapperte Unsinn und war, wie sich herausstellte, erblindet.

Während man den alten Mann die Treppe hinabtrug und in seine Kabine rollte, lauschte Lesbee aufmerksam auf das Gerede. Die einzigen Worte, die einen Sinn ergaben, betrafen die Kindheit des alten Mannes auf der Erde.

In der Kabine angekommen, umfaßte Lesbee III. die dünnen, kalten Hände. »Kapitän! Kapitän!«

Nachdem er das Wort mehrmals wiederholt hatte, hörte das Gemurmel des anderen auf. »Kapitän, was war los da oben auf der Brücke?«

Der alte Mann setzte zum Sprechen an. Lesbee III. gab sich größte Mühe, konnte aber nur wenige Worte verstehen: ». . . wir vergaßen die exzentrische Umlaufbahn von Canis maior A um sein B. Wir übersahen, daß B eine der absonderlichen Sonnen der Galaxis ist . . . dicht, ungeheuer dicht . . . es sagte, es stamme vom Planeten von B . . . Es sagte, fort mit euch! Sie wollen mit niemandem etwas zu tun haben, der sie mit Bomben bewerfen wollte . . . Fort! Verschwindet . . .! Es hat etwas an der Außenhülle befestigt . . . Bilder, hat es gesagt . . .«

Lesbee III. war bereits ans Sprechgerät geeilt. Er brüllte einige Befehle. Astronauten sollten das Schiff verlassen und entfernen, was am Schiff befestigt sei. Das Unbekannte sei dann in einem Rettungsboot fortzuschaffen und erst ins Schiff zu bringen, wenn man es untersucht und als harmlos identifiziert habe.

Als er sich wieder dem Kapitän zuwandte, erlitt Lesbee III. einen Schock. Das Gesicht, das vorübergehend wieder einigermaßen vernünftig ausgesehen hatte, war erneut verändert. Die Augen waren auf das unnatürlichste verdreht, sie schielten, als hätten sie etwas zu schauen versucht, das sie nicht klar wahrnehmen konnten. Mehr interessiert als beunruhigt schaute Lesbee III. genau hin und beobachtete das Anhalten der Verdrehung. Dann versuchte er die Aufmerksamkeit des Greises auf sich zu ziehen, indem er ihn wie zuvor mehrfach direkt ansprach. Diesmal aber gab es überhaupt keine Reaktion. Das faltige, bärtige Gesicht behielt den unnormalen Ausdruck bei.

Ein Arzt war eingetroffen. Zwei Assistenten entkleideten den langen, hageren Körper und legten ihn auf das Bett. Lesbee III. entfernte sich.

Zur Zeit des Abendessens waren die Astronauten mit einem seltsamen, aber harmlosen Paket wieder zur Stelle. Es enthielt ein durchsichtiges, absonderlich geformtes Gefäß mit einer farblosen Flüssigkeit. Als Lesbee III. das Objekt zum erstenmal zu Gesicht bekam, fiel ihm auf, daß sich im Inneren der Flasche ein Bild befand. Eifrig griff er danach – mit der Absicht, die Darstellung näher an seine Augen heranzuführen –, und das Bild veränderte sich. Eine andere Szene nahm im Inneren Gestalt an.

Mit jeder Bewegung veränderte sich das Bild. Während er hinschaute, wiederholte sich aber keine der Szenen. Um eine spezielle Darstellung länger als einen Sekundenbruchteil wahrzunehmen, mußte er das Gebilde schließlich hinlegen und sich dicht darüber beugen. Indem er es alle paar Sekunden sanft mit den Fingern bewegte, vermochte er sich endlich die seltsame Welt der Bewohner von Sirius A-1 anzuschauen, die anscheinend ursprünglich von dem geheimnisvollen Planeten der Sonne B stammten.

Zuerst gab es nur Szenen zu sehen: Landschaften und Ozeane. Worum es sich bei der Flüssigkeit in den Ozeanen handelte, war nicht erkennbar; das Wasser war gelblich gefärbt. Die ersten Bilder zeigten aber eine bewegte Flüssigkeit, die anscheinend von Stürmen gebeutelt wurde.

Eine Szene nach der anderen zeigte riesige Wogen, die sich in schneller Folge auftürmten.

Als die Bilder Land zeigten, war es ein zerklüftetes Berggebiet, bedeckt mit grau-gelben Gewächsen; Lesbee III., der alles aufmerksam verfolgte, hatte den Eindruck, daß es sich um eine Art Moos handelte. Hier türmte sich die Vegetation zu klobigen Formen auf, teils klein, teils aber auch sehr groß. In der Unregelmäßigkeit dieser Ausgestaltungen lag eine besondere Schönheit – ähnlich wie ein Muster aus Gold und Silber schön sein kann.

Es gab auch andere Gewächse, doch hatten sie nur einen geringen Anteil am Ganzen: ein Hauch Rot oder Grün, anders geformte Blätter; das war alles. Das gelb-graue »Moos« und die silberngoldenen »Bäume« herrschten gleichermaßen über Berggipfel und Ebenen.

Abrupt tauchte eine Stadtszene auf.

Jener erste Eindruck offenbarte überall Kanäle, die mit einer wasserähnlichen Flüssigkeit gefüllt zu sein schienen. Gebannt erinnerte sich Lesbee III. an Filmaufnahmen einer auf der fernen Erde gelegenen Stadt, die Venedig hieß. Dieses Bild kam ihm ähnlich vor.

Im nächsten Augenblick fiel ihm auf, daß sich die »Kanäle« auf den Dächern der Gebäude befanden und daß es sie in unterschiedlichen Ebenen gab. Die hochaufragenden Bauwerke erstreckten sich meilenweit wie eine durchgehende Küstenklippe und waren von gleicher Höhe. Zwischen den beiden Außenmauern strömten zwei Flüsse mit gelbgetöntem »Wasser« . . . in entgegengesetzten Richtungen.

Die niedrigen Gebäude, die es in drei unterschiedlichen Höhen gab, hatten ebenfalls jeweils zwei Flüsse. Das endlose Gewirr der Gebäude kreuzte sich in regelmäßigen Abständen mit Bauten des eigenen Typs, und zwar im rechten Winkel.

Unzählige Quadratmeilen waren auf diese Weise bebaut, und es gab Tausende von Kanälen . . . nirgendwo zeigten sich Straßen, es gab lediglich kompakte Häusermassen in vier verschiedenen Dachhöhen, mit Dächern, die jeweils Kanäle trugen.

Im Wasser zeigten sich dunkle Umrisse – die sich bewegten. Lesbee III. vermochte sie nicht im einzelnen auszumachen.

Die Bilder, die diese Kreaturen aus der Nähe zeigten, bewirkten Lichteffekte, die Lesbees Augen durcheinanderbrachten.

Er war verblüfft, interessiert, zutiefst enttäuscht. »Das ist doch nicht zu fassen!« rief er. »Sie wollen nicht, daß wir erkennen, wie sie aussehen.«

Physiker Plauck, der Lesbee über die Schulter starrte, sagte: »Auf einem dermaßen großen Planeten ist davon auszugehen, daß die Muskeln einer Lebensform eine stützende Flüssigkeit brauchen, um den Körper zu erhalten. Wenn der Heimatplanet B-1 ist – der noch größer ist –, dann sehen wir hier die intelligente Lebensform dieses Systems vor uns in einer Umgebung, in der sie sich sogar freier bewegen kann als auf ihrem Heimatplaneten. Ähnliches haben wir bei den Menschen auf dem Mars. Hier aber wird trotzdem eine zusätzliche Unterstützung gebraucht. Das deutet auf eine sehr dichte Körperstruktur hin, die nicht sehr beweglich sein dürfte.«

Lesbee III., dem die Augen wehzutun begannen, stand auf.

»Nehmen Sie diese Flasche«, sagte er, »und filmen Sie die Bilder darin ab. Wir lassen sie dann später allgemein vorführen.«

Er fügte hinzu: »Wenn Sie den Film abgeschlossen haben, sollten Sie versuchen herauszufinden, wie man die Bilder in diese Flasche bekommen hat. Die Fremdem müssen weitaus mehr wissen über die Physik und Chemie von Flüssigkeiten als wir.« Mit diesen Worten begab er sich auf den Rückweg in die Kabine seines Großvaters. Der alte Mann lag im Koma.

Kapitän John Lesbee, der erste Kommandant der *Hoffnung der Menschheit*, starb während der Schlafperiode desselben Sternentages, siebenundsiebzig Jahre, vier Monate und neun Tage nach dem Start von der Erde, im ehrenvollen Alter von hunderteinunddreißig Jahren.

Nach weiteren sechs Monaten war kein Mann, keine Frau seiner Generation mehr am Leben.

Und da machte Lesbee III. seinen entscheidenden Fehler. Er versuchte seinen Plan, den überflüssig gewordenen Atkins loszuwerden, in die Tat umzusetzen.

Der Tod von Lesbee III. durch Atkins – der auf der Stelle hingerichtet wurde, obwohl er auf Notwehr plädierte – stürzte die *Hoffnung der Menschheit* in eine neue Krise.

John Lesbee IV. war erst zehn Jahre alt. Browne drängte zwar darauf, den Jungen sofort zum Kapitän zu ernennen, doch Carson, der Erste Offizier, hatte andere Ansichten. »Es stimmt schon«, sagte er scheinheilig, »daß er erwachsen sein wird, wenn wir Procyon erreichen, doch bis dahin etablieren wir einen Kapitänsrat, der für ihn das Kommando führt.«

Dieser Vorschlag fand die Unterstützung des Zweiten Offiziers Luthers. Und es vergingen etliche Wochen, ehe Browne feststellte daß die beiden Frauen Lesbees III. inzwischen mit Carson und Luthers zusammenlebten.

»Ihr alten Böcke!« rief er während der nächsten Sitzung des Kapitänsrates. »Ich fordere eine sofortige Wahl! Und wenn Sie sich damit nicht gleich einverstanden erklären, wende ich mich an die Wissenschaftler und an die Besatzung.«

Er stand auf und beugte sich drohend über die kleiner geratenen Männer. Diese zuckten zurück, dann versuchte Carson, aus einer Innentasche einen Handstrahler zu ziehen. Wenn er es wirklich eilig hatte, wußte Browne nicht mehr, wie kräftig er in Wirklichkeit war. Er schnappte sich die beiden Männer und schlug sie mehrmals mit den Köpfen zusammen. Die Heftigkeit dieser Bewegung war zuviel für Knochen und Fleisch der beiden, zumal Brownes Zorn ihm nicht gestattete, sich sofort zu bremsen.

Die zunehmende Schlaffheit der beiden Gestalten vor sich riß ihn schließlich aus seiner Raserei. Als ihn die volle Erkenntnis der Ereignisse überkam, rief er die Wissenschaftler zur Sitzung hinzu, und man faßte den Entschluß, eine Wahl abzuhalten.

Es dauerte eine Zeitlang, bis die Leute begriffen, was von ihnen verlangt wurde, doch schließlich wurde in geheimer Abstimmung ordnungsgemäß ein Verwaltungsrat gewählt. Und dieser Rat bestätigte das Recht John Lesbees IV., seinem Vater als Kapitän zu folgen, sobald er volljährig wurde. Zur Überbrückung bot der Rat Browne den Posten des Befehlshabenden Kapitäns, zunächst befristet auf ein Jahr.

Ein Jahr später hatten sich zwei Ratsmitglieder die Situation überdacht und stellten sich als Kandidaten für den Kapitänssessel zur Verfügung. Browne wurde wiedergewählt.

Der frühere Dritte Offizier, jetzt Befehlshabender Kapitän Browne, ärgerte sich ein wenig darüber, daß sich eine Opposition gegen ihn bildete.

»Warum das?« wandte er sich gekränkt an seinen ältesten Sohn. »Die Kerle haben doch keine Ahnung von den Pflichten eines Offiziers!«

Er begann seine beiden Söhne in den Besonderheiten seines Postens auszubilden. »Schadet nichts, wenn ihr darüber Bescheid wißt«, sagte er. »Jemand muß doch die Arbeit tun.«

Eine Zeitlang machte ihm sein Gewissen zu schaffen, dann

aber hörte er, daß eine Verleumdungskampagne gegen ihn im Gange sei. »So etwas gab es früher nie!« beschwerte er sich beim Rat. »Wenn Esel wie Kesser und der Ziegenbock Plauck einen anderen hinter seinem Rücken einen Dummkopf nennen können, stimmt hier etwas nicht. Ich finde fast, Ihr solltet mich im nächsten Jahr zum Kapitän bestimmen, bis Lesbee fünfundzwanzig ist, damit solcher Unsinn ein Ende hat. Wir dürfen nicht das Risiko eingehen, daß irgendein Idiot, der keine Ahnung hat, die Kontrolle über das Schiff in die Hand bekommt.«

Ratsherr Plauck bemerkte trocken, physikalische Kenntnisse stünden jedem Kommandanten gut an, der sich durch ein Weltall voller gefährlicher Energien, beispielsweise voller kosmischer Strahlen, lavieren müsse. Brownes »Empfehlung«, wie man es nannte, wurde abgewiesen. Doch er wurde für ein weiteres Jahr als Kapitän bestätigt.

Kurz danach bemerkte einer der Ratsherren beim Gang durch die hydroponischen Gärten unter den Arbeitern ein bekanntes Gesicht. Er machte dem Rat Meldung, der daraufhin zu einer Sondersitzung zusammengerufen wurde. Browne gab sich aalglatt: »Warum soll sich der junge Lesbee nicht ein bißchen Bewegung verschaffen? Die Sache mit der getrennten Hierarchie gefällt mir sowieso nicht. Meiner Meinung nach sollten alle jungen Leute mal in den Gärten arbeiten. Ich werde das zur Abstimmung stellen. Ich wette, die regulären Gartenarbeiter fänden es ganz toll, wenn ihr großen Tiere vorbeikommt und ihnen einredet, es gebe an Bord Leute, die sich für körperliche Arbeit zu schade sind.«

Als er später nach den Fortschritten des jungen Lesbee in seiner Offiziersausbildung gefragt wurde, schüttelte Browne mit schmerzlicher Miene den Kopf. »Ehrlich gesagt, meine Herren, er macht keinen sehr guten Eindruck. Ich lasse ihn jeden Tag auf die Brücke kommen, sobald er im Garten fertig ist. Und er interessiert sich für nichts. So leid es mir tut – wir müssen daraus schließen, daß er nicht sonderlich intelligent ist. Seine Lernfähigkeit ist nicht sehr ausgeprägt.«

Zumindest einigen Ratsmitgliedern war klar, daß dagegen Kapitän Brownes Lernfähigkeit sehr entwickelt war.

11

John Lesbee IV. unterbrach seine Tätigkeit des Pflückens nicht. Die nächste Wand des hydroponischen Gartens war zweihundert Fuß entfernt; trotzdem war er sehr vorsichtig. Betont gleichgültig lauschte er den nächsten Worten des Mädchens: »Mutter sagt, die Funken hätten vor zwei Tagen zu sprühen begonnen. Wir müssen also in der Nähe von Procyon sein.«

Lesbee IV. sagte nichts. Er akzeptierte die alte Erklärung des Funkenphänomens, das immer nur dann auftrat, wenn zwei oder mehr Sonnen sich gegenseitig riesige Mengen Hochenergiepartikel aus den Magnetsphären zogen und weit ins interstellare Weltall hinaus beschleunigten.

Obwohl seine Führungsrolle auf wackligen Füßen stand, hatte er doch »Grundsätze«, zu denen auch gehörte, daß er mit seinen Gefolgsleuten keine technischen Fragen besprach. Er hatte dem Mädchen letzte »Nacht« Anweisungen gegeben. Jetzt lag es an ihr, Bericht abzustatten.

Seine Finger setzten die automatischen Bewegungen fort, während sie weitersprach: »Die anderen meinen, du solltest dich bei dieser Wahl aufstellen lassen. Browne läßt seinen ältesten Sohn zum Rat kandidieren. Wenn wir dich an seiner Statt wählen könnten. . .« Sie hielt plötzlich inne und fuhr dann fort: »Denk daran, du bist jetzt neunundzwanzig Jahre. Und der Rat hat deine Rechte noch immer nicht berücksichtigt. Du wirst darum kämpfen müssen.«

Lesbee IV. antwortete nicht. Er hatte Leute satt, die ihn immer wieder drängten, aus der Gruppe hervorzutreten. Waren ihnen die Gefahren nicht bewußt? Außerdem war es wichtig, daß er bis nach Procyon wartete. Wenn die Erde dann das nächste Ziel der Reise war, mochten sich die Schurken, die ihn um seine Rechte betrogen hatten, ruhig aus der Klemme winden, wenn sie konnten.

»Wenn du nicht handelst«, sagte das Mädchen besorgt, »werden die Männer allein vorgehen. Sie alle haben es leid, die anstrengende Arbeit zu tun und dafür das schlechtere Essen zu bekommen. Gourdy meint –« sie stockte –, »wir sollen im Schiff die Kontrolle übernehmen.«

Ihre Stimme klang ehrfürchtig. Und zum erstenmal machte Lesbee eine abwehrende Handbewegung, die nichts mit der Ernte zu tun hatte. »Aaaaa!« sagte er und senkte verächtlich die Hand. Diese ahnungslosen Dummköpfe, dachte er. Sie wußten ja nicht, wovon sie sprachen!

Im Schiff die Kontrolle übernehmen, soso – ein Haufen Arbeiter, die das Weltall bisher nur auf dem Bildschirm gesehen hatten.

»Du solltest dich beeilen!« sagte das Mädchen. »Du solltest dich beeilen und eine Entscheidung treffen . . .«

Die unbestimmten Berichte über eine sich entwickelnde Verschwörung im Untergrund beunruhigten Kapitän Browne nicht sonderlich. »Diese dreckigen Bettler!« sagte er zu Lieutenant George Browne, seinem jüngeren Sohn und Ersten Offizier. »Die haben ja nicht Verstand genug, mir den Hut zu klauen. Und wart's nur ab, bis sie erfahren, welche Pläne wir nach Ankunft im Procyon-System haben. Da werden sie sich das gründlich überlegen.« Der jüngere Browne sagte nichts. Er hielt seinen Vater für einen Dummkopf. Außerdem war ihm bereits klar geworden, daß es lange, sehr lange dauern würde, bis der stämmige Kapitän entscheidende Alterserscheinungen zeigen würde. Mit hundertundvier Jahren hatte der Kommandant sicher noch zwanzig Jahre gut.

Das war eine lange Wartezeit. So würde er selbst schon ein alter Mann sein, wenn er endlich Kapitän wurde. Über dieses Thema hatte er bereits mit seinem älteren Bruder gesprochen, der sich nächsten Monat zur Wahl in den Rat hatte aufstellen lassen. Vielleicht sollte er der Untergrundgruppe irgendwie klar machen, wie er dachte. Ein paar vage Versprechungen . . .

Procyon A, das sechsmal so stark leuchtete wie Sol, schwamm vor dem Schiff in der Dunkelheit. Eine gelbweiße Sonne, wuchs sie immer mehr an und wurde dabei ständig heller. Milliarden von Meilen weiter seitlich zeigte sich Procyon B als bleicher Sonnenfleck in der Schwärze und war nur mit Teleskopen deutlich auszumachen.

Überraschenderweise schmückte sich Procyon mit mehr Planeten als der strahlende Sirius. Fünfundzwanzig riesige Welten offenbarten sich den Teleskop-Blicken. Das Schiff beschäftigte sich näher mit den beiden Welten, die einen Durchmesser von fünfundzwanzigtausend Meilen hatten, und stellte fest, daß beide bewohnt waren und jeweils eine auf Chlor basierende Atmosphäre besaßen.

»Die anderen Burschen hatten zwar gute Ideen«, sagte Kapitän Browne, »aber sie trauten den fremden Zivilisationen keinen guten Willen zu. Wir müssen vor allem daran denken, daß die Bewohner dieser Systeme zu keiner Zeit den Versuch gemacht haben, uns etwas anzutun. Vielleicht fragen Sie jetzt, was mit dem alten Kapitän Lesbee sei. Unsinn! antworte ich. Er hat etwas geschaut, das nicht für menschliche Augen bestimmt war, dieser Anblick zerstörte sein Gehirn, und er starb. Wichtig ist, das Ding in der Kugel, das ihn anstarrte, hatte das Schiff völlig in seiner Gewalt – und es versuchte nicht einmal, uns zu schädigen.

Also!« Der großgewachsene Kapitän sah sich im Ratszimmer um. »Wo stehen wir also? In der besten Position, in der wir uns je befunden haben. Der alte Lesbee wagte die Dinge vor Centaurus nicht voranzutreiben, weil er mit unbekannten Kräften zu tun hatte. Bei Sirius bekamen wir Angst und schlugen los, weil sich das Unbekannte als absolut unmenschlich offenbarte. Jetzt aber wissen wir Bescheid. Hier scheint es eine interstellare Zivilisation zu geben, die uns sagen kann, was wir wissen wollen. Was wollen wir aber wissen? Na, welche Sterne erdengroße Planeten mit einer Sauerstoffatmosphäre haben!

Den Fremden hier ist es gleichgültig, ob wir sie finden oder nicht. Warum sollte es sie auch kümmern? Sauerstoffplaneten sind ihrem Zugriff ohnehin entrückt – ebenso wie wir an Schwefel- und Chlorplaneten kein Interesse finden können.

Nun denn, wir wollen ihnen sagen, was wir wissen wollen. Und wie?« Triumphierend grinste er seine zahlreichen Zuhörer an. »Überlassen Sie das nur mir«, fuhr er fort. »Überlassen Sie das mir! Das erste Schiff der anderen, dem wir nahe kommen, wird es erfahren.«

Es war dann aber doch erst das vierte Schiff. Die ersten drei beachteten die *Hoffnung der Menschheit* gar nicht. Das vierte Schiff stoppte ein Dutzend Meilen entfernt mitten im All. Es näherte sich dem irdischen Schiff auf hundert Meter und verhielt sich reglos und stumm, während Browne seine große Vorstellung abspulte.

Dazu setzte er einfache Mittel ein. In einem der Rettungsboote brachte er eine riesige Filmleinwand an und schickte das Boot ins All hinaus. Der Projektor war auf der Brücke aufgestellt, und die vorgestellten Bilder zeigten nacheinander, wie die *Hoffnung der Menschheit* die Erde verließ und zuerst vor Alpha Centauri und dann bei Sirius eintraf, gefolgt von der Entdeckung, daß die bewohnten Planeten eine Chlor- beziehungsweise Schwefelatmosphäre besaßen. Symbolisiert wurde dies mit der einfachen Methode, neben die Planeten Abbildungen des Atomaufbaus von Chlor und Schwefel zu projizieren. Die Erde wurde mit den Zeichen für Sauerstoff vorgestellt, obwohl man davon ausging, daß diese Wesen den Sauerstoff als das eigentliche lebenstragende Element erkennen würden.

Dann begann die wichtigste Phase der unheimlichen Filmvorführung. Eine Sternenkarte erschien auf der Leinwand. Sie zeigte gut sechzig Sterne in einem Radius von zwanzig Lichtjahren von der Sonne. Auf diese Szene wurde ein Triumvirat von Atomstrukturen projiziert – Chlor, Sauerstoff und Schwefel. Das Trio wurde zunächst auf eine Sonne gerichtet, verweilte dort einen Augenblick und wanderte dann zur nächsten.

»Mal sehen«, sagte Browne, »wie schnell sie begreifen, daß wir keine Ahnung haben, welche Art von Atmosphäre die Planeten dieser Sterne haben.«

Die Fremdwesen begriffen, als die Kamera die Dreifachfrage vom sechsten zum siebenten Stern rückte. Sie reagierten, indem sie die beweglichen Zeichen auslöschten. Auf der festen Sternenkarte erschien eine kompakte Reihe von Atomstrukturen, eine Anzeige neben jedem Stern. Browne zählte vier, die als Sauerstoffatmosphären ausgewiesen wurden. Während er noch hinschaute, wurde eine andere Sternenkarte mit der irdischen synchronisiert. Darauf zeigten sich Tausende von Sonnen, und neben jeder standen Atomsymbole, die Aufschluß gaben über die Atmosphäre der bewohnbaren Planeten.

Er bemerkte, daß das fremde Schiff sich entfernte; das Bild auf dem Schirm schrumpfte schnell.

»Holen Sie das Rettungsboot herein!« befahl Browne. »Wir sollten ebenfalls losfliegen. Ich kann wohl empfehlen, daß wir nach Alta fliegen. Das ist das nächste System.«

Als er später dem Rat Bericht erstattete, lag ein beinahe selbstgefälliges Lächeln auf seinem großen Gesicht. Er war stolz auf sich selbst. Sein Plan hatte funktioniert, und ein auf der Erde entstandenes Schiff besaß Filmunterlagen über Dutzende, vielleicht sogar Hunderte von Planeten, die von Menschen kolonisiert werden konnten.

Das Erfolgserlebnis überwältigte ihn, während er den Blick von einem Gesicht zum nächsten wandern ließ. Er fragte sich, ob diese Ratsherren wirklich dachten, was nun zu denken war: Wie richtig es gewesen war, ihn auf den Jahrestreffen zum Kapitän zu wählen. Vielleicht sahen sie nun auch ein, wie klug es sein würde, die Institution der Wahl überhaupt abzuschaffen. Das Wahlsystem war im Grunde sehr gefährlich und stand gegen die Vorschriften, nach denen Einheiten der bewaffneten Streitkräfte verwaltet wurden. Diese Frage sollte ein für allemal geregelt werden, damit es keine Verwirrung gab, sollte ihm einmal etwas zustoßen.

Nicht daß er sich alt vorkam – so redete er sich ein. Aber er hatte ausgerechnet, daß es dreißig Jahre dauern würde, Alta zu erreichen. Durchaus möglich, daß er weitere drei Jahrzehnte nicht überlebte. Aus rein gefühlsmäßigen Gründen wollte er das Recht an sich ziehen, einen Nachfolger zu benennen. Es war sein Wunsch, den Kapitänsposten auf seinen zweiten Sohn übergehen zu lassen. Während ihm dieser Gedanke durch den Kopf ging, fiel sein Blick auf den Türknauf am anderen Ende des Raumes. Er sah, wie sich das Gebilde drehte, und wurde von einer seltsamen, blitzschnellen Intuition überwältigt . . .

Und schon zerrte er seinen Handstrahler aus der Tasche . . .

Die Schnelligkeit seiner Reaktion schützte das Schiff vor den Händen der Rebellen, rettete ihm aber nicht mehr das Leben. Als später der jüngere Browne eine Gruppe bewaffneter Techniker und Wissenschaftler zusammentrommelte, um dem Rat zu Hilfe zu kommen, fand er sämtliche Ratsmitglieder tot vor –

bis auf einen Schwerverletzten. Kapitän Browne und sein ältester Sohn waren Opfer des Aufstandes geworden. Plauck und Kesser waren kaum wiederzuerkennen, doch hatten sie anscheinend Zeit gehabt, die Waffen zu ziehen und auf die von Gourdy angeführte Rebellengruppe zu schießen. Lesbee IV., das zeigte sich nun, hatte nicht mitmachen wollen.

Von den gut zwanzig jungen Männern, die Gourdy unterstützt hatten, waren siebzehn tot. Eine Blutspur führte den Korridor entlang und verriet zuerst zwei schwerverwundete Männer und endete an einem Lagerraum, in dem Gourdy sich verbarrikadiert hatte.

Da er sich nicht ergeben wollte, benutzte man die genauen Kenntnisse der Architektur des Schiffes gegen ihn. Eine Nadelkanone wurde lautlos von einem Geheimgang aus durch die Wand gestoßen. Er bekam nicht mehr mit, aus welcher Richtung der tödliche Schuß kam.

Der neue Kapitän Browne, der selbst schon über siebzig Jahre alt war, ließ den verwundeten Ratsherrn rücksichtsvollerweise ins Bett des Kapitäns legen. Irgendwann gegen Ende der Schlafperiode beschäftigte sich der Befehlshabende Kapitän mit dem Problem des einzigen Überlebenden einer gewählten Machtgruppe und schüttelte endlich entschlossen den Kopf.

»Wenn der Kerl jetzt überlebt«, dachte er, »könnte das ganze komplizierte Wahlsystem wiederauferstehen, und das wäre geradezu lächerlich.«

Nach einiger Zeit setzte er sich über die Kommunikationsanlage mit *seinem* Sohn in Verbindung. Die beiden Männer – der Sohn war zu der Zeit fünfundvierzig Jahre alt – kamen schnell überein, daß der Vater die Lage richtig beurteilte. Auf Vorschlag des älteren Mannes kehrte der junge Browne dann in seine Kabine zurück.

Es überraschte ihn aber nicht, am Ende der Schlafperiode von seinem Vater zu erfahren, daß der verletzte Ratsherr nicht mehr lebte.

Und daß es an Bord niemanden mehr gab, der rechtmäßig eine Wahl verlangen konnte.

12

Hundertundneun Jahre nach Verlassen der Erde schwenkte das Raumschiff *Hoffnung der Menschheit* in eine Kreisbahn um Alta III ein, den einzigen bewohnten und bewohnbaren Planeten, der im System zu finden gewesen war.

Am nächsten »Morgen« informierte Kapitän Browne die Schiffsladung der Kolonisten aus der vierten und fünften Generation, daß man ein bemanntes Rettungsboot zur Planetenoberfläche hinabschicken würde.

»Jedes Besatzungsmitglied hat sich als entbehrlich anzusehen«, fuhr er mit Betonung fort. »Heute ist der Tag gekommen, auf den sich unsere Vorväter, die vor so langer Zeit mutig zur neuen Grenze des Weltraums aufbrachen, voller innerer Überzeugung gefreut haben. Wir dürfen ihren Anspruch nicht enttäuschen.«

Er schloß die Ankündigung über das Kommunikationssystem des großen Schiffes mit der Bemerkung, die Namen der Besatzungsmitglieder des Rettungsbootes würden im Laufe der nächsten Stunde bekanntgegeben. »Und ich weiß, daß jeder echte Mann an Bord es gern sähe, seinen Namen dabeizuhaben.«

John Lesbee, der fünfte seines Namens an Bord, hatte ein seltsam hohles Gefühl im Magen, als er diese Worte vernahm – und er sollte sich in seiner düsteren Vorahnung nicht irren.

Noch während er sich mit der Frage herumschlug, ob er nicht den Anstoß zu einem verzweifelten Aufstand geben sollte, begann Kapitän Browne mit der erwarteten Verlesung der Liste.

Der Kommandant sagte: »Ich weiß, Sie werden ihm in diesem Augenblick des Stolzes und Mutes zur Seite stehen, wenn ich Ihnen sage, daß John Lesbee den Trupp anführen wird, der die Hoffnungen der Menschheit in dieses entlegene System tragen soll. Und jetzt die anderen . . .«

Er zählte sieben der neun Personen auf, mit denen sich Lesbee verschworen hatte, das Kommando des Schiffes an sich zu reißen.

Da das Rettungsboot nur acht Menschen Platz bot, schloß Lesbee, daß sich Browne so vieler Feinde wie möglich entledigte. Mit wachsender Bestürzung hörte er, wie der Kommandant alle Personen an Bord aufforderte, in den Freizeitraum zu kommen. »Hier soll sich auch die Besatzung des Rettungsbootes bei mir und den anderen Offizieren einfinden. Sie haben Anweisung, sich jedem Raumschiff zu ergeben, das sie abzufangen versucht. Die Orter werden alle zu beobachtenden Ereignisse an uns weitergeben und uns in die Lage versetzen, das Niveau der wissenschaftlichen Forschung der vorherrschenden Rasse des Planeten zu bestimmen.«

Lesbee hastete in seine Kabine auf dem Technikerdeck in der Hoffnung, daß Tellier oder Cantlin ihn dort aufsuchen würden. Er spürte das Bedürfnis, einen Kriegsrat abzuhalten, so kurz er auch ausfallen mochte. Er wartete fünf Minuten lang, doch von der Verschwörergruppe zeigte sich niemand.

Trotzdem hatte er Zeit, sich zu beruhigen. Seltsamerweise wirkte ausgerechnet der Geruch des Schiffes besonders besänftigend. Seit seiner frühesten Kindheit waren der Duft nach Ozon und nach erhitztem Metall seine Begleiter gewesen.

Da das Schiff zur Zeit in einer Kreisbahn stand, gab es ein gewisses Nachlassen der großen Spannung. Der Geruch erinnerte eher an alte Maschinen als an neue. Die Wirkung war jedoch unverändert.

Er saß in dem Stuhl, den er zum Lesen benutzte, und atmete mit geschlossenen Augen jenen Strauß von Gerüchen ein, der das Produkt so vieler titanischer Energien war. Er spürte, wie die Angst aus Geist und Körper wich. Er gewann seinen Mut zurück – und seine Kraft.

Lesbee machte sich klar, daß sein Plan der Machtergreifung riskant gewesen war. Und was noch schlimmer war, niemand konnte mit Brownes Entscheidung hadern, ihn zum Anführer des Einsatzes zu bestimmen. »Wahrscheinlich bin ich«, dachte Lesbee, »der am gründlichsten ausgebildete Techniker, den es je an Bord gegeben hat.« Browne III. hatte sich mit ihm angefreundet, als er zehn Jahre alt war, und ihn auf den langen, anstrengenden Weg des Lernens geführt, auf dem er schließlich alle technischen Disziplinen zu seiner Zufriedenheit gemeistert hatte. Browne IV. hatte dann seine Ausbildung fortgesetzt.

Er erfuhr, wie man Kontrollsysteme reparierte. Allmählich begriff er die miteinander verzahnten kybernetischen Funktionen. Schon vor langer Zeit war das ungeheure Spinngewebe elektronischer Schaltkreise hinter zahlreichen Paneelen beinahe zur Erweiterung seines eigenen Nervensystems geworden.

Er hatte nie genug Zeit, die Grundtheorie des Schiffshauptantriebs zu studieren. Diese Information war in einem Studienkurs enthalten, den Browne ihm zugänglich gemacht hatte; ein gewisses Grundwissen war durchgefiltert und hatte sich festgesetzt. Auf diesem fortschrittlichen Gebiet wußte er aber in Wahrheit weniger als sein Vater.

Der Vater hatte zahlreiche Versuche gemacht, sein Wissen auf den Sohn übergehen zu lassen. Aber es war ebenso schwierig, einem erschöpften, schläfrigen Jungen einen so komplizierten Stoff nahezubringen, wie es für den älteren Mann gewesen war, unter ähnlichen Umständen selbst an dieses Wissen zu kommen. Lesbee empfand sogar eine gewisse Erleichterung, als sein Vater starb. Der Druck war von ihm genommen. Seither war ihm allerdings klar geworden, daß die Browne-Familie gerade dadurch ihren größten Sieg errungen hatte, daß sie dem Nachkommen des ursprünglichen Schiffskommandanten eine nach oben hin begrenzte Bildung aufzwang.

Als er schließlich zum Freizeitraum marschierte, fragte sich Lesbee: Hatten die Brownes ihn ausgebildet, weil sie ihn irgendwann sowieso auf eine solche Mission schicken wollten?

Er riß die Augen auf. Wenn das stimmte, war seine eigene Verschwörung lediglich ein unbedeutender Vorwand. Die Entscheidung, ihn zu töten, war vielleicht sogar schon vor gut einem Jahrzehnt gefallen, und viele Lichtjahre von hier entfernt . . .

Das Rettungsboot raste auf Alta III zu. Lesbee und Tellier saßen im doppelten Kontrollsitz und beobachteten die endlose, dunstige Atmosphäre des Planeten auf dem vorderen Bildschirm. Dr. Tellier hatte nie begriffen, warum Raumschiffe nicht einmal ein Viertel der Lichtgeschwindigkeit erreichten. Seine Unterlagen zeigten, daß er mit Überlichtgeschwindigkeiten gerechnet hatte, sein Tod jedoch war zu früh eingetreten, um seinen Sohn in die eigenen Fußstapfen treten zu lassen. Seither hatte niemand die Kenntnisse auf sich vereinigt, die notwendig waren, um seine Arbeit fortzusetzen.

Die Wissenschaftler, die Dr. Telliers Posten innehatten, hingen dem vagen Glauben an, das Schiff sei auf eines der Paradoxe gestoßen, die nun mal in der Lorentz-Fitzgerald-Kontaktions-Theorie steckten.

Wie immer die Erklärung auch aussah, auf den Grund ging ihr niemand.

Lesbee beobachtete Tellier und fragte sich, ob sein Gefährte und bester Freund sich innerlich so leer fühlte wie er. Unglaublicherweise geschah es in diesen Sekunden zum erstenmal, daß er – oder irgendein anderer – das große Schiff verließ. »Wir rasen tatsächlich abwärts«, dachte er, »auf eine jener riesigen Land- und Wassermassen zu – einen Planeten!«

Während er die Szenerie fasziniert beobachtete, vergrößerte sich der mächtige Ball sichtlich.

Sie näherten sich seitlich, auf einem weiten, schnellen, spitz anlaufenden Kurs, bereit, sich mit Düsenkraft zu entfernen, sollte einer der natürlichen Strahlengürtel sich als für das Abwehrsystem zu stark erweisen. Doch während die verschiedenen Strahlungsstadien registriert wurden, gaben die Anzeigen zugleich zu verstehen, daß die Anlagen des Rettungsbootes automatisch reagierten.

Urplötzlich wurde das Schweigen durch eine Alarmglocke unterbrochen.

Gleichzeitig konzentrierte sich einer der Bildschirme auf einen Lichtpunkt, der sich tief unten mit großem Tempo bewegte. Das Licht raste auf das Rettungsboot zu.

Ein Geschoß!

Lesbee stockte der Atem. Der schimmernde Lichtpunkt ging dann doch vom Kurs ab, beschrieb eine totale Drehung und bezog in mehreren Meilen Entfernung Position, um zusammen mit dem Rettungsboot abzufallen.

»Sie werden uns nie landen lassen«, war Lesbees erster Gedanke, gefolgt von einer starken Enttäuschung.

An den Kontrollen gellte ein neues Signal auf. »Sie erforschen uns«, sagte Tellier angespannt. Sekundenbruchteile später schien das Rettungsboot unter den Männern zu beben und zu erstarren. Kein Zweifel – so fühlten sich Traktorstrahlen an, die das andere Boot herüberschickte. Das Feld umklammerte das Rettungsboot, zog es näher heran, ließ es nicht mehr los.

Die Wissenschaft der Bewohner von Alta III erwies sich schon jetzt als sehr eindrucksvoll.

Das Rettungsboot setzte seinen Weg fort.

Die gesamte Besatzung versammelte sich ringsum und schaute zu, wie der Lichtpunkt näher kam und sich zu einem Objekt auflöste, das schnell größer wurde. Aus nächster Nähe ragte es auf, größer als das kleine Beiboot.

Ein metallisches Dröhnen ertönte. Das Rettungsboot erzitterte vom Heck bis zum Bug.

Noch ehe die Vibrationen vergangen waren, sagte Tellier: »Seht ihr – die Leute haben die Luftschleuse gegen die unsere geführt.« Hinter Lesbee begannen die anderen mit den seltsamen Scherzen, wie sie jemand macht, der zu Tode verängstigt ist. Es war eine primitive Komödie, in der jedoch plötzlich genügend Lustigkeit enthalten war, um seine Angst zu durchbrechen. Beinahe gegen seinen Willen begann er zu lachen.

Vorübergehend von jeder Angst befreit, wohl wissend, daß Browne ihn beobachtete und daß es kein Entkommen gab, sagte er: »Öffnet die Luftschleuse. Sollen uns die Fremden ruhig gefangennehmen, wie befohlen.«

13

Einige Minuten, nachdem die Außenschleuse geöffnet worden war, faltete sich auch der Schleusenraum des fremden Schiffes auf. Gummiüberzogene Gerätschaften rollten heraus und berührten das irdische Rettungsboot. Sie dichteten beide Schleusen gegen das Vakuum des Weltalls ab.

Luft fuhr fauchend in die Passage zwischen den beiden Raumfahrzeugen. In der Schleuse der Fremden öffnete sich eine Innentür.

Wieder hielt Lesbee den Atem an.

Im Gang bewegte sich etwas. Ein Geschöpf schlenderte ins Blickfeld. Das Wesen näherte sich selbstsicher und hämmerte mit einem Gebilde, das es am Ende eines von vier ledrig aussehenden Armen trug, gegen die Außenhülle.

Das Geschöpf hatte vier Beine und vier Arme und einen langen, dünnen, aufrecht gehenden Körper. Obwohl es so gut wie keinen Hals hatte, deuteten die zahlreichen Hautfalten zwischen Kopf und Körper auf eine große Beweglichkeit hin. Noch während Lesbee die Einzelheiten der Erscheinung registrierte, drehte das Wesen ein wenig den Kopf, und die beiden großen, ausdruckslosen Augen starrten direkt in den verborgenen Raumorter, der die Szene photographierte – und folglich geradewegs in Lesbees Augen.

Lesbee blinzelte das Wesen an und löste dann den Blick von der Erscheinung.

Er schluckte heftig und nickte Tellier freundlich zu. »Mach auf!« befahl er.

Kaum hatte sich die Innentür des irdischen Rettungsbootes geöffnet, erschienen sechs weitere vierbeinige Wesen und marschierten auf die gleiche selbstverständliche Weise hintereinander durch den Gang.

Alle sieben Kreaturen traten durch die offene Tür ins Bootsinnere. Und als sie dann eintraten, drangen ihre Gedanken in Lesbees Gehirn . . .

Als Dzing und seine Entergruppe das kleine Karn-Schiff durch die miteinander verbundenen Schleusen verließen, übermittelte ihm sein Erster Offizier einen Gedanken: »Luftdruck und Sauerstoffgehalt weichen nur um einen winzigen Prozentsatz von unseren Oberflächenwerten ab. Diese Wesen könnten auf unserem Planeten leben.«

Dzing trat in das Erdenschiff und erkannte, daß er sich im Kontrollraum befand. Und zum erstenmal gewahrte er die Menschen. Er und seine Mannschaft stellten die Vorwärtsbewegung ein, und die beiden Gruppen, die Menschen und die Karn, starrten sich an.

Das Auftauchen der zweibeinigen Wesen überraschte Dzing nicht. Pulsorter hatten die Metallwände des Bootes längst durchdrungen und Umrisse und Dimensionen der an Bord Befindlichen genau photographiert.

Seine erste Anweisung an die Begleitung sollte ergeben, ob die Fremden tatsächlich kapitulierten. Er befahl: »Sagt den Gefangenen, wir müssen verlangen, daß sie sich vorsichtshalber ausziehen.«

Bis zu diesem Augenblick wußte Lesbee nicht recht, ob diese Wesen menschliche Gedanken so empfangen konnten, wie umgekehrt ihre Gedanken verstanden wurden. Seit dem ersten Augenblick hatten die Fremden ihre geistigen Gespräche geführt, als wären sie sich der Gedanken der Menschen nicht bewußt. Während er noch zuschaute, traten die Karn vor. Einer zupfte vielsagend an seiner Kleidung. Und der letzte Zweifel war ausgeräumt.

Die Telepathie bewegte sich nur in einer Richtung – von den Karn zu den Menschen.

Während er sich hastig auskleidete, beschäftigte sich Lesbee intensiv mit den Konsequenzen, die daraus zu ziehen waren . . . auf keinen Fall durfte Browne davon erfahren. Lesbee zog sich völlig aus; ehe er die Kleidung aus der Hand legte, nahm er das Notizbuch und einen Schreibstift heraus. Nackt stand er mitten im Raum und schrieb hastig: »Nicht erkennen lassen, daß wir die Gedanken dieser Wesen lesen können.« Er reichte das Notizbuch herum und verspürte Erleichterung, als alle Männer den Text gelesen und ihm stumm zugenickt hatten.

Dzing verständigte sich auf telepathischem Wege mit jemandem, der sich auf der Planetenoberfläche befand. »Diese Fremden«, meldete er, »hatten eindeutig den Befehl, sich zu ergeben. Das Problem ist, wie wir uns von ihnen überwältigen lassen, ohne sie merken zu lassen, daß wir es genau darauf anlegen.«

Lesbee empfing die Antwort nicht direkt. Aber er las sie in Dzings Verstand: »Fangt einfach an, das Rettungsboot auseinanderzunehmen. Vielleicht bringt das eine Reaktion.«

Die Angehörigen der Karn-Entermannschaft machten sich sofort an die Arbeit. Sie rissen die Kontrollkonsolen ab. Die Bodenplatten wurden angeschmolzen und herausgebogen. Nach kurzer Zeit lagen Instrumente, Drahtleitungen und Kontrollen dem Blick offen dar.

Browne mußte das Zerstörungswerk beobachtet haben, denn er meldete sich, ehe die Karn die automatischen Anlagen beschädigen konnten.

»Achtung, Männer!« rief er. »Ich schließe jetzt Ihre Schleuse und lasse das Boot heftig nach rechts abbiegen – in genau zwanzig Sekunden!«

Für Lesbee und Tellier hatte das zur Folge, daß sie sich in ihre Sessel setzten und sie so drehten, daß die Beschleunigung sie gegen die Rückenlehnen pressen mußte. Die anderen Männer ließen sich auf den beschädigten Boden sinken und hielten sich fest.

Das Schiff unter Dzing begann zur Seite zu ziehen. Die Wende setzte langsam ein, doch er ließ sich davon gegen eine Wand des Kontrollraums treiben. Dort versuchte er mit seinen zahlreichen Händen Halt an den Griffen zu finden, die abrupt aus der Wand hervortraten. Als die Bewegung energischer wurde, stemmte er sich mit den vier kurzen Beinen ab und fing den Rest der weiten Schwungbewegung mit dem ganzen schlanken Körper ab, der sich bis zum letzten Muskel anspannte. Seine Gefährten machten es ihm nach. Sie alle taten, als wären sie von der Trägheit betroffen.

Nach einiger Zeit hörte der schreckliche Druck auf, und Dzing schätzte, daß sie um ziemlich genau neunzig Grad den Kurs gewechselt hatten.

Während des Ereignisses hatte er einen detaillierten Bericht abgegeben. Jetzt traf die Antwort ein: »Setzen Sie die Vernichtung fort. Warten Sie ab, was die anderen unternehmen, halten Sie sich bereit, sich allem zu ergeben, das wie ein tödlicher Angriff aussieht.«

Hastig schrieb Lesbee in sein Notizbuch: »Unser Angriff muß nicht raffiniert sein. Sie werden es uns leicht machen – wir können gar nicht verlieren.« Lesbee wartete voller Spannung, während das Notizbuch herumgereicht wurde. Noch immer vermochte er nicht recht zu glauben, daß niemandem das Besondere aufgefallen war, das diese Entergruppe auszeichnete.

Tellier fügte eine Notiz hinzu: »Offensichtlich hatten diese Wesen ebenfalls Anweisung, sich als entbehrlich einzustufen.«

Und das brachte für Lesbee die Entscheidung. Die anderen hatten nichts von dem bemerkt, was ihm aufgefallen war. Erleichtert nahm er die falsche Analyse entgegen, die ihm den besten aller Vorteile verschaffte: ein Vorteil, der sich aus seiner speziellen Bildung herleitete.

Anscheinend wußte nur er genug, um zu analysieren, was diese Geschöpfe waren.

Der Beweis lag in der unvorstellbaren Klarheit ihrer Gedanken. Vor langer Zeit hatte man auf der Erde ermittelt, daß der Mensch eine latente telepathische Fähigkeit besitze, die einigermaßen nutzbringend nur mit elektronischer Verstärkung von *außerhalb* angewendet werden konnte. Die Energie, die für den Steigerungsprozeß erforderlich war, hätte bei direkter Anwendung Gehirnzellen verbrennen lassen.

Da die Karn diese Energie unmittelbar einsetzten, konnten sie keine natürlichen Lebewesen sein.

Folglich mußte es sich bei Dzing und seinen Gefolgsleuten um hochentwickelte Roboter handeln.

Die wahren Bewohner von Alta III riskierten ihre kostbare Haut nicht.

Als viel wichtiger empfand Lesbee die Möglichkeit, diese großartigen Maschinen gegen Browne einzusetzen – mit ihnen konnte er den Kapitän besiegen, die *Hoffnung der Menschheit* übernehmen und die lange Heimreise zur Erde antreten.

14

Während ihm diese Gedanken durch den Kopf gingen, beobachtete er die Karn bei der Arbeit. Jetzt sagte er laut: »Hainker, Graves!«

»Ja?« antworteten die beiden Männer im Chor.

»In wenigen Sekunden werde ich Kapitän Browne bitten, das Schiff noch einmal zu drehen. Wenn er es tut, setzen Sie unsere kleinen Gaswaffen ein!«

Die Männer grinsten erleichtert. »Wird gemacht«, erwiderte Hainker.

Lesbee befahl den anderen vier Mitgliedern seiner Besatzung, sich bereitzuhalten, blitzschnell die Haltegeräte für Untersuchungsobjekte einzusetzen. Dann wandte er sich an Tellier: »Sie übernehmen das Kommando, sollte mir etwas geschehen.«

Dann schrieb er eine neue Nachricht in das Notizbuch. »Wahrscheinlich werden diese Wesen ihre geistigen Gespräche auch dann noch fortsetzen, wenn sie sich bewußtlos stellen. Ihr achtet nicht darauf und macht auch keine Bemerkung darüber.«

Ihm war viel wohler zumute, als auch diese Äußerung von den anderen gelesen worden und das Notizbuch wieder in seinem Besitz war. Hastig sprach er dann in den Bildschirm: »Kapitän Browne! Machen Sie noch eine Drehung, eben stark genug, daß die Wesen an der Wand kleben.«

Und so fingen sie Dzing und seine Mannschaft.

Wie erwartet, setzten die Karn ihr telepathisches Gespräch fort. Dzing meldete seiner Bodenstelle: »Ich finde, das haben wir ganz gut hinbekommen.«

Von unten mußte eine Antwort gekommen sein, denn er fuhr fort: »Jawohl, Kommandant. Wir sind jetzt Gefangene, wie befohlen, und werden die weiteren Ereignisse abwarten ... Die Methode der Gefangennahme? Jeder von uns wird von einer Maschine festgehalten, die auf uns sitzt und deren

Hauptteil sich den Konturen unseres Körpers angepaßt hat. Etliche starre Anhängsel halten uns an Armen und Beinen fest. Alle diese Vorrichtungen werden elektronisch gesteuert, und wir könnten natürlich jederzeit fliehen. Das haben wir uns aber für später vorgenommen, wie Sie wissen . . .«

Diese Analyse ließ Lesbee erschaudern; aber für Wesen, die auf eine Todesexpedition geschickt worden waren, gab es kein Zurück.

»Ziehen Sie sich an!« befahl er seinen Männern. »Dann beginnen Sie mit der Reparatur des Schiffes. Alle Bodenplatten werden wieder angebracht, außer Sektion G-8. Dort wurden einige Instrumente herausgerissen, um die ich mich lieber selbst kümmere, damit alles wieder funktioniert.«

Als er sich angekleidet hatte, stellte er den Kurs des Rettungsbootes neu ein und setzte sich mit Browne in Verbindung. Nach kurzer Verzögerung erhellte sich der Bildschirm, auf dem das bedrückte Gesicht des vierzigjährigen Offiziers erschien.

Mürrisch sagte Browne: »Ich beglückwünsche Sie und Ihre Besatzung zu Ihrer Leistung. Anscheinend sind wir dieser Rasse in wissenschaftlicher Hinsicht ein wenig überlegen und können eine Landung wagen.«

Da es auf Alta III niemals eine Landung geben würde, wartete Lesbee wortlos ab, während Browne seinen Gedanken nachzuhängen schien.

Endlich schien der Offizier zu erwachen, ohne seine Unsicherheit allerdings abgestreift zu haben. »Mr. Lesbee«, sagte er, »Sie verstehen natürlich, daß dies für mich eine äußerst gefährliche Situation ist . . . und . . . für die ganze Expedition, natürlich«, fügte er hastig hinzu.

Als er diese Worte hörte, ging Lesbee auf, daß der andere ihn nicht wieder an Bord des Schiffes lassen würde. Um sein Ziel erreichen zu können, mußte er aber genau dorthin. »Ich muß die ganze Verschwörung offenbaren«, dachte er, »und wohl ein Kompromißangebot machen.«

Er atmete tief ein, blickte starr in die Augen von Brownes Bild auf dem Schirm und sagte mit dem Mut eines Mannes, für den es kein Zurück gibt: »Es will mir scheinen, Sir, als hätten wir zwei Möglichkeiten. Wir können unsere persönlichen Probleme durch eine demokratische Wahl oder auf dem Wege einer gemeinsamen Kapitänsführung lösen, wobei Sie einer dieser Kapitäne wären und ich der andere.«

Jedem, der das Gespräch mithörte, mußte die Bemerkung völlig sinnlos erscheinen. Browne jedoch verstand, was gemeint war. Spöttisch sagte er: »Ah, so kriechen Sie also doch aus Ihrem Loch! Nun, dazu will ich Ihnen eins sagen, Mr. Lesbee: als die Lesbees noch an der Macht waren, wurde auch nie von Wahlen gesprochen. Und das aus gutem Grund. Die Führung eines Raumschiffes setzte eine technische Aristokratie voraus. Was die gemeinsame Führung angeht, so würde das nicht funktionieren.«

Lesbee baute seine Lüge aus: »Wenn wir hierbleiben wollen, brauchen wir mindestens zwei Leute, die mit gleicher Autorität ausgestattet sind – der eine auf dem Planeten, der andere im Schiff.«

»Im Schiff könnte ich Ihnen nicht trauen«, erwiderte Browne tonlos.

»Dann sind Sie eben im Schiff«, schlug Lesbee vor. »Solche praktischen Details lassen sich noch im einzelnen ohne Schwierigkeiten regeln.«

Die Intensität der Gefühle, die den älteren Mann in dieser Sache bewegten, schien ihm fast die Beherrschung zu rauben. »Ihre Familie ist seit über fünfzig Jahren nicht mehr an der Macht!« fauchte er. »Wie können Sie da noch irgendwelche Rechtsansprüche geltend machen wollen?«

»Woher wissen Sie, wovon ich eigentlich rede?« gab Lesbee zurück.

Unterdrückter Zorn lag in Brownes Stimme. »Die Idee der ererbten Macht geht auf den ersten Lesbee zurück. Vorgesehen war sie nie.«

»Aber genau darauf stützen Sie sich doch«, erwiderte Lesbee. »Auch Sie sind durch Erbschaft an Ihren Posten gekommen.«

Mit zusammengepreßten Zähnen sagte Browne: »Einfach lächerlich, daß die irdische Regierung, die beim Start des Schiffes an der Macht war – und deren Mitglieder längst tot sind –

jemandem das Kommando übertrug ... und daß nun ein Nachfahre dieses Mannes der Ansicht ist, das Kommando gebühre ihm und seiner Familie in alle Ewigkeit!«

Lesbee schwieg, erstaunt über die Emotionen, die er zum Ausbruch hatte kommen lassen. Doch in der Sache glaubte er sich mehr denn je im Recht und machte unverzüglich seinen nächsten Vorschlag.

»Kapitän, wir befinden uns jetzt in einer Krise. Wir sollten unsere private Auseinandersetzung zurückstellen. Warum bringen wir eigentlich nicht einen unserer Gefangenen an Bord, damit wir ihn mit Hilfe von Filmen oder durch Schauspielerei befragen können? Die Situation zwischen uns können wir dann später besprechen.«

Brownes Gesicht ließ erkennen, daß die Vernünftigkeit des Vorschlages nicht ohne Wirkung blieb – ebensowenig wie die Möglichkeiten, die sich daraus ergaben.

»Nur Sie kommen an Bord – mit einem Gefangenen«, sagte Browne hastig. »Niemand sonst!«

Eine Gefühl des Schwindels überkam Lesbee, als der andere nach seinem Köder schnappte. »Eine ganz logische Sache«, sagte er sich. »Er wird versuchen, mich umzubringen, sobald er mich allein erwischt, und glaubt, er könne mich angreifen, ohne sich selbst in Gefahr zu bringen. Aber genau dieser Plan öffnet mir den Weg zurück ins Schiff – und um *meinen* Plan durchzuführen, muß ich an Bord sein.«

Browne hatte die Stirn gerunzelt. In besorgtem Ton fragte er: »Mr. Lesbee, können Sie sich einen Grund vorstellen, warum wir eines dieser Wesen *nicht* an Bord holen sollten?«

Lesbee schüttelte den Kopf. »Ich wüßte keinen Grund, Sir«, log er.

Browne schien eine Entscheidung zu treffen. »Na gut. Dann sehe ich Sie in Kürze. Die weiteren Einzelheiten können wir dann durchsprechen.«

Lesbee wagte es nicht, darauf noch etwas zu antworten. Er nickte lediglich und unterbrach die Verbindung. Ein Schauder des Unbehagens überlief ihn.

»Was können wir sonst tun?« fragte er sich.

Nun wandte er seine Aufmerksamkeit dem Teil des Bodens

zu, den man offen für ihn zurückgelassen hatte. Eilig beugte er sich vor und betrachtete die Eintragungen auf jeder Programmiereinheit, als suche er genau die richtigen, die zuvor in den Halterungen gesteckt hatten.

Er fand die gesuchte Serie: ein kompliziertes System miteinander verbundener Elemente, ursprünglich dazu gedacht, ein ferngesteuertes Landesystem zu programmieren, einen fortschrittlichen Waldo-Mechanismus, der dazu in der Lage war, das Raumschiff auf einem Planeten zu landen und es wieder starten zu lassen, von Anfang bis Ende auf der Impuls-Ebene menschlicher Gedanken gelenkt.

In der richtigen Reihenfolge steckte er die Elemente der Serie an ihren Platz und arretierte sie.

Nachdem diese wichtige Aufgabe erledigt war, griff er nach der Fernsteuerung für die Anlage und steckte sie beiläufig in die Tasche.

Anschließend kehrte er an die Kontrolltafeln zurück und kontrollierte mehrere Minuten lang die Schaltungen anhand einer Darstellung an der Wand. Etliche Drähte waren losgerissen worden. Diese schloß er nun wieder an und überbrückte gleichzeitig mit einer kleinen Drehung der Zange ein Schlüsselrelais des Fernsteuerpiloten.

Lesbee setzte die Haube nur locker wieder auf. Er hatte keine Zeit, sie richtig festzumachen. Anschließend verschaffte er sich einen Käfig aus dem Lagerraum und verstaute darin Dzing mitsamt seinen Fesseln.

Ehe er das Gefängnis schloß, befestigte er am Käfig eine Widerstandsschaltung, die verhindern sollte, daß der Karn auf der Ebene menschlicher Gedanken sendete. Die Apparatur war sehr einfach in der Weise, daß sie nicht selektiv funktionierte. Sie verfügte über einen Schalter, der Energieströme auf Gedankenebene im Bereich der Metallwände durchließ oder unterband.

Als das Gerät angebracht war, schob Lesbee die winzige Fernsteuerung dafür in die andere Hosentasche. Er aktivierte die Kontrollen nicht. Noch nicht.

Aus dem Käfig meldeten sich Dzings Gedanken: »Es ist interessant, daß die Wesen mich auf diese Weise ausgesondert haben. Daraus ließe sich schließen, daß es sich um einen mathematischen Zufall handelt, vielleicht sind sie aber auch sehr aufmerksam gewesen und haben gemerkt, daß ich den Einsatz geleitet habe. Wie immer der Grund auch aussieht, es wäre töricht, jetzt noch umzukehren.«

Eine Glocke begann zu läuten. Lesbee hob den Blick und entdeckte auf einem der Bildschirme einen Lichtpunkt, der sich in schnellem Flug einem Linienkreuz in der Mitte der Darstellung näherte. So gingen die *Hoffnung der Menschheit*, die durch das Licht dargestellt wurde, und das Rettungsboot unweigerlich ihrem Schicksal entgegen.

15

Browne hatte angeordnet: »Kommen Sie in den Behelfs-Kontrollraum.«

Lesbee lenkte das angetriebene Lastwägelchen mit dem Käfig aus Luftschleuse B des großen Schiffes – und stellte fest, daß der Zweite Offizier Selwyn die Kontrollen der Schleuse bedient hatte. Das war ein ziemlich großes Kaliber für eine solche Routineaufgabe. Selwyn winkte ihm zu und lächelte verkrampft, während Lesbee seine Last in den stillen Korridor steuerte.

Unterwegs begegnete er niemandem. Anscheinend waren die anderen Besatzungsmitglieder aus diesem Teil des Schiffes verbannt worden. Kurze Zeit später stellte er den Käfig mit grimmigem Gesicht in der Mitte des Behelfs-Kontrollraums ab und verankerte ihn magnetisch am Boden.

Browne verließ den Kontrollstuhl und trat von der gummiverkleideten Plattform herab, um auf gleicher Höhe wie Lesbee zu sein. Lächelnd und mit ausgestreckter Hand trat er näher. Er war ein großgewachsener Mann wie alle Brownes, einen Kopf größer als Lesbee, und sah auf adrette Weise attraktiv aus. Die beiden Männer waren allein.

»Ich bin froh, daß Sie so offen gesprochen haben«, sagte er. »Ich glaube aber kaum, daß ich mich so direkt hätte äußern können, wenn ich nicht durch Ihr Beispiel dazu angeregt worden wäre.« Doch als sie sich die Hand schüttelten, ließ Lesbee in seiner Vorsicht nicht nach. »Er versucht sich von der Verrücktheit seiner Reaktion zu erholen«, dachte er. »Ich habe ihn wirklich aus der Reserve gelockt.«

Browne fuhr in unverändert herzlichem Tonfall fort: »Ich habe eine Entscheidung getroffen. Eine Wahl kommt nicht in Frage. Im Schiff wimmelt es nur so von schlecht informierten und untrainierten Dissidentengruppen, von denen die meisten einfach nur zur Erde zurückkehren wollen.«

Lesbee, der den gleichen Wunsch verspürte, hielt sich diskret zurück und sagte nichts.

Browne fuhr fort: »Sie werden Bodenkapitän sein, ich der Kommandant im Schiff. Warum setzen wir uns nicht gleich zusammen und arbeiten ein Kommuniqué aus, mit dem wir beide einverstanden sind und das ich über die Kommunikationsanlage verbreiten kann?«

Während sich Lesbee im Sessel neben Browne niederließ, fragte er sich: »Was ist damit zu gewinnen, daß er mich offiziell zum Bodenkapitän ausruft?«

Seine Überlegungen endeten mit dem zynischen Gedanken, daß der ältere Mann das Vertrauen John Lesbees zu gewinnen vermochte – indem er ihn einwickelte, an der Nase herumführte, in die Irre leitete und schließlich vernichtete.

Unauffällig sah sich Lesbee um. Der Hilfs-Kontrollraum war eine große quadratische Kammer in unmittelbarer Nachbarschaft der mächtigen Hauptmaschinen. Die Kontrollanlagen waren eine Nachbildung der Installationen der Brücke an der Spitze des Schiffes. Das mächtige Raumschiff ließ sich von beiden Räumen aus gleichermaßen steuern, außer daß die Brücke eine Vorrechtschaltung hatte. Der Wachoffizier hatte im Notfall das Recht, eigene Entscheidungen zu treffen.

Lesbee rechnete im Geiste nach und folgerte, daß im Augenblick Miller, der Erste Offizier, auf der Brücke Wache hatte. Miller trat uneingeschränkt für Browne ein. Wahrscheinlich beobachtete der Wachhabende die beiden Männer laufend auf einem Bildschirm und hielt sich bereit, Browne sofort zu Hilfe zu eilen, sollte das erforderlich werden.

Wenige Minuten später verlas Browne das gemeinsame Kommuniqué, mit dem er als Bodenkapitän eingesetzt wurde. Lesbee hörte sorgfältig zu. Er war ein wenig erstaunt und doch bestürzt, mit welchem Selbstvertrauen der ältere Mann seine Machtposition im Schiff sah. Es war ein großer Schritt, seinem größten Rivalen einen so hohen Rang einzuräumen.

Brownes nächster Schritt überraschte ihn nicht minder. Während sie auf den Bildschirmen überall im Schiff noch gesehen werden konnten, hob Browne den Arm, schlug Lesbee freundschaftlich auf die Schulter und sagte zum aufmerksamen Publikum: »Wie Sie alle wissen, ist John der einzige direkte Nachkomme des ursprünglichen Kapitäns. Niemand weiß genau, was vor einem halben Jahrhundert, als mein Großvater das Kommando übernahm, im einzelnen geschah. Ich weiß aber noch, daß der Alte stets der Ansicht war, nur er wüßte, wie die Dinge organisiert werden müßten. Ich möchte bezweifeln, daß er Vertrauen in irgendeinen jungen, forschen Burschen hatte, den er nicht total unter Kontrolle zu haben meinte. Oft hatte ich das Gefühl, daß mein Vater eher das Opfer von meines Großvaters Stimmungen und Überlegenheitsanwandlungen war, als daß er davon profitierte.«

Browne setzte ein gewinnendes Lächeln auf. »Nun ja, ihr Leute, wir können zwar die Eier, die auf diese Weise zerbrochen wurden, nicht wieder heile machen, doch wir können dafür sorgen, daß der Heilungsprozeß der Wunden in Gang gebracht wird, ohne von der Tatsache abzulenken –« seine Stimme klang plötzlich sehr fest und entschlossen –, »daß meine Ausbildung und meine Erfahrung mich zum wahren Kapitän des Schiffes machen.«

Er schwieg einen Augenblick. »Kapitän Lesbee und ich werden jetzt gemeinsam versuchen, uns mit der gefangenen intelligenten Lebensform zu verständigen, die von dem unter uns liegenden Planeten stammt. Sie können gern zusehen, wenn wir uns auch das Recht vorbehalten, die Übertragung aus guten Gründen jederzeit zu unterbrechen.« Er wandte sich an Lesbee. »Was sollten wir Ihrer Ansicht nach als erstes tun, John?«

Lesbee steckte offensichtlich in der Klemme. Ein erster großer Zweifel hatte ihn befallen – die Möglichkeit, daß es der andere tatsächlich ernst meinte. Diese Möglichkeit war um so beunruhigender, als in wenigen Sekunden ein Teil seines Plans offenbar werden mußte.

Seufzend machte er sich klar, daß es jetzt kein Zurück mehr gab. »Wir müssen den ganzen Wahnsinn ans Licht bringen«, dachte er. »Nur dann können wir unsere Vereinbarung als gegeben ansehen.« Mit ruhiger Stimme sagte er: »Warum holen wir den Gefangenen nicht heraus, damit wir ihn sehen können?«

Als der Traktorstrahl Dzing aus dem Käfig hob – und somit fort von den Energien, die seine Gedankenwellen abgeschirmt hatten, setzte sich der Karn mit seinem Kontaktmann auf Alta III in Verbindung: »Ich wurde in einem engen Raum gefangengesetzt, dessen Metall gegen jede Kommunikation mit Energie gefüllt war. Ich werde jetzt versuchen, Zustand und Leistungsfähigkeit dieses Schiffes zu ergründen . . .«

In diesem Augenblick hob Browne den Arm und schaltete das Übermittlungssystem aus. Nachdem das Publikum auf diese Weise ausgeschlossen worden war, wandte er sich anklagend an Lesbee: »Erklären Sie mir, warum Sie mich nicht informiert haben, daß diese Wesen sich durch Telepathie verständigen!«

Seine Stimme klang drohend. Seine Augen funkelten zornig. Es war der Augenblick der Offenbarung.

Lesbee zögerte und wies dann mit einfachen Worten darauf hin, wie unsicher die gegenseitigen Beziehungen gewesen waren. Er beendete seinen Vortrag mit offenen Worten: »Indem ich ein Geheimnis daraus machte, hoffte ich, ein wenig länger am Leben zu bleiben – etwas, das Sie auf keinen Fall im Sinn gehabt hatten, als Sie mich auf die Selbstmordmission schickten.«

»Aber wie wollten Sie diese Besonderheit der Fremden für Ihre Zwecke . . .?« Browne unterbrach sich. »Egal«, sagte er leise.

Wieder strahlte Dzing Gedanken ab: »In mancher Hinsicht ist das Schiff sehr fortgeschritten. Die automatischen Systeme sind vorzüglich entworfen und reparieren sich weitgehend selbst. Es gibt moderne Anlagen für Energie-Schutzschirme, und man vermag einen Traktorstrahl hervorzubringen, der mit den Leistungen unserer mobilen Einheiten Schritt zu halten vermag. Der auf Atomenergie abgestellte Raumantrieb dagegen ist sehr unergiebig. Die Resonanzfeld-Spulen, die die Partikelbeschleunigung steuern, sind unrichtig balanciert, als hätte man das grundlegende Prinzip noch nicht ganz begriffen. Anstatt auf annähernde Lichtgeschwindigkeit beschleunigt zu werden, stößt man die Partikel mit relativ niedriger Geschwindigkeit aus, die kaum zu einer Steigerung der Masse geführt hat. Im ganzen Schiff gibt es nicht genügend Masse, um den Reaktionszustand auf mehr als nur den Bruchteil der Entfernung zum nächsten Planetensystem aufrechterhalten zu haben. Ich gebe Ihnen jetzt die wahrgenommenen Daten durch, damit die großen Computer eine vernünftige Interpretation vornehmen können . . .«

Besorgt fragte Lesbee: »Sir, wir sollten ihn schleunigst wieder in den Käfig stecken, während wir zu ergründen versuchen, worüber er eigentlich redet!«

Browne kam dieser Aufforderung nach – während Dzing seine Gedanken weiterströmen ließ: »Meine Analyse ist zutreffend! Diese Wesen sind uns folglich völlig ausgeliefert.«

Der Gedanke wurde abrupt unterbrochen, als man ihn in den Käfig senkte, dessen Schutzschaltung sofort zu wirken begann.

Browne aktivierte das Kommunikationssystem und sagte: »Tut mir leid, daß ich Sie vorübergehend ausschalten mußte. Es wird Sie interessieren zu erfahren, daß es uns gelungen ist, die Gedankenimpulse des Gefangenen zu lesen und daß wir seine Kontaktgedanken an ein Wesen auf dem Planeten abgefangen haben. Damit gewinnen wir die Oberhand über ihn.« Er wandte sich an Lesbee. »Meinen Sie nicht auch, Kapitän?«

Browne zeigte äußerlich keine Sorge, wohingegen Lesbee von Dzings letzter Äußerung ziemlich entsetzt war: ». . . uns völlig ausgeliefert.« Damit konnte nichts anderes gemeint sein, als was die Worte erkennen ließen. Er war nur verblüfft, daß Browne die Bedeutung einer solchen Meldung nicht erkannte.

Browne äußerte sich begeistert: »Diese Entdeckung der Telepathie interessiert mich sehr. Eine großartige Abkürzung in der Kommunikation, wenn es uns gelingt, unsere eigenen Gedankenimpulse aufzubringen. Vielleicht könnten wir uns in diesem Zusammenhang das Prinzip der ferngesteuerten Landeapparaturen zunutze machen, die, wie Sie wissen, menschliche Gedanken in einer Energiestärke projizieren können, die einem normalen Funksender entspricht.«

An diesem Gedanken interessierte Lesbee vor allem der Umstand, daß er ein solches Kontrollgerät für elektronisch verstärkte Gedankenimpulse bereits in der Tasche trug. Leider bezogen sich die Kontrollen auf das Rettungsboot. Wahrscheinlich war es das beste, die Kontrollen des Schiffes ebenfalls darauf einzustellen – ein Problem, mit dem er sich schon befaßt hatte und zu dem ihm Browne jetzt eine einfache Lösung aufzeigte.

Er zwang sich dazu, seine Stimme ruhig klingen zu lassen, als er sagte: »Kapitän, ich werde die Lande-Analogien programmieren, während Sie die vorgesehene Film-Kommunikation vorbereiten. Auf diese Weise sind wir auf den Burschen vorbereitet, egal was noch passiert.«

Browne schien kein Mißtrauen zu hegen, denn er erklärte sich sofort einverstanden. Ein Filmprojektor wurde auf Brownes Geheiß an einem Ende des Raums auf ein festes Fundament geschraubt. Der Vorführer und Dritter Offizier Mindel – der in seiner Begleitung eingetroffen war – schnallten sich in Stühlen fest, die unmittelbar neben dem Projektor standen.

Während dies ablief, setzte sich Lesbee mit verschiedenen Mitgliedern der technischen Besatzung in Verbindung. Einer der Techniker erhob Einwände: »Aber John«, erklärte er, »auf diese Weise haben wir eine Doppel-Kontrolle, wobei die Steuerung des Rettungsbootes vor die des Schiffes geschaltet ist. Es widerspricht allen Prinzipien der Flugsteuerung, fest eingebaute Mechanismen solchen Spielgeräten zu unterstellen. Ich . . . es ist ungewöhnlich.«

Und das war es. Aber Lesbee kämpfte um sein Leben. Es war die Rettungsbootkontrolle, die er in guter Reichweite in der Tasche trug, nichts anderes. Er blieb also fest: »Möchten Sie mit Kapitän Browne sprechen? Wollen Sie sein Einverständnis einholen?«

»Nein, nein.« Die Zweifel des Technikers schienen zu verfliegen. »Ich habe ja vorhin gehört, wie Sie zum Ko-Kapitän ernannt wurden. Sie sind der Chef. Es wird geschehen.«

Lesbee hängte das Interkom-Telefon ein, durch das er mit dem Mann gesprochen hatte, und drehte sich um. Dabei erkannte er, daß der Film zur Vorführung bereit war und daß Browne die Finger auf die Kontrollen des Traktorstrahls gelegt hatte. Der ältere Mann musterte ihn fragend.

»Soll ich?« fragte er.

In diesem entscheidenden Augenblick kamen Lesbee Bedenken. Sofort ging ihm nämlich auf, daß die einzige Alternative zu Brownes Vorhaben darin bestand, sein geheimes Wissen zu offenbaren.

Von Zweifeln geplagt, zögerte er. Dann deutete er auf die Kommunikationsanlage: »Würden Sie das abschalten?«

Browne sagte zur Besatzung: »Liebe Leute, wir schalten Sie gleich wieder dazu.« Er unterbrach die Verbindung und schaute Lesbee fragend an.

Woraufhin Lesbee leise sagte: »Kapitän, ich muß Sie informieren, daß ich den Karn in der Hoffnung an Bord gebracht habe, ihn gegen Sie einzusetzen.«

»Nun, das ist immerhin ein offenes Wort«, erwiderte der Offizier leise.

»Ich spreche davon«, fuhr Lesbee fort, »denn falls Sie ähnliche eigennützige Motive hätten, sollten wir die Lage bereinigen, ehe wir mit dem Verständigungsversuch fortfahren.«

Von Brownes Hals breitete sich eine rote Tönung über sein Gesicht. Endlich sagte er langsam: »Ich weiß nicht, wie ich Sie davon überzeugen soll, aber ich hatte keine heimlichen Pläne.«

Lesbee betrachtete Brownes offenes Gesicht und erkannte plötzlich, daß es der andere ehrlich meinte. Browne hatte den Kompromiß akzeptiert. Die Lösung eines doppelt besetzten Kapitänpostens war ihm willkommen.

Lesbee durchlebte eine Mischung von Freude und Zweifel. Seine Furcht vor Brownes Absichten vermochte er nicht völlig zu überwinden. Andererseits hatte es den Anschein, als gäbe es endlich eine Verständigung zwischen ihnen. Man konnte die eigene Wahrheit aussprechen und eine Reaktion bekommen – falls sie einen Sinn ergab.

Es wollte ihm scheinen, als müsse er glauben, daß diese Wahrheit einen Sinn ergebe. Er bot Browne Frieden an Bord des Schiffes. Das kostete natürlich seinen Preis; aber es war der Frieden. Und in der derzeitigen Notlage wußte Browne den Wert der gebotenen Lösung zu erkennen.

Das wurde Lesbee klar.

Ohne weiter hinter dem Berg zu halten, schilderte er Browne, daß die Kreaturen, die an Bord des Rettungsboots gekommen waren, Roboter waren und keine normalen Lebewesen.

Browne nickte nachdenklich vor sich hin. Schließlich sagte er: »Aber ich begreife nicht, wie sich das nutzen ließe, das Schiff in die Gewalt zu bekommen.«

Lesbee erklärte, daß der Roboter ein eingebautes Selbstzerstörungssystem besäße, so gestaltet, daß es sich bei seiner Aktivierung ausrichten ließe, um alles zu vernichten, was sich im Wege der Detonation befinde.

»Deshalb«, fuhr Lesbee fort, »hatte ich ihn auf den Rücken gelegt, ehe wir ihn hereinbrachten. Ich hätte ihn hochziehen und auf sie richten können. Natürlich sorgte ich dafür, daß das nicht geschehen konnte, bis Sie klargemacht hatten, was Ihre Absicht war. Eine meiner Vorsichtsmaßnahmen versetzte uns in die Lage, die Gedanken dieser Kreatur aufzufangen, ohne ...«

Während des Sprechens schob er die Hand in die Tasche, um dem älteren Mann die winzige Fernsteuerung zu zeigen, mit der sie, wenn sie nicht aktiviert war, Dzings Gedanken lesen konnten, ohne ihn aus dem Käfig zu holen.

Er hielt in seiner Bewegung inne, als er den häßlichen Gesichtsausdruck auf Brownes Gesicht bemerkte.

Der große Mann warf dem Dritten Offizier Mindel einen Blick zu.

»Also, Dan«, fragte er, »meinen Sie auch, daß das genügt?«

Entsetzt bemerkte Lesbee, daß Mindel einen Ohrverstärker trug. Er mußte jedes Wort mitgehört haben, das er und Browne gewechselt hatten.

Mindel nickte. »Jawohl, Kapitän«, sagte er, »ich bin fest davon überzeugt, daß er uns mitgeteilt hat, was wir herausfinden wollten.«

Lesbee erkannte, daß Browne seinen Sicherheitsgurt geöffnet hatte und seinen Sitz verließ. Der Offizier drehte sich um, richtete sich zu strammer Haltung auf und sagte mit strenger Stimme: »Techniker Lesbee, wir haben vernommen, wie Sie grobe Pflichtversäumnisse zugegeben haben, ebenso die Absicht, die rechtmäßige Regierung dieses Schiffes zu stürzen, die Absicht, mit Hilfe außerirdischer Wesen menschliches Leben zu vernichten sowie andere unsägliche Verbrechen zu begehen. In der äußerst gefährlichen Lage, in der wir uns befinden, ist eine

Hinrichtung ohne formelles Verfahren gerechtfertigt. Ich verurteile Sie aus diesem Grunde zum Tode und befehle dem Dritten Offizier, Sie . . .«

Er stockte und sprach nicht weiter.

16

Während er sprach, war zweierlei geschehen. Lesbee drückte den »Aus«-Schalter für die Käfigkontrollen, eine gänzlich automatische Geste, eine konvulsivische, zuckende Bewegung, eine Folge seiner Bestürzung. Eine Tat, die er sich nicht überlegt hatte. Soweit er mit seinem bewußten Denken erkannte, lag in der Freisetzung von Dzings Gedanken kein Nutzen für ihn. Beinahe sofort machte er sich klar, daß seine einzige wirkliche Hoffnung darin bestand, die zweite Hand in die andere Tasche zu stecken und damit das ferngesteuerte Landegerät zu bedienen, dessen Geheimnis er Browne naiverweise offenbart hatte.

Als zweites machten sich Dzings Gedanken bemerkbar, die nun von den Fesseln befreit waren.

»Wieder frei – und diesmal natürlich dauerhaft. Durch Fernsteuerung habe ich in diesem Augenblick die Relais aktiviert, die in wenigen Sekunden die Maschine dieses Schiffes anlaufen lassen, und ich habe natürlich den Mechanismus darauf eingestellt, die Beschleunigung zu steuern ...«

Die Gedanken des Roboters mußten mit zunehmender Stärke auch Browne bewußt geworden sein, denn in diesem Augenblick hielt der Offizier unsicher inne.

Dzing fuhr fort: »Da ich das Feldsteuerungs-System verbessert habe, vermag der Atomantrieb jetzt Geschwindigkeiten zu erreichen, die an die des Lichts heranreichen. Ich habe gleichzeitig die künstliche Schwerkraft synchronisiert, so daß zwischen ihr und der Beschleunigung eine erhebliche Lücke klaffen wird. Diese Wesen haben es versäumt, wirkungsvolle Vorsichtsmaßnahmen gegen diese Art von Gefangennahme zu treffen ...«

Lesbee hob den Arm, schaltete das Kommunikationssystem ein und brüllte ins Mikrofon: »Alle Mann! Achtung bei Notbeschleunigung! Haltet euch fest!«

Dann fuhr er zu Browne herum: »In Ihren Sitz – schnell!«

Handlung und Worte waren eine automatische Reaktion auf die Gefahr. Erst dann fiel ihm ein, daß er ja kein Interesse am Wohlergehen Kapitän Brownes haben konnte. Und daß der andere nur deswegen in Gefahr war, weil er seinen gesicherten Sitz verlassen hatte, um Mindel einen Strahlerschuß auf Lesbee zu ermöglichen, ohne selbst getroffen zu werden.

Browne erkannte die Gefahr offensichtlich. Er versuchte den Kontrollsitz zu erreichen, den er erst vor wenigen Sekunden verlassen hatte. Die ausgestreckten Hände waren noch ein kurzes Stück davon entfernt, als die Wucht der Beschleunigung ihn bremste und rücklings zu Boden warf. Er fing sich mit Händen und Füßen ab, was ihn vermutlich vor einer Kopfwunde bewahrte, denn mit enormer Anstrengung vermochte er sich in eine sitzende Stellung zu hebeln. So rutschte er mit dem Rükken gegen die hintere Wand. Sie war zum Schutz der Menschen gepolstert und reagierte wie Gummi: er prallte mehrmals ab.

Von den mehrfachen g-Kräften der sich fortsetzenden Beschleunigung festgehalten, brachte er einen erstickten Schrei hervor: »Lesbee, retten Sie mich mit einem Traktorstrahl. Ich mache das an Ihnen wieder gut!«

Der verzweifelte Hilfeschrei des Mannes erfüllte Lesbee im ersten Augenblick mit Erstaunen. Natürlich konnte er nichts unternehmen, denn auch er vermochte sich nicht zu bewegen. Es erstaunte ihn allerdings, daß Browne nach den Ereignissen der letzten Minuten auf Gnade hoffte.

Gedanke und Gefühl gingen in der Erkenntnis unter, daß die Beschleunigung auf lebensbedrohliche Werte angestiegen war. Immer deutlicher wurde sich Lesbee seiner eigenen ungünstigen Lage bewußt.

Um mit Browne zu sprechen, hatte er sich umgedreht und schaute nun in die falsche Richtung in bezug auf den Vorwärtsflug des Schiffes. Der Sicherheitsgurt, der tief in seine Magengrube schnitt, hatte das Schlimmste verhindert. Jetzt hing er zusammengekrümmt da, noch immer im Sessel sitzend, doch einem Mann vergleichbar, dem Hände und Fuße gefesselt worden waren. Er hatte das seltsame Gefühl, das Innere seines Körpers würde ihm entströmen, gäbe es nur irgendwo eine

Öffnung. Die Augen traten ihm aus dem Kopf. Es war ein scheußliches Gefühl.

Er mußte den Stuhl herumdrehen, damit die Lehne den enormen Beschleunigungsdruck auffangen konnte.

Eben wollte er den ersten Versuch unternehmen, als sich die Tür des Käfigs öffnete und Dzings Kopf über dem Rand erschien ... Die Gedanken des Roboters hatten während der ereignisreichen Sekunden keine Unterbrechung erfahren.

». . . also, das war sehr einfach«, meldete der Karn. »Ich habe die Beschleunigungsdifferenz auf vier Schwerkrafteinheiten dieser Wesen eingestellt. Das genügt, um die Zweibeiner festzuhalten, ohne sie zu töten. Wie lange dauert es noch mit der Entermannschaft?« Es trat eine Pause ein, in der offensichtlich die Antwort von unten durchkam, denn Dzing fuhr gedanklich fort: »Die Zeit dürfte ausreichen, daß ich mir den Maschinenraum einmal direkt ansehe. Es gibt da ein Durcheinander in der Steuerung, auf dermaßen minimaler Ebene, daß ich nicht darauf programmiert bin, auf Distanz darauf einzuwirken. . .«

Während es diese Bemerkungen machte, stieg das Geschöpf aus dem Käfig und schritt, ohne äußerlich von der Beschleunigung behindert zu werden, zur Tür, um im anschließenden Korridor zu verschwinden. Einige Sekunden lang bekam Lesbee noch mit, wie es seine Beschreibungen und Darstellungen fortsetzte. Dann aber verloren die Gedankenwellen schnell an Intensität und verstummten schließlich ganz.

Lesbee bemerkte, daß auch Browne Dzings Abgang beobachtet hatte. Die beiden Männer starrten sich zornig an, dann versuchte Browne zu sprechen. Er bot einen schrecklichen Anblick; die Beschleunigung preßte Lippen und Gesichtsmuskeln zusammen, und so brachte er nur einen erstickten Laut zustande. Lesbee verstand dennoch einige Worte: ». . . Ihr verrücktes Tun . . . Man wird uns fangen . . . vernichten . . .«

»Das ist nun aber das Letzte!« dachte Lesbee. »Er gibt mir die Schuld an unserer Notlage.«

Ein Anflug von Schuldbewußtsein durchzuckte ihn, doch er kam schnell darüber hinweg. Die Frage, wo die Ursache für eine menschliche Katastrophe zu suchen war, wenn jedermann doch nur menschlich reagierte, war nicht so einfach, wie Browne anzunehmen schien ... Seit wann hatte ein Browne beispielsweise das Recht, einen Lesbee als entbehrlich einzustufen ...?

Lesbee äußerte diese Gedanken nicht. Er versuchte, den rechten Arm aus der starr ausgestreckten Haltung zu biegen. Er knickte den Ellenbogen ein und stellte fest, daß er nicht völlig zur Bewegungslosigkeit verurteilt war. Vorsichtig zwang er den Arm zurück und faßte unter Aufbietung beinahe sämtlicher Körperkräfte den Sitz des Kontrollstuhls und tastete sich zentimeterweise zu den Druckknopfkontrollen des Sitzmöbels vor.

Und erreichte sie! Legte den Finger auf den Knopf, der den Stuhl zum Kontrollbrett herumschwingen lassen würde ...

Und er hielt inne. Sein Verstand begann wieder zu arbeiten. Es fühlte sich zwar an, als hätte er einen riesigen Brocken Seife im Mund, doch er keuchte Browne zu: »Wieviel Treibstoff ... in der Maschine?«

Der verblüffte Ausdruck auf Brownes Gesicht ließ nicht erkennen, ob seine Antwort mit Hintergedanken verbunden war. Erstickt äußerte der Kommandant: »Viele Stunden!«

Lesbee war enttäuscht. Denn einen kurzen Augenblick lang hatte er sich hoffnungsvoll an das ständige Gerede über Treibstoffknappheit erinnert. Es hatte sogar Gerüchte gegeben, daß in der Periode der Gegenbeschleunigung vor Alta die Maschinen zeitweise nur noch eine Stunde lang Treibstoff gehabt hatten. Er selbst hatte mehrmals den Auftrag erhalten, in entlegenen Bereichen des Schiffes Metallteile loszuschweißen. Die Ergebnisse seiner Mühen hatte er in den Maschinenraum gebracht in der Annahme, daß der Antrieb das Metall nur so verschlinge, daß das Material sofort verbraucht werden sollte.

Wenn das stimmte, woher kam dann der reichliche Treibstoffvorrat dieses Augenblicks?

Mißmutig machte sich Lesbee klar, daß die Kolonisten vermutlich propagandistischen Tricks erlegen waren. Natürlich war der Treibstoff knapp. Browne hatte jedoch das Ausmaß dieses Zustandes so weit übertrieben, daß er Lesbee als entbehrlich auf die Reise hatte schicken können, ohne daß sich Widerstand erhoben hätte.

Doch leider glaubte er Brownes Worten jetzt. Die Maschinen hatten Treibstoff ... Seine letzte Hoffnung, daß die verfügbare Materie aufgebraucht werden und sie freigeben würde, hatte sich zerschlagen ... Sie mußten dem Beschleunigungsdruck also auf anderem Wege entkommen ... Die einzige Methode, die ihm einfiel, war äußerst gefährlich. Unterdessen mußte er andere Maßnahmen einleiten ...

Lesbee drückte den Knopf an der Seite des Kontrollsessels. Motorgetrieben fuhr der Stuhl herum; die Bewegung wirkte sehr unangenehm auf seine inneren Organe; Beine und Arme zuckten hin und her, wurden herumgeschwungen und schließlich zurückgedrückt. Mit dumpfem Laut prallte sein Oberkörper gegen die hohe gepolsterte Rückenlehne des Stuhls – atemlos, leicht betäubt, doch unverletzt und nach längerer Pause zum nächsten Schritt bereit.

Lesbee spannte die Armmuskeln gegen die unangenehmen Kräfte und zwang die Hand empor – mit ausgestreckten Fingern ertastete er seine Jackentasche und schob sie abwärts. Es war, als presse er weiches Fleisch gegen ein festes Hindernis. Sekunden später steckte seine Hand jedoch zerkratzt und seltsam taub im Inneren der Tasche.

Mit ganzer Kraft zwang er die Faust, sich zu öffnen und die Fernbedienung zu umfassen, die sich in der Tasche befand. Den nächsten Schritt tat er jedoch nicht sofort. »Warte lieber ab«, sagte er sich, »bis der Karn ein Stück entfernt ist.«

Und so saß er da – genauer genommen, wurde er in den Sitz gepreßt, mühselig atmend, überkommen von einer Erschöpfung, die ständig zunahm. Das Schwinden der Kräfte erfüllte ihn mit Sorge. War es denkbar, daß sein Körper bei vier g *im Sitzen* seiner sämtlichen Kräfte beraubt wurde?

Doch wenn er Dzing sofort umbrachte, war er noch immer mit Browne und seinen Helfershelfern allein, bedroht durch ein Todesurteil, das der andere noch nicht zurückgenommen hatte. Und wenn er lediglich die Beschleunigung stoppte, würde der Karn auf der Stelle zurückkehren, um herauszufinden, was sich hier abspielte.

Eigentlich war das nicht statthaft, aber wie sollte er anders handeln ...?

Wie Lesbee die Sache sah, war seine Chance, wichtige Informationen zu erlangen, um so größer, je länger er den entscheidenden Schritt hinausschieben konnte. Zum Beispiel mußte er klar wissen, wie Dzing den Antrieb des Schiffs verbessert hatte. Wenn in solchem Umfang neue Kräfte im Spiel waren, konnte ein unbedachter Schritt Menschenleben kosten und vielleicht sogar das ganze Schiff beschädigen.

Unter dem Eindruck dieses Gedankens begann er mit einer gründlichen Überprüfung der riesigen Kontrolltafeln vor sich. Die Minuten zogen sich in die Länge, und noch immer ließ er den Blick über die Instrumente wandern. Die alles durchdringende Müdigkeit, die in ihm anwuchs, wurde zu seinem Hauptproblem. Immer wieder begann er zu dösen und erwachte in der entsetzten Erkenntnis, daß wieder ein Zeitabschnitt vergangen war. Aber dann begriff er, was sich hier abspielte.

Die Gesamtbeschleunigung belief sich auf zwölf g, die künstliche Schwerkraft war auf acht g eingestellt. Die Lücke zwischen diesen Werten – vier g – war der Druck, der den Menschen so zu schaffen machte. Diese Erkenntnis bescherte Lesbee eine Art Ehrfurchtsgefühl. Es war eine neue, revolutionäre Technik. Hier mußte gefolgert werden, daß durch geistige Fernsteuerung im Antrieb und in den Spulen für die künstliche Schwerkraft erhebliche Änderungen vorgenommen worden waren.

Bisher war der Einsatz künstlicher Schwerkraft gleichzeitig mit der Beschleunigung nicht möglich gewesen. Die Energie hatte einfach nicht ausgereicht. Dzing hatte dies jedoch berichtigt, indem er eine große neue Energiequelle erschloß; der schnelle Ausstoß und die Expansion von Partikeln vervielfachten die nutzbare Energie wesentlich; theoretisch steigerte sie sich um einen Faktor von vielen zehntausend. Bei niedrigen Geschwindigkeiten war die verfügbare Energie in der Praxis allerdings nur etliche hundertmal größer.

Aber sie reichte nun für alle denkbaren Möglichkeiten aus.

Angestrengt atmend empfand Lesbee zum erstenmal seit langer Zeit wieder die phantastische Realität des Universums. Während des langsamen, hundert Jahre langen Fluges durch das All hatte die *Hoffnung der Menschheit* das Potential zu jener weitaus größeren Geschwindigkeit in sich getragen.

»Und Dr. Tellier hat den Faktor übersehen«, dachte er.

Übersehen? Und in der Folge war eine Schiffsladung von Menschen generationenlang durch die schwarzen Tiefen des interstellaren Weltraums gewandert.

»Sobald ich die erste von den drei Phasen meiner kleinen Fernsteuerung aktiviere, verliert Dzing die Kontrolle über den Antrieb und die künstliche Schwerkraft«, dachte Lesbee.

Leider würde ihn das wahrscheinlich sofort zum Behelfs-Kontrollraum zurückeilen lassen, um zu sehen, was in der Zwischenzeit geschehen war.

Lesbee machte sich klar, daß er in dieser Beziehung kein Risiko eingehen durfte. Er würde das Selbstvernichtungssystem des Karn mit der dritten Phase seines Steuerungsapparates auslösen müssen. Was ihn daran störte, war der paradoxe Umstand, daß der Roboter ihn zugleich irgendwie schützte.

Sobald die Kreatur vernichtet war, kehrte sofort die absolute Macht zurück, die Browne an Bord des Schiffes ausübte. Lesbee dachte: »Wenn ich nur ein paar Minuten Zeit gewinnen könnte, während ich hier Browne in die Enge treibe . . .«

Er dachte einige Sekunden lang darüber nach. Aber dann durfte es kein weiteres Zögern geben, und er drückte den ersten, dann den dritten Knopf.

Augenblicklich sank sein Körper gewichtslos auf dem Sessel zusammen.

Lesbee lauschte. Doch wenn es irgendwo an Bord eine Explosion gegeben hatte, pflanzte sich ihre Schockwelle nicht bis zu ihm fort.

Entsetzt fragte er sich: »Mein Gott, wäre es möglich, daß das Vernichtungssystem nicht funktioniert hat?«

Die aufsteigende Panik fiel einem neuen, drängenden Problem zum Opfer.

Auf der anderen Seite des Raums rappelte sich Browne erschöpft auf.

». . . sollte mich wieder in den Kontrollsessel setzen . . .«, murmelte er. Doch schon nach den ersten unsicheren Schritten schien er zu erkennen, wie die Karten verteilt waren. Er hob den Kopf und bedachte Lesbee mit einem flackernden Blick. »Oh«, sagte er in entsetztem Begreifen.

Es blieb keine Zeit mehr, sich über Dzing Gedanken zu machen. Lesbee fesselte Browne mit einer Serie von Traktorstrahlen und sagte. »Ganz recht. Sie haben Ihren Feind vor sich. Darüber sollten wir uns beide im klaren sein, denn wir haben nicht viel Zeit. Jetzt möchte ich Ihnen einige Fragen stellen.«

Browne war bleich. Mit heiserer Stimme sagte er: »Ich habe getan, was jede rechtmäßige Regierung in einer Notlage tun muß. Ich habe einen Verräter summarisch abgeurteilt, nachdem ich mir die Zeit genommen hatte herauszufinden, was im einzelnen geschehen war.«

Diese Erklärung war sinn- und bedeutungslos, wenn man die Geschichte des Schiffes berücksichtigte. Lesbee aber widersprach erst gar nicht. Er hatte das aufpeitschende Gefühl, gegen die Zeit zu arbeiten. Es war ungeheuerlich, daß er sich gegen Brownes Kräfte und gegen Dzing gleichzeitig durchsetzen mußte, aber so sah es nun einmal aus; und hastig schwang er Browne vor sich herum und nahm ihm den Handstrahler ab.

Lesbee war wohler zumute, als er die Waffe in der Hand hielt. Es gab allerdings noch eine andere Gefahr. Ohne sich umzudrehen, wandte er sich an den Bildschirm, der die direkte Verbindung zur Brücke darstellte. »Mr. Miller, sind Sie da?«

Keine Antwort.

Lesbee forderte Browne auf: »Sagen Sie Miller, er soll nicht versuchen, die Vorrechtschaltung zu aktivieren. Sollte er die Kontrolle an sich reißen wollen, hat das zur Folge, daß ich den Strahler gegen Sie verwende. *Haben Sie das verstanden, Miller?*« Seine Stimme ließ keinen Kompromiß mehr zu. Wieder war nichts zu vernehmen.

»Vielleicht ist er gestürzt und bewußtlos«, sagte Browne nervös. Lesbee hoffte dies sehr, hatte aber keine Zeit, sich Gewißheit zu verschaffen. Einige lebenswichtige und ungestörte Minuten lang brauchte er noch Brownes Wissen.

17

In diesem Augenblick war die richtige Mischung von Verstellung und Offenheit geboten. Lesbee hätte viel darum gegeben, eine einzige Frage über das Kommunikationssystem stellen zu können. Dringend lag ihm daran zu erfahren, ob es irgendwo an Bord eine Explosion gegeben hatte.

Aber wenn sie erfolgt war – wenn Dzing vernichtet war –, dann würde diese Erkenntnis die Anhänger Brownes informieren, daß sie es lediglich mit einem einzelnen Menschen zu tun hatten, und sie würden schleunigst handeln.

Folglich wagte er es nicht, sich über die wichtige Information Gewißheit zu verschaffen.

Bei etlichen anderen Details konnte ihm Browne dagegen sehr weiterhelfen, und vielleicht tat er es auch in diesen angespannten Minuten, in denen er sich noch bedroht fühlen mußte.

Hastig sagte Lesbee: »Zu schaffen macht mir, daß die Kreatur den Kontrollraum so einfach verlassen konnte, ohne von der Beschleunigung beeinflußt zu sein. So etwas ist unmöglich, trotzdem war es so.«

Er endete seine Äußerung mit einer Lüge: »Es widerstrebt mir, gegen das Geschöpf loszuschlagen, ehe wir begriffen haben, was es getan hat.«

Er hatte den großen Mann zu Boden sinken lassen und nahm dem Traktorstrahl etwas von seiner Festigkeit, ohne den anderen jedoch ganz freizugeben. Browne schien zu grübeln. Schließlich nickte er. »Na schön, ich weiß, was passiert ist.«

»Heraus damit!« Browne wechselte das Thema und fragte mit lauernder Stimme: »Was haben Sie mit mir vor?«

Lesbee starrte ihn ungläubig an. »Sie wollen doch mit dieser Information nicht hinter dem Berg halten?«

»Was bleibt mir anderes übrig?« fragte Browne zurück. »Solange ich mein Schicksal nicht kenne, habe ich nichts zu verlieren.«

Eine zynische Abwandlung überkam Lesbee, als er diese Worte vernahm. »Was war das?« fragte er in ironischem Ton. »Höre ich da womöglich ein Komplott heraus, die Fremdwesen dazu zu benutzen, Menschen zu vernichten? Stellen Sie Ihre eigene Sicherheit über die des Schiffes und seines Auftrags? Meinen Sie nicht, daß für so etwas eine standrechtliche Hinrichtung angebracht wäre?«

Der Ton schien Browne aufzuschrecken, denn er sagte hastig: »Hören Sie, Sie brauchen keine Verschwörung mehr zu betreiben. Im Grunde wollen Sie doch nur nach Hause fliegen, nicht wahr? Verstehen Sie, die neue Beschleunigung ermöglicht es uns, die Erde in wenigen Monaten zu erreichen.«

Er sprach nicht weiter. Unsicherheit schien von ihm Besitz zu ergreifen.

»Wen wollen Sie eigentlich in die Irre führen?« fragte Lesbee aufgebracht. »Wir sind ein Dutzend Lichtjahre von der Erde entfernt. Sie sprechen sicher von Jahren, nicht Monaten.«

Browne zögerte. »Na schön, ein paar Jahre. Aber wenigstens wird es kein ganzes Leben mehr dauern. Wenn Sie mir also versprechen, nie wieder gegen mich zu intrigieren, dann verspreche ich Ihnen . . .«

»*Sie* versprechen mir!« erwiderte Lesbee heftig. Brownes Erpressungsversuch hatte ihn überrascht. Aber der Anflug der Niedergeschlagenheit war vorüber. In seinem sturen Zorn wußte er genau, daß er sich keinen Unsinn mehr bieten lassen würde.

In kompromißlosem Ton sagte er: »Browne, zwanzig Sekunden nach meinem letzten Wort werden Sie zu reden beginnen. Ich spreche im Ernst!«

»Wollen Sie mich töten?« fragte Browne. »Das ist das einzige, in dem ich Gewißheit haben will. Hören Sie –«, seine Stimme nahm einen flehenden Ton an –, »wir brauchten gar nicht mehr zu kämpfen. Wir können nach Hause fliegen. Begreifen Sie nicht? Der lange Wahnsinn ist so gut wie vorbei. Niemand muß mehr sterben. Aber schnell, Mann, vernichten Sie die Kreatur mit Ihrer Fernsteuerung!«

Lesbee zögerte. Die Worte des anderen waren zumindest teilweise richtig. In ihnen lag bisher der Versuch, zwölf Jahre wie zwölf Wochen oder allenfalls zwölf Monate erscheinen zu lassen. Es blieb aber die Tatsache, daß es in der Tat eine kurze Reise war im Vergleich zu dem jahrhundertelangen Flug, der zuvor die einzige Möglichkeit gewesen war.

»Werde ich ihn umbringen?« fragte er sich.

Unter den gegebenen Umständen war das kaum vorstellbar.

Aber wenn nicht der Tod, welches Schicksal war dem anderen dann zuzudenken? Unentschlossen saß er im Sessel. Die wichtigen Sekunden verströmten, und er sah keine Lösung. Voller Verzweiflung dachte er schließlich: »Ich muß die Frage vertagen.«

»Eins verspreche ich Ihnen«, sagte er. »Wenn Sie eine Möglichkeit finden, daß ich mich in einem von Ihnen befehligten Schiff sicher fühlen kann, will ich Ihren Plan gern bedenken. Jetzt fangen Sie aber an zu reden, Mister.«

»Dieses Versprechen akzeptiere ich«, erwiderte Browne nikkend. Er fuhr fort: »Es gibt zwei mögliche Erklärungen, und natürlich neige ich zur alltäglicheren. Das heißt, ich postuliere, daß der Roboter eine Art Energiestrom verwendete, wie eine Balance aus Traktor- und Pressorstrahlen. Er wendete dies auf die gleiche unmittelbare oder schnelle Feedback-Weise an, wie Sie oder ich uns mit Muskelkraft im Gleichgewicht halten, wenn wir bei normaler Schwerkraft ausschreiten.«

»Und die zweite Erklärung?« fragte Lesbee.

»Die führt uns über die normalen Reaktionen und die normalen Energieverhältnisse hinaus. Als wir den Roboter zuletzt sahen, bot er das Erscheinungsbild eines Objekts, für das das gesamte Phänomen der Bewegungsträgheit aufgehoben war. Wenn das in der Tat richtig ist, dann waren wir Zeugen eines großen Ereignisses. Um es zu verstehen, müßten wir Theorien um die Lichtgeschwindigkeit ins Kalkül ziehen – vor allen Dingen die Lorentz-Fitzgerald-Kontraktions-Theorie. Bei Lichtgeschwindigkeit wird die Masse unendlich, doch die Größe gleich Null. Auf diese Weise hört die Materie abrupt auf, der Trägheit ausgesetzt zu sein, so wie wir sie kennen. Im Universum gibt es keinen anderen Zustand, in dem dies auf natürliche Weise geschehen kann. Dzing hat diesen Zustand auf irgendeine Weise künstlich herbeigeführt – wenn diese zweite Erklärung die zutreffende sein sollte.«

Zweifelnd sagte Lesbee: »Ich neige eher zur Traktor-Pressor-Theorie. Gibt es eine Möglichkeit festzustellen, wie er das wirklich gemacht hat?«

Browne wußte keine Methode zu nennen, diese Feststellung im nachhinein zu treffen. »Wenn es sich um eine Kombination von Energieströmen handelt, gab es vermutlich bei den Kontrollgeräten einen Ausschlag. Der sich wiederholen müßte, wenn das Wesen in die Zentrale zurückkehrt.«

Und das, überlegte Lesbee, wäre ein wenig zu spät, um noch von Nutzen zu sein. Hilflos fragte er: »Gibt es etwas, das wir von diesem Wesen lernen müssen?«

»Das haben wir bereits gelernt«, antwortete Browne. »Das Geschöpf vermag auf eine beiläufige Weise Energien zu steuern und die Raum-Zeit zu erfassen, die uns wissenschaftlich weit voraus ist. Folglich haben wir in diesem Sonnensystem nichts verloren. Wir sollten schleunigst von hier verschwinden.«

Lesbee dachte daran, wie die Karn an Bord des Rettungsbootes so getan hatten, als machte die Trägheit ihnen zu schaffen, während sie sich in Wirklichkeit frei hätten bewegen können.

Laut sagte er: »Vielleicht ist Ihre zweite Erklärung doch die bessere.«

Browne schüttelte den Kopf. »Nein, er wäre innerhalb weniger Sekunden hier gewesen. Bei Lichtgeschwindigkeit gibt es ein Stadium der komprimierten Zeit.«

»Wie bitte?«

»Verschwenden wir keine Zeit mit intellektuellen Diskussionen«, sagte Browne nervös.

»Ich möchte wissen, was Sie meinen.«

»Es ist eine komprimierte Zeit. In Beziehung zu uns stünde Dzings Zeit im Verhältnis hundert zu eins. Zehn Minuten bei uns könnten für ihn nur eine Sekunde sein.«

»Dann hätte er schon längst bei uns sein müssen, wenn er dazu in der Lage wäre.«

»Das wollte ich damit sagen.«

Lesbee mußte die Erregung unterdrücken, die in ihm aufstieg. Ihm ging der Gedanke durch den Kopf, daß er durch die

Aktivierung des dritten Knopfes unmittelbar nach dem ersten Knopf eine solche sofortige Rückkehr des Karn verhindert hatte.

»Und ich habe das getan«, dachte er, »ohne überhaupt zu ahnen, wie lebensgefährlich die Situation war – weil ich logisch gedacht habe, weil ich kein Risiko eingehen wollte.«

Freude stieg in ihm auf.

»Ich bitte Sie, Lesbee . . .«

Lesbees Hochgefühl schwand so schnell, wie es aufgeflackert war, denn Browne war für ihn nicht minder gefährlich als zuvor. Lesbee musterte den Mann düster.

»Ich bitte Sie, Lesbee«, wiederholte Browne, »das Ding muß gleich wieder hier auftauchen. Sagen Sie mir, wozu ich ja sagen soll – ich tu's.«

»Ich finde, wir sollten gerade jetzt eine Wahl abhalten«, sagte Lesbee.

»Einverstanden«, äußerte Browne sofort. »Sie treffen die Arrangements.« Er stockte. »Jetzt befreien Sie mich aber aus diesem Traktorstrahl, damit wir endlich handeln können.«

Lesbee blickte in das Gesicht des Mannes und bemerkte den gleichen offenen Ausdruck, den gleichen ehrlichen Blick, auf den der Hinrichtungsbefehl gefolgt war, und er fragte sich: »Was könnte er unternehmen?«

Er bedachte viele Möglichkeiten und überlegte schließlich: »Er hat den Vorteil des überlegenen Wissens – die unschlagbarste Waffe der Welt. Das einzige, was ich in letzter Konsequenz gegen ihn einzusetzen hoffen kann, ist *mein* Wissen um eine Vielzahl von Details, die eben nur ausgebildeten Technikern bekannt sind.«

Aber – *was* konnte Browne gegen ihn unternehmen?

Bedrückt sagte Lesbee: »Ehe ich Sie freigebe, möchte ich Sie zu Mindel hinüberheben. Sie beschaffen mir den Handstrahler.«

»Aber ja doch«, erwiderte Browne gelassen.

Wenige Minuten später übergab er Lesbee Mindels Waffe. Dort lag der Haken also nicht.

»Dann wäre da Miller auf der Brücke«, dachte Lesbee. »Ist es denkbar, daß Miller ihm irgendein Signal gegeben hat, während ich der Kontrolltafel den Rücken zuwandte?«

Vielleicht war Miller wie Browne durch die Phase der Beschleunigung vorübergehend ausgeschaltet worden. Er mußte unbedingt herausfinden, wie es um Miller im Augenblick bestellt war.

Lesbee aktivierte die Kommunikationsleitung zwischen den beiden Kontrollplätzen. Auf dem Schirm erschien das große, zerfurchte Gesicht des Ersten Offiziers. Hinter dem Mann vermochte Lesbee Details der Brücke auszumachen und dahinter die sternenbesetzte Schwärze des Weltalls. Höflich fragte Lesbee:

»Mr. Miller, wie haben Sie die Beschleunigung überstanden?«

»Ich wurde davon überrascht, Kapitän, und bin unangenehm durchgeschüttelt worden. Ich glaube, ich habe eine Zeitlang das Bewußtsein verloren. Inzwischen ist aber alles wieder in Ordnung.«

»Gut«, sagte Lesbee. »Wie Sie wahrscheinlich gehört haben, sind Kapitän Browne und ich zu einer Übereinkunft gekommen. Wir werden jetzt das Wesen vernichten, das irgendwo im Schiff unterwegs ist. Achtung!«

Mit energischer Handbewegung unterbrach er die Verbindung. Miller stand also tatsächlich abwartend bereit. Es blieb aber die Frage, was er tun konnte. Die Antwort lief natürlich darauf hinaus, daß er seine Vorrechtschaltung für die Hauptbrücke aktivieren konnte. Und was hatte *das* für Folgen? Plötzlich fiel ihm die Antwort ein.

Er durchschaute Brownes Plan. Man wartete darauf, daß Lesbee in seiner Wachsamkeit einen Augenblick lang nachließ. Dann würde Miller das Kommando übernehmen, Browne aus der Gewalt des Traktorstrahls befreien und Lesbee damit ergreifen.

Für die beiden Offiziere kam es darauf an, daß Lesbee nicht mehr die Zeit hatte, den Strahler auf Browne abzuschießen. »Soweit es mich betrifft«, dachte Lesbee, »ist das der einzige Umstand, über den sie sich Sorgen machen können.« Und sobald Lesbee tot oder gefesselt war, würde sich Browne das Gerät aus seiner Tasche holen und das dritte Stadium aktivieren, das Dzing vernichtete.

Aus Lesbees Sicht hatte dieser Plan nur einen Fehler. Nachdem er ihn erraten hatte, konnte er ihn gegen die beiden benutzen. Er machte sich klar, daß er schleunigst seine Vorbereitungen treffen mußte, ehe Browne wegen der Verzögerung Verdacht schöpfte. Er wandte sich zu den Kontrollen um und schaltete das Kommunikationssystem ein. »An alle im Schiff!« sagte er. »Bitte schnallen Sie sich wieder an. Helfen Sie den Verwundeten in eine sichere Position. Vielleicht tritt ein neuer Notfall ein. Sie dürften etwa eine Minute Zeit haben, aber machen Sie schnell.«

Er trennte die Verbindung und aktivierte die direkte Leitung zu den technischen Stationen. »Eine Sonderanweisung an das technische Personal«, sagte er. »Bitte hören Sie gut zu. Hat einer von Ihnen vor etwa zehn Minuten eine Explosion gehört?«

Innerhalb von Sekunden erhielt er die Antwort. Die klirrende Stimme eines Mannes meldete sich: »Hier spricht Dan. Im Korridor in meiner Nähe gab es eine Explosion – scheint mir aber länger als zehn Minuten her zu sein.«

Lesbee bezwang seine Erregung. »Wo?« fragte er.

»D – vier – neunzehn.«

Lesbee drückte auf die entsprechenden Knöpfe der Beobachtungsanlage und blickte Sekunden später einen Korridor entlang, der eingestürzt zu sein schien. Wände, Decke, Boden – alles war eine einzige Masse verbogenen Metalls.

Kein Zweifel – Dzing war zersprengt worden. Für ein solches Durcheinander gab es keine andere Erklärung.

Lesbee war zwar erleichtert, wußte aber auch, daß die Gefahr, in der er persönlich schwebte, noch nicht beseitigt war. Er schaltete das zweite Stadium der kleinen Apparatur in seiner Tasche ein, bezogen auf die Behelfs-Kontrollen des Schiffes. Dann drehte er sich zu Browne um.

Der ältere Mann schien nicht genau zu wissen, was geschehen war. »Was sollte das alles?« fragte er.

Lesbee erklärte ihm, daß Dzing vernichtet worden war.

»Oh!« Browne furchte nachdenklich die Stirn. »Wie klug von Ihnen, das für sich zu behalten«, sagte er schließlich.

»Ich wußte es nicht genau«, gab Lesbee zurück. »Das Schiff

ist wirklich schalldicht. Von der Explosion haben wir hier nichts gespürt.«

Das schien Browne zu akzeptieren.

Lesbee fuhr fort: »Wenn Sie noch einen Augenblick warten, während ich diese Waffe verstaue, dann will ich meinen Teil der Abmachung einhalten.«

Doch als er die Waffe eingesteckt hatte, hielt er mitleidvoll inne. Er hatte über etwas nachgedacht, das Browne vorhin geäußert hatte, daß nämlich der Flug zur Erde nur wenige Monate dauern könnte. Der Offizier hatte diese Äußerung qualifiziert, doch sie hatte Lesbee keine Ruhe gelassen.

Wenn das stimmte, brauchte tatsächlich niemand mehr zu sterben. Hastig fragte er: »Welchen Grund hatten Sie zu behaupten, die Heimreise würde nur . . . nun ja . . . weniger als ein Jahr dauern?«

»Das geht auf die ungeheure Zeitkompression im Umfeld der Lichtgeschwindigkeit zurück«, erklärte Browne eifrig. »Sie wiesen darauf hin, daß die Entfernung gut zwölf Lichtjahre betrage. Durch das neue Beschleunigungsprinzip läßt sich allerdings ein Zeitverhältnis von 300, 400 oder 500 zu eins aufbauen, und damit können wir den Flug in weniger als einem Monat bewältigen. Als ich das aussprechen wollte, war mir sofort klar, daß diese Zahlen Ihnen wenig sagen würden – dazu waren Sie viel zu sehr in Anspruch genommen. Ich konnte ja selbst kaum daran glauben.«

»Wir können in wenigen Wochen ins Sonnensystem zurückkehren – mein Gott!« sagte Lesbee staunend. Mit drängender Stimme fuhr er fort: »Hören Sie, ich bin mit Ihnen als Kommandant einverstanden. Wir brauchen keine Wahl. Für einen solchen Zeitraum ist der Status quo völlig ausreichend. Sind Sie einverstanden?«

»Natürlich«, antwortete Browne. »Genau das wollte ich Ihnen ja begreiflich machen.«

Sein Gesichtsausdruck war frei von jeder Hinterlist.

Lesbee betrachtete diese Maske der Unschuld und fragte sich hilflos: »Was stimmt hier nicht? Warum stimmt er mir nicht wirklich zu? Liegt das daran, daß er sein Kommando nicht so schnell verlieren will?«

Während er auf diese Weise voller Bedrückung um das Leben des anderen kämpfte, versuchte er sich in die Lage des Kapitäns über ein Raumschiff zu versetzen, versuchte er die Aussicht auf eine Rückkehr zur Erde mit den Augen des anderen zu sehen. Ein schwieriges Unterfangen – doch endlich glaubte er, ein wenig mehr zu verstehen.

Vorsichtig tastete er sich an das Problem heran. »Es wäre doch irgendwie beschämend, zur Erde zurückzukehren, ohne irgendwo eine erfolgreiche Landung absolviert zu haben. Mit unserer neuen Geschwindigkeit könnten wir ein Dutzend Sonnensysteme besuchen und trotzdem in einem Jahr zu Hause sein.«

Der Ausdruck, der über Brownes Gesicht huschte, verriet Lesbee, daß er die Gedanken des anderen richtig interpretiert hatte. Im nächsten Augenblick schüttelte Browne lebhaft den Kopf.

»Dies ist nicht die Zeit für solche Abstecher«, sagte er. »Wir sollten die Erkundung neuer Sternensysteme künftigen Expeditionen überlassen. Die Menschen hier im Schiff haben ihre Zeit abgesessen. Wir fliegen auf direktem Wege nach Hause.«

Brownes Gesicht war völlig entspannt. In seinen blauen Augen schimmerten Ernst und Ehrlichkeit.

Mehr konnte Lesbee dazu nicht sagen. Der Abgrund zwischen Browne und ihm ließ sich nicht schließen.

Der Kommandant mußte seinen Rivalen umbringen, um letztlich zur Erde zurückzukehren und zu melden, daß die Mission der *Hoffnung der Menschheit* erfüllt sei.

18

Lesbee setzte den Traktorstrahl ein, um Browne auf etwa sechs Fuß von sich fortzurücken. Dort setzte er ihn ab und befreite ihn von den Kräften des Strahls. Mit einer bewußt langsamen Bewegung nahm er die Hand von den Traktorkontrollen und drehte den Stuhl herum, so daß sein Rücken dem Kontrollbrett zugewandt war. Auf diese Weise beraubte er sich jeder Möglichkeit der Gegenwehr.

Es war der Augenblick der größten Verwundbarkeit.

Browne sprang auf ihn los und brüllte: »Miller – übernehmen Sie!«

Erster Offizier Miller gehorchte seinem Kapitän.

Als die Kontrollen der Brücke das Kommando an sich rissen, wurde eine Folge von Umschaltungen ausgelöst.

Die umgeleiteten elektrischen Ströme öffneten und schlossen Relais.

Die beiden Kontrollanlagen waren so gut aufeinander abgestimmt, daß die übernehmende Einrichtung stets das fortführte, was auf der anderen eingestellt worden war. Aus diesem Grunde konnte während eines solchen Wechsels normalerweise nichts schiefgehen.

In diesem Falle jedoch war von den Behelfskontrollen ein Element unter das Kommando des winzigen Geräts eingestellt worden, das sich in Lesbees Tasche befand. Und aufgrund dieser Einstellung hielt der mächtige kleine Apparat eine Beschleunigung von zwölf g und eine künstliche Schwerkraft von acht g im Zaum ..., und zwar als Gegenbeschleunigung, so wie Lesbee das Programm eingegeben hatte, indem er den Knopf für das zweite Stadium drückte.

Als die Brücke das Kommando über das Raumschiff übernahm, traten Antrieb und künstliche Schwerkraft sofort wieder in Aktion. Abrupt wurde die *Hoffnung der Menschheit* mit einer Geschwindigkeit rückwärts beschleunigt, die eine Lücke von vier g offenließ.

Lesbee fing den Ruck dieser abrupten Verlangsamung mit der weichen Rückenlehne seines Sessels auf, zum Teil auch über den rechten Arm und die rechte Flanke.

Und er erlitt keinen Schaden.

Browne jedoch wurde von dem Ereignis überrascht. Er war im Begriff gewesen, sich schräg von der Seite her auf Lesbee zu stürzen. Der gewaltige Stoß der Gegenbeschleunigung riß ihn in Fortsetzung seiner Bewegung direkt gegen das Kontrollbrett. Er prallte hörbar auf und klebte wie festgeleimt daran fest.

Ein Trennrelais, das Lesbee gleichfalls durch das Behelfskontrollbrett programmiert hatte, schaltete die Maschinen nun ebenso plötzlich ab, wie sie gestartet worden waren. In der nun eintretenden Gewichtslosigkeit kam Brownes Körper frei und glitt zu Boden.

An einem Dutzend Stellen war seine Uniform verfärbt. Noch während Lesbee fasziniert darauf starrte, sickerten die ersten Blutstropfen durch den Stoff.

19

»Werden Sie eine Wahl abhalten?« fragte Tellier.

Unter Lesbees Kommando hatte das große Schiff kehrtgemacht und seine Freunde an Bord genommen. Das Rettungsboot mit dem zweiten Karn an Bord war in eine Kreisbahn um Alta III geschickt und aufgegeben worden. Die beiden jungen Männer saßen in der Kapitänskabine zusammen.

Als er die Frage vernommen hatte, lehnte sich Lesbee im Stuhl zurück und schloß die Augen. Er brauchte sich gar nicht erst damit auseinanderzusetzen – er wußte, daß er absolut dagegen war. Denn schon kannte er das besondere Gefühl, das die Macht in einem Manne auslösen konnte.

Beinahe seit Brownes Tod hatte er in sich dieselben Gedanken wahrgenommen, die Browne zum Ausdruck gebracht hatte – dazu gehörten auch die Gründe, warum das Abhalten von Wahlen an Bord eines Raumschiffes nicht ratsam war. Er wartete, bis Ilsa – eine seiner drei Frauen, die jüngere der beiden Witwen Brownes – Wein einschenkte und leise den Raum verließ. Dann stimmte er ein grimmiges Lachen an.

»Mein lieber Freund«, sagte er, »wir können von Glück sagen, daß die Zeit bei der Lichtgeschwindigkeit derart komprimiert ist. Bei einem Zeitverhältnis von fünfhundert zu eins erfordern weitere Erkundungsvorstöße, die wir vielleicht vornehmen, allenfalls wenige Monate oder Jahre. Folglich glaube ich nicht, daß wir uns das Risiko leisten könnten, die einzige Person, die die Einzelheiten der neuen Beschleunigungsmethode versteht, abwählen zu lassen. Bis ich entschieden habe, wie groß unser Forschungsprogramm noch sein wird, werde ich unsere Antriebsmöglichkeiten geheimhalten. Ich war und bin allerdings der Meinung, daß eine weitere Person wissen sollte, wo ich diese Information dokumentiert habe. Natürlich suche ich mir dazu meinen Ersten Offizier Armand Tellier aus.«

Er hob das Glas. »Sobald ich den Bericht zu Ende geschrieben habe, werden Sie ein Exemplar erhalten.«

»Vielen Dank, Kapitän«, sagte der junge Mann, der seinen Wein mit sehr nachdenklicher Miene trank. Schließlich fuhr er fort: »Kapitän, ich finde, Sie würden sich wohler fühlen, wenn Sie eine Wahl ausschrieben. Ich bin sicher, daß Sie siegen würden.«

Lesbee lachte großzügig. »Ich fürchte, Sie verstehen die Dynamik des Regierens nicht«, antwortete er. »In der ganzen Geschichte ist es noch nicht vorgekommen, daß eine Person, die die Macht hatte, sie in eigener Initiative aus der Hand gab.«

Er schloß mit dem gelassenen Selbstvertrauen absoluter Macht. »Ich werde es nicht auf mich nehmen, hier einen Präzedenzfall zu schaffen.«

Zynisch lächelnd saß er da, als im Nebenraum der Summer der Haupttür zum Kapitänsquartier ertönte. Lesbee gewahrte, wie eine seiner Frauen zur Tür ging und öffnete. Zu seiner Überraschung war anschließend nichts mehr zu hören. Keine Begrüßung, keine Antwort, totales Schweigen.

»Der Unbekannte muß ihr eine Nachricht übergeben haben«, dachte Lesbee.

Diese Analyse endete mit einem Gefühl des Unbehagens. Eben wollte er sich in seinen Sessel zurücklehnen, als hinter ihm die barsche Stimme eines Mannes ertönte.

»Nun also, Mr. Lesbee – Ihre Kommandoübernahme ist zu Ende. Die unsere beginnt.«

Lesbee erstarrte. Er wandte sich um und starrte mit einem hohlen Gefühl im Bauch auf die Bewaffneten, die sich hinter dem Wortführer drängten. Er kannte keinen der Männer, sah aber, daß es sich um Gartenpfleger und Küchenhelfer handelte. Menschen, deren Existenz ihm bisher allenfalls vage bewußt gewesen war. Wieder meldete sich der Anführer der Gruppe zu Wort.

»Mein Name ist Gourdy, Mr. Lesbee – und wir übernehmen das Kommando hier im Schiff, diese Männer und ich –, denn wir wollen nach Hause, zurück zur Erde . . . Wenn Sie sich in acht nehmen, geschieht Ihnen und Ihren Freunden nichts . . .«

Lesbee seufzte erleichtert auf, als er diese Worte vernahm. Noch war nicht alles verloren.

20

Gourdy war vierunddreißig Jahre alt, als er die Führung der Revolte übernahm, die Lesbee V. stürzte. Er war ein untersetzter kleiner Mann mit sehr schwarzen Augen, der während seiner Jugend täglich daran erinnert worden war, daß sein Vater eine fehlgeschlagene Revolution geleitet hatte. Vor langer Zeit hatte er den Entschluß gefaßt, die Ideale seines Vaters, notfalls um den Preis seines Lebens, zu verwirklichen. Er verfügte über einen Mut, der sich aus seinem Haß ableitete, und eine Schläue, die sich allmählich entwickelt hatte aus seiner skeptischen Haltung gegenüber jeder Information, die von oben in die unteren Decks durchsickerte. Die vorgebliche Freundschaft zwischen Browne und Lesbee hatte er sofort als falsch erkannt, als einen Kampf und nicht als ein neues Miteinander. Und was noch wichtiger war: er hatte in dieser Entwicklung die Gelegenheit gesehen, auf die er seit langem wartete.

Nun zog er in die Kapitänskabine, und weil für ihn alles neu war, akzeptierte er nichts als gegeben. Was seinem scharfen und staunenden Blick dargeboten wurde, diente lediglich als Anreiz, all die anderen Dinge zu erkunden, die nicht so offen auf der Hand lagen. So hob er beispielsweise den Metallboden an, um sich zu vergewissern, daß sich darunter nichts befand, das gegen ihn verwendet werden konnte – und entdeckte dabei das Detektaphon-System, mit dessen Hilfe jeder Raum des großen Schiffes abgehört werden konnte. Und als er einige Wände aufbrechen ließ, stieß er auf das Labyrinth von Gängen, mit dessen Hilfe Techniker wie Lesbee dem viele zehntausend Meilen langen Kabelsystem auf der Spur blieben.

Zum erstenmal vermochte er sich vorzustellen, wie sein Vater ums Leben gekommen war – nämlich aus einem solchen Gang heraus –, während er sich hinter den verriegelten Türen eines Laderaums sicher wähnte. Das Auffinden dieser und anderer verborgener Hohlräume raubte den wissenschaftlichen Realitäten im Schiff ein wenig von ihrem Zauber. Gourdy sagte sich, daß ein Anführer nicht unbedingt Wissenschaftler sein müsse, um das Schiff zu lenken, hatte aber das starke Empfinden, daß er wohl noch einige Gegner umbringen müsse, ehe die Gemeinde der Wissenschaftler ihn und seine unausgebildeten Helfer akzeptieren würde.

Von Anfang an motivierten ihn sein ausgeprägtes Mißtrauen und sein Zorn zu einem Verhalten, wie es erforderlich ist, wenn ein Volksaufstand erfolgreich sein soll. Jede einzelne umstrittene Person verbannte er in die Arbeitsbereiche; sie durfte die oberen Etagen bis auf weiteres nicht mehr betreten. Er sagte sich, daß alle Entscheidungen, die die wichtigen Posten betrafen, weitreichende Folgen haben würden. Obwohl es dabei um eine große Zahl von Leuten ging, sprach er mit jedem einzelnen sehr persönlich.

Die meisten Wissenschaftler schienen zufrieden zu sein, ihre Arbeit für ihn fortsetzen zu dürfen. Viele brachten sogar ihre Erleichterung darüber zum Ausdruck, daß nun endlich jemand das Kommando führte, der wirklich den Rückflug zur Erde antreten wollte. Diese Leute ließ Gourdy an ihre früheren Arbeitsplätze zurückkehren, doch nach Maßgabe des Systems, das nun Gültigkeit hatte: nie durfte sich mehr als ein Drittel des Personals gleichzeitig in den Laboratorien aufhalten.

Etwa zwanzig Männer behagten ihm irgendwie nicht: ihr Verhalten, einige ihrer Äußerungen, Art und Zuschnitt ihrer Arbeit. Diese Leute klassifizierte er auf besondere Weise ein. Es würde einige Zeit vergehen, bis einer dieser Leute in den oberen Teil des Schiffes zurückkehren durfte, aus welchem Grund auch immer. Brownes und Lesbees Offizieren eröffnete er geradeheraus, daß er sich ihr Wissen zunutze machen wollte, daß sie aber bis auf weiteres nur einzeln und unter Bewachung »oben« Zutritt hätten.

Aus der ganzen Gruppe von annähernd zweihundert Personen leisteten lediglich ein Techniker und zwei unwichtige Wissenschaftler aktiven Widerstand. Sie sahen die neue Regierung der *Hoffnung der Menschheit* mit offener Verachtung. Alle drei äußerten im Gespräch mit Gourdy persönliche Beleidigungen. Sie machten sich über seine Kleidung und Sprechweise lustig und bedachten ihn mit Verwünschungen.

Gourdy parierte ihre Worte nachdenklich. Er war nicht mißtrauisch und besorgt, daß die drei einer Verschwörung angehören könnten, dazu gebärdeten sie sich zu auffällig. Er ahnte einen extremen Mangel an Einfühlungsvermögen in die Realitäten, war andererseits jedoch von einer Zielstrebigkeit getrieben, die Mitgefühl oder Verständnis nicht zuließ. Mit grimmiger Zufriedenheit machte er sich klar, daß er hier ein Exempel statuieren konnte. Er tötete die drei Männer und verkündete die Hinrichtungen über das Kommunikationssystem – etwa eine Stunde vor der nächsten Schlafperiode.

Nachdem das geschehen war, nachdem *sämtliche* Vorbereitungen getroffen waren, gab er den Befehl, Lesbee vorführen zu lassen. Wenige Minuten später saßen sich die beiden Männer zum erstenmal seit dem Umsturz gegenüber. Mit kühler, fester Stimme offenbarte Gourdy seinem Gefangenen: »Sie wollte ich mir bis zuletzt aufheben . . .«

Er erklärte den Grund dafür nicht, und für Lesbee war das auch nicht weiter wichtig, nachdem die Hinrichtungen stattgefunden hatten. Es war ohnehin zu spät. Unter dem stechenden Blick der schwarzen Augen verwünschte sich Lesbee wegen seiner Unachtsamkeit. Tatsächlich war ihm bereits der Gedanke durch den Kopf gegangen, daß der Mann drastische Schritte unternehmen könnte, hatte sogar mit dem Gedanken gespielt, Gourdy die Bitte zukommen zu lassen, keine nicht wiedergutzumachenden Dinge zu tun, ohne daß sie darüber gesprochen hätten. Aber vielleicht hätte der Kapitän nach Gründen gefragt – und deshalb hatte er geschwiegen.

Die traurige Wahrheit bestand darin, daß ihm der Aufschub seines eigenen Verhörs willkommen gewesen war – er hatte die Zeit nutzen wollen, seine Gedanken zu ordnen. Dabei war er dann zu dem Schluß gekommen, daß niemand, am wenigsten er, bei einer längeren Reise unter Gourdys Kommando etwas zu gewinnen hatte. Folglich hatte er dem anderen das Geheimnis des Lichtgeschwindigkeits-Antriebs offenbaren wollen.

Der Mord an den drei Männern hatte diesen Plan geändert. Jetzt wagte er nichts mehr zu sagen, denn es lag auf der Hand, daß Gourdy nur ungern zur Erde zurückkehren würde, wo ein Gericht die Todesfälle im negativen Licht sehen mochte.

Zur Tarnung seines tiefgreifenden Schockzustandes kehrte Lesbee den Wissenschaftler heraus. Die totale Kontrolle durch Nichtwissenschaftler war sicherlich ein Fehler; das war sein Grundargument. Darauf aufbauend, schlug er dann vor, seine und Gourdys Helfer sollten zusammenarbeiten, um die Reise zur Erde zu bewältigen. Er schlug einen Kapitänsrat vor, der aus Gourdy, zwei Helfershelfern Gourdys, aus Tellier und ihm selbst bestehen sollte.

»Das«, sagte er, »würde Ihnen eine Drei-zu-zwei-Mehrheit verschaffen, zugleich aber eine enge Kommunikation mit zwei Personen etablieren, die genau wissen, wie das Schiff funktioniert und die ebenfalls Opfer der früheren Hierarchie waren.«

Lesbee rechnete im Grunde nicht damit, daß sich Gourdy auf einen drastischen Kompromiß einlassen würde. Er hoffte allerdings, daß die Einstellung des Mannes sich grundsätzlich etwas flexibler zeigen würde.

Wenn das so war, so zeigte sich die Veränderung nicht sofort. Gourdy glaubte nicht an Komitees oder Räte oder geteilte Kommandozuständigkeiten, und er ließ daran keinen Zweifel. Das Schiff hatte einen Kapitän – ihn. Alle Personen an Bord unterstützten ihn entweder nach vollen Kräften, oder sie wurden je nach Vergehen bestraft. Jede offenkundige Untreue oder Sabotage hatte die Todesstrafe zur Folge.

Diese Regel wurde so barsch geäußert, daß Lesbee plötzlich um seine eigene Sicherheit fürchtete. Als er sich ein wenig erholt hatte, gelobte er mit leiser Stimme Gehorsam.

Als er geendet hatte, starrte ihn der kleine Mann einige Sekunden lang an. Dann veränderte sich plötzlich sein Verhalten: er legte eine Art mürrisches Entgegenkommen an den Tag. »He, darauf wollen wir trinken!« sagte er.

Er schenkte Wein in zwei Gläser, reichte Lesbee eins davon und hob das andere prostend. »Mr. Lesbee«, sagte er, »ich habe mir das Gespräch mit Ihnen bis zuletzt aufgehoben, weil Tatsache ist, daß Sie vermutlich der einzige Fachmann an Bord sind, dem ich trauen kann – obwohl Sie der Mann sind, dem ich die Macht abgenommen habe.«

Die beiden Männer tranken.

Lesbee war leicht beunruhigt, andererseits aber so überzeugt wie zuvor, daß er dem anderen die Nähe der Erde nicht offenbaren durfte; Gourdy war ein wenig verwirrt wegen Lesbees seltsamem Verhalten in mancher Beziehung, doch immer noch der Meinung, daß er sich den richtigen Mann ausgesucht hatte.

Seine Zunge lockerte sich etwas. »In einigen Wochen«, sagte er verschmitzt, »wenn Sie sich gut benehmen, lasse ich Sie in eine Kabine umziehen und schicke Ihnen Ihre richtige Frau zurück«. Er fügte hinzu: »Ich habe in dieser Sache zwar noch nichts unternommen, aber die beiden anderen Frauen werde ich wohl für mich behalten müssen. Meine eigene Frau – das können Sie glauben oder nicht – besteht darauf. Verblüfft mich irgendwie sehr, denn sie war unten immer verdammt eifersüchtig. Hier aber nicht mehr.« Er runzelte die Stirn. »Der Aufenthalt an Bord so eines Schiffes ist wohl nicht gut für eine Frau. Fühlt sich tief drinnen irgendwie leer. Sie hat mir schon öfter mit ihrer verrückten Hysterie zu schaffen gemacht. Ich glaube, sie meint irgendwie, ich wäre erst richtig Kapitän, wenn ich auch die Frauen des Kapitäns übernommen habe. Aber keine Sorge – Ihre Frau fällt nicht darunter.«

Lesbee schwieg. Er beschäftigte sich mit der Möglichkeit, daß die emotionale Instabilität der Frauen an Bord auf die Flugbedingungen zurückzuführen war.

Dann brachte er sich in Erinnerung, daß das da wenig Bedeutung hatte.

Bedrückt sprach Gourdy weiter: »Macht die Sache irgendwie unschön. Unten waren wir alle gegen die Vielweiberei. Und nun sehen wir doch glatt wie Wortbrüchige aus, wenn wir uns alle Frauen schnappen, sobald wir das Kommando haben.« Wieder furchte sich seine Stirn. Dann richtete er sich auf und hob das Glas. »Über die anderen Frauen zerbreche ich mir später den Kopf. Auf Ihre Frau.«

Nachdem die beiden getrunken hatten, wechselte sein Verhalten erneut. Er stellte das Glas fort und sagte knapp: »Bringen wir das Schiff endlich auf den Heimweg.«

Er führte Lesbee in den Behelfs-Kontrollraum. »Die Brücke kommt für Sie noch nicht in Frage«, sagte er und fügte warnend hinzu: »Keine Tricks!«

Lesbee näherte sich zielstrebig den Kontrollen. Ihn beschäftigte eine Frage: Wenn er einfach die beiden Instrumente einstellte und zwei Hebel bediente – konnte Gourdy daraus das Gefühl ableiten, künftig alles selbst zu können? Wenn er seine Tätigkeit andererseits zu kompliziert erscheinen ließ, mochte ihn der Mann durch jemand anders – Mindel oder Miller – überprüfen lassen.

So beschränkte er sich darauf, zwei überflüssige Dinge zu tun. Da Gourdy die Bedeutung jedes Handgriffs kennenlernen wollte, erklärte er möglichst kompliziert, was er getan hatte und warum der Schritt erforderlich war. Minuten später hatte er die Beschleunigung auf zwölf g gesteigert und die künstliche Schwerkraft auf elf g gestellt, womit die Differenz von einem g blieb, der Wert, der genau der Erdanziehung entsprach.

Nachdem die Programmierung abgeschlossen war, hielt sich Lesbee im Hintergrund, während Gourdy die Maßnahme über das Kommunikationssystem bekanntgab und mit den Worten endete: »Wir fliegen nach Hause. Ja, meine Freunde, unser Ziel ist die Erde selbst.«

Er befahl: ». . . schlafen Sie in Ihren Sicherheitsgurten, da wir die Beschleunigung während der Nacht steigern wollen.«

Lesbee hörte diese Worte voller Beschämung. Eine solche »Steigerung« bedeutete lediglich, daß er die Lücke zwischen Antriebsdruck und künstlicher Schwerkraft vergrößern würde – eine im Grunde überflüssige Maßnahme. Da Dzing die Spulen des Antriebs und die Synchronisatoren der künstlichen Schwerkraft »umgestellt« hatte, ließen sich beide Anlagen gleichzeitig hochfahren, womit eine gleichmäßige Schwerkraft von einem g gewahrt blieb, wie hoch die Beschleunigung auch immer sein mochte.

Bisher war das aber nicht möglich gewesen, also wollte er es auch jetzt nicht gelten lassen. Es war zu seinem Vorteil, die anderen Menschen in ihrer Bewegung einschränken zu können. Während er den Worten des Mannes lauschte, dachte Lesbee in bedrücktem Zynismus: »Die lächerliche Wahrheit läuft darauf hinaus, daß er mich auf der Stelle umbringen wird, wenn er entdeckt, wie nahe wir der Erde mit Hilfe dieser neuen Antriebssteuerung wirklich sind.«

21

Im Verlaufe der Tage und Wochen erkannte er, daß er der einzige Techniker war, dem Zugang zu den beiden Kontrollräumen und den Maschinenanlagen gewährt wurde. So schälte sich heraus, daß es letztlich an ihm liegen würde, etwas zu unternehmen.

In seinem Gehirn überschlugen sich die Pläne. Dabei stieß er schon gleich am ersten Tag auf die einzige realistische Maßnahme, die er einleiten konnte. Immer wieder scheute er davor zurück, sah er zu viele Probleme darin, eine zu große Gefahr. Am sechsundzwanzigsten Tag jedoch teilte er Tellier den Einfall mit, in einem der seltenen Augenblicke, da er sicher war, nicht bespitzelt zu werden: erst wenige Sekunden zuvor hatte Gourdy die unteren Stockwerke verlassen und war offensichtlich irgendwohin unterwegs und lauschte nicht. So konnte sich Lesbee offen äußern.

Die Bestürzung seines Freundes lag auf der Hand. »Die Lichtgeschwindigkeit übersteigen!« wiederholte Tellier. »Meinen Sie das ernst?«

Abwehrend sagte Lesbee: »Wir tun's ja nicht richtig. Aber ich muß alles darauf programmieren und mich dafür bereithalten. Er ist ein Mörder – vergessen Sie das nicht.«

»Wenn Ihnen nichts Besseres einfällt, stecken wir in der Klemme«, ächzte Tellier.

Lesbee erklärte nachdrücklich: »Mit unserer derzeitigen Beschleunigung erreichen wir in etwa drei Tagen 99,999998 Prozent der Lichtgeschwindigkeit. Wenn das geschieht, brauchen wir nur zwei Schiffsstunden, um viele Lichtjahre zu überspringen, den ganzen weiten Weg zum Sonnensystem. Wir müssen also die Beschleunigung abbrechen, wenn wir nicht geradewegs aus der Galaxis ins Nichts hinausschießen wollen. Nun also, wie soll ich das alles bewerkstelligen, ohne Gourdy zu alarmieren, der doch damit rechnet, daß der Flug zur Erde dreißig Jahre dauert?«

Auf Telliers hagerem, intellektuellem Gesicht erschien ein seltsamer Ausdruck. Er umfaßte Lesbees Arm und sagte heiser: »John – warum machen Sie in diesen drei Tagen nicht eins der Rettungsboote fertig, schalten die Maschinen aus, löschen das Lichtsystem und verschwinden in der eintretenden Verwirrung – Sie und ich?«

Lesbee war verblüfft. Das Schiff verlassen! Obwohl er die Idee für nicht realisierbar hielt, war er doch überrascht, daß er nicht selbst darauf gekommen war.

Dann aber erkannte er den wahren Grund. Das Schiff war ein fester Teil seines Lebens geworden und nichts, was sich davon trennen ließ.

Nachdenklich sagte er: »Da müßte das Rettungsboot aber erheblich umgebaut werden. Die Verlangsamung dauert sehr lange. Ich hatte etwas anderes vor, wenn wir dicht an die Lichtgeschwindigkeit heranrücken: ich wollte ein bißchen mit Schwerkraft und Beschleunigung herumwackeln und mir die Erlaubnis holen, alles abzuschalten.«

Mit gefurchter Stirn dachte er nach. Tellier fragte, was ihm zu schaffen machte.

Lesbee erkannte, daß er einem anderen unmöglich erklären konnte, wie schwer es war, mit Gourdy zurechtzukommen. Mit stockenden Worten versuchte er das paranoide Mißtrauen des Mannes zu beschreiben. Er fuhr fort: »Gourdy weiß natürlich so viel über die Kontrollen, daß er erkennt, wenn sie in Aktion sind. Ihn darin zu unterweisen war die einzige Möglichkeit zu verhindern, daß er den Antrieb von dritter Seite untersuchen ließ. Wenn ich nun zu ihm gehe . . .« Er brach ab und bedachte die Möglichkeiten, dann fuhr er fort: »Es ist so wichtig, daß ich nicht das Risiko eingehen kann, daß er es nicht sofort tut.«

»Und?« wollte Tellier wissen.

Lesbee sagte sich, er müsse Kapitän Gourdy informieren, der Antrieb funktioniere nicht richtig, um die Erlaubnis zu erlangen, die Maschinen abzustellen, ehe das Schiff die Lichtgeschwindigkeit erreichte. Er beschäftigte sich ernsthaft mit der Frage. »Ich werde das Programm allerdings so gestalten, daß die Maschinen, sollte er mißtrauisch werden und mich aus den oberen Schiffsbereichen verbannen, nach einer gewissen Zeit von allein wieder anspringen und uns über die Barriere der Lichtgeschwindigkeit reißen, und da es dann so aussieht, als hätte ich Schwierigkeiten vorausgesagt, wird Gourdy mir wieder vertrauen.« Er bemerkte Telliers bewundernden Blick. »Sie haben wirklich ein Faible fürs Intrigieren, wie?« Besorgt fügte er hinzu: »Aber wenn er keinen Verdacht schöpft, bleiben wir doch auf dieser Seite der Lichtgeschwindigkeit, oder?«

»Natürlich. Halten Sie mich für verrückt? Für alle Fälle habe ich bereits die alten Sensoranlagen aktiviert, die uns zuerst ins Sonnensystem und dann zur Erde führen werden.«

Das Gespräch endete mit der Absprache, welche Luftschleuse sie zur Flucht benutzen wollten und unter welchen Umständen sie sich dort treffen wollten.

Im weiteren Verlauf des Nachmittags programmierte Lesbee zusätzliche Beschleunigungsschübe, wobei er sich ausschließlich auf elektromagnetische Kontrollen verließ. Ihm war der Gedanke gekommen, daß es nicht ratsam war, sich nahe der Lichtgeschwindigkeit auf mechanische Anlagen zu verlassen.

Nachdem dies erledigt war, suchte er Gourdy auf und stellte kühn seine Behauptung auf, daß er den Antrieb abschalten müsse, um festzustellen, was da nicht stimme.

Gourdy zeigte sich sofort besorgt. »Aber während Sie nachschauen, treiben wir im gleichen Tempo weiter?« fragte er.

»Natürlich«, antwortete Lesbee. »Es käme ohnehin irgendwann dazu, daß wir den Antrieb abschalten und uns treiben lassen müssen, um Treibstoff zu sparen. Aber dieser Augenblick wäre noch Monate hin.«

Lesbee hatte mit dem Gedanken gespielt, diesen natürlichen Ablauf der Dinge auszunutzen. Aber er hatte den Eindruck gehabt, daß sein Plan um so schwieriger durchzusetzen sein würde, je länger er in der Gewalt Gourdys blieb. Trotz der schon sehr gesteigerten Geschwindigkeit würde ein Dahintreiben im augenblicklichen Zustand die Reise noch auf eine bestürzend große Zahl von Jahren ausdehnen. Es war sehr ungünstig, doch nur innerhalb weniger Lichtmeter pro Sekunde unter- und oberhalb der Lichtgeschwindigkeit ließen sich die enormen relativen Geschwindigkeiten erzielen.

Sie standen auf der Brücke. Vor dem Hintergrund der endlosen, sternendurchsetzten Nacht hatte Gourdy die Augen zu Schlitzen zusammengezogen. Offensichtlich machte er sich Gedanken über seine Lage. Lesbee spürte, wie sich in seinem Magen ein Knoten zusammenzog.

»Die Probleme, die wir da haben«, fragte Gourdy schließlich, »sind die irgendwie bedrohlich?«

»Kapitän, je eher ich mir ansehe, was da nicht stimmt, desto besser. Bis zur Schlafperiode hätte es allerdings Zeit.«

»Nun ja . . .« Gourdy schien eine Entscheidung zu fällen. »Es ist wohl nichts dagegen zu sagen. Wie steht's mit der Schwerkraft?«

»Die müssen wir abschalten«, log Lesbee.

»Dann warten Sie bis nach dem Abendessen. Wenn Sie bis eine Stunde vor der Schlafperiode nichts von mir gehört haben, können Sie die Antriebsabschaltung während der Nacht programmieren. Ich kündige den Schritt allgemein an und ordne an, daß alle in den Gurten schlafen. Wie lange wird es Ihrer Meinung nach dauern?«

»Einige Tage.«

Gourdy schwieg und runzelte die Stirn. Schließlich sagte er: »Eine unangenehme Sache, aber die müssen wir wohl durchstehen. Aber warten Sie ab, wie ich es Ihnen gesagt habe. In Ordnung?« »In Ordnung.«

Lesbee wagte nichts weiter zu sagen. Er stieg die Treppe hinab, während ihm das Herz bis in den Hals schlug, und war später sehr erleichtert, als er Gourdys Ankündigung der bevorstehenden Verlangsamung über das Kommunikationssystem vernahm. Lesbee wäre nicht so ruhig gewesen, wenn er mitbekommen hätte, welche Maßnahmen Gourdy zwischenzeitlich eingeleitet hatte.

Als er sich vom Mikrofon abwandte, fiel ihm ein, daß Lesbee ja ausgebildeter Techniker war und nicht Ingenieur. Ihm kamen Zweifel, ob Lesbee wirklich die Fähigkeiten besaß, einen Atomantrieb zu reparieren oder zu beurteilen, ob ein Eingriff überhaupt erforderlich war.

In diesen Überlegungen lag kein Mißtrauen gegenüber Lesbees Absichten. Er fragte sich lediglich, ob es ratsam war, einem Techniker etwas anzuvertrauen, das für die Zukunft des Schiffes so entscheidend war.

Nachdem er diese Gedanken einige Minuten hatte reifen lassen, gab Gourdy Befehl, den Ersten Offizier des früheren Kapitän Browne, Miller, in den Behelfs-Kontrollraum zu holen.

Er wandte sich offen an Miller: »Ich habe Grund zu der Annahme, daß die Maschinen nicht richtig funktionieren. Sehen Sie sich das mal an und teilen mir mit, was Sie davon halten.«

Miller brachte diese Bitte in ein Dilemma. Er war Offizier gewesen, seit er seine Ausbildung abgeschlossen hatte. Er verachtete Gourdy und mochte Lesbee nicht, doch vor allem haßte er das Leben in den Unterdecks. Während des Vorfalls mit dem Roboter im Alta-System war er bewußtlos gewesen und hatte daher nicht mitbekommen, wie sich Lesbee und Browne über die Lichtgeschwindigkeit unterhielten. Folglich hatte er im weiteren Gespräch der beiden zornigen Männer nicht verstanden, warum sie immer wieder auf die Lorentz-Fitzgerald-Theorie zu sprechen kamen. Ihm war bis heute nicht bewußt geworden, daß das Schiff schneller flog als jemals zuvor.

Und seit Lesbees Machtübernahme stand er zum erstenmal wieder vor den Kontrollen. Voller Interesse betrachtete er die Instrumente auf der großen Tafel. Er brauchte nicht lange, um zu erkennen, daß die Maschinen bestens liefen. Er erinnerte sich an alte Handbücher, in denen theoretische Maximalwerte angegeben waren, und gewann daraus sogar das Gefühl, daß der Antrieb alles in allem aus unerklärlichen Gründen besser funktionierte als je zuvor während seiner Wachtätigkeit auf der Brücke.

Aus dieser Erkenntnis heraus schloß er mit der Verachtung des Ingenieurs gegenüber dem Techniker, daß Lesbee die Informationen irgendwie falsch abgelesen hatte. Nun stand er vor der quälenden Frage: wie konnte er diesen Wissensvorsprung dazu benutzen, in eine Position größerer Bedeutung zurückzukehren? Sollte er sich auf Lesbees Seite schlagen und bei den überflüssigen Reparaturarbeiten mitmachen? Oder sollte er sich hier an Ort und Stelle auf einen Machtkampf mit diesem Individuum einlassen?

Er entschloß sich für die direkte Auseinandersetzung. »Immerhin muß jeder um die eigene Haut kämpfen«, dachte er.

In dem Augenblick, da er seine Entscheidung traf, fiel sein herumwandernder Blick auf die Geschwindigkeitsanzeiger, die seitlich auf einer separaten Instrumententafel angebracht waren. Die Nadeln standen in einer extremen Stellung, wie er sie nie zuvor wahrgenommen hatte. Stirnrunzelnd ging Miller näher heran und rechnete sich im Geiste aus, welchen Wert die Ziffern ergaben. Sein rundliches Gesicht begann zu zittern. Er drehte sich um.

»Kapitän Gourdy«, sagte er, »plötzlich gehen mir etliche Lichter auf.«

Als er Gourdy erläutert hatte, was er meinte, und als er schließlich ins untere Schiff zurückgeleitet worden war, begab sich Miller zu Lesbee, der noch ahnungslos war, und sagte herausfordernd: »Kapitän Gourdy hat mich einen Blick auf die Maschinen werfen lassen.«

Stumm versuchte Lesbee mit dem Schock dieser Eröffnung fertig zu werden, wußte er doch, daß er genau beobachtet wurde. Mit ruhiger Stimme antwortete er: »Ich hatte mit dem Gedanken gespielt, den Kapitän zu bitten, meine Feststellungen durch Sie bestätigen zu lassen.«

»Na schön, wenn Sie die Schauspielerei nicht lassen können . . .«, erwiderte Miller grob. »Ich sage Ihnen eins: als ich die Geschwindigkeitsanzeiger sah, erschienen mir alle möglichen Dinge plötzlich in anderem Licht. Als Browne ums Leben kam, hatte ich das noch nicht begriffen.« Er setzte ein wissendes Lächeln auf. »Ziemlich schlau von Ihnen, das Schiff fast bis auf Lichtgeschwindigkeit zu beschleunigen und nichts davon zu sagen.«

Lesbee hatte das Gefühl, sein Gesicht müsse grau wie Blei sein. Er hätte den anderen niederschlagen können, der da mit weitgeöffneten braunen Augen vor ihm stand, in denen ein törichter Triumph funkelte. Er trat dicht vor Miller hin und sagte mit leiser, böser Stimme: »Sie Idiot! Begreifen Sie nicht, daß Gourdy nicht zur Erde zurückkehren *kann?* Wir sind alle tot!« Es befriedigte ihn nur einen kurzen Augenblick, den schrecklichen Ausdruck des Verstehens auf Millers Gesicht flackern zu sehen. Dann wandte Lesbee sich ab, schwer lastete das Schicksal auf seinen Schultern. Es überraschte ihn nicht, als er wenige Minuten später aufgefordert wurde, sich in der Kabine des Kapitäns zu melden.

Wie es sich ergab, kam er gar nicht bis ans Ziel. Unterwegs wurde er verhaftet und in einen der Gefängniskäfige des Schiffes gesteckt. Und dort besuchte ihn Gourdy. Seine pechschwarzen Augen starrten Lesbee durch die Gitterstäbe hindurch an. Grimmig sagte er: »Na schön, Mr. Lesbee, erzählen Sie mir, was Sie von der Geschwindigkeit dieses Schiffes wissen.«

Lesbee setzte auf die Chance, daß sein Gespräch mit Miller nicht abgehört worden war – und tat so, als wisse er nicht, wovon Gourdy spreche. Seine einzige Hoffnung schien darin zu liegen, den kleinen Mann von seiner Unschuld zu überzeugen.

Gourdy war überrascht. Und weil die Situation so überaus phantastisch war, fühlte er sich beinahe bewogen, Lesbee zu glauben. Immerhin war es vorstellbar, daß ein Techniker einfach nicht begriffen hatte, was da geschehen war.

Unweigerlich beschäftigten sich seine Gedanken aber auch mit der anderen Möglichkeit: daß Lesbee die Tatsachen wohl gekannt und die Absicht gehabt hatte, das Schiff anzuhalten, auszusteigen und die an Bord Bleibenden dazu zu verurteilen, das Rätsel allein zu lösen. Schon der Gedanke brachte ihn auf die Barrikaden.

»Na schön, wie Sie wollen!« sagte er schließlich verächtlich. »Wenn Sie nichts sagen möchten, bleibt mir nichts anderes übrig, als Sie als Lügner und Saboteur zu behandeln.«

Aber er kehrte gleichwohl entsetzt und bedrückt in seine Kabine zurück. Sein Wohlbefinden, seine Zuversicht waren geschwunden, und er wußte sehr wohl, daß die neue Entwicklung ihm nur gefährlich werden konnte und daß er schnell handeln mußte.

Angesichts seiner Vorahnung persönlicher Gefahr ließ sich Gourdy von seinen Gefühlen leiten. An erster Stelle stand das Bedürfnis, alle notwendigen Vorsichtsmaßnahmen zu ergreifen. Folglich leitete er mit Beginn der Schlafperiode eine Expedition in die unteren Decks und verhaftete achtzehn Personen, einschließlich Miller und Tellier. Die achtzehn Gefangenen wurden getrennt voneinander eingesperrt.

Die zweite Stunde der Schlafperiode verbrachte er mit einer unruhigen Seelenerforschung, die jeden Zweifel darüber zerstreute, daß seine Handlungen – insbesondere die Hinrichtungen – auf einen Rückflug von dreißig Jahren abgestellt waren.

»Ich muß mich mit der Wahrheit abfinden«, dachte er. »Das Risiko, zur Erde zurückzukehren, ist zu groß.«

Seine Pläne liefen schließlich darauf hinaus, daß er das Schiff von Lesbee so weit abbremsen lassen würde, daß es dann doch wieder dreißig Jahre brauchte, um das Sonnensystem zu erreichen. Wenn er dann einen guten Propagandagrund gefunden hatte, wollte er Lesbee, Miller, Mindel und die anderen echten Verdächtigen hinrichten lassen. Als Grund sollte natürlich angegeben werden, daß sie beabsichtigt hatten, im Schiff die Macht zu ergreifen – die Einzelheiten aber mußten noch sorgfältig ausgearbeitet werden, damit die Leute die Geschichte entweder glaubten oder sie zumindest von vornherein nicht als falsch abtun konnten.

Eine Stunde später lag er noch immer in seiner Koje und legte sich zurecht, was er tun und sagen würde, als das Schiff plötzlich unter ihm zuckte, als habe man ihm einen gewaltigen Schlag versetzt. Es folgte das unmißverständliche Ziehen einer heftigen Beschleunigung.

Hellwach hatte Lesbee die schicksalhafte Stunde erwartet. Im vorgegebenen Augenblick erfaßte ihn der Vorwärtsdrang und preßte ihn in den Gurt, der seinen Körper zum Teil umhüllte. Nach seinem Programm betrug im Anfang die Lücke zwischen Beschleunigung und künstlicher Schwerkraft drei g – ein Wert, der ausreichen würde, um alle Leute an Bord bewegungsunfähig zu machen, bis die Lichtgeschwindigkeit überschritten wurde.

Ein überwältigendes Angstgefühl erfüllte ihn bei der Erkenntnis, daß sich Zeit und Raum schon in diesem Augenblick in astronomischen Geschwindigkeiten zusammenziehen mußten.

»Schnell! Schnell!« dachte er geschwächt. Obwohl es für ihn keine Möglichkeit gab, den Augenblick zu erspüren, da doch

Beschleunigung und künstliche Schwerkraft im gleichen Maße anstiegen, machte er sich auf die extrem komprimierte Periode unmittelbar vor und nach der Schwelle der Lichtgeschwindigkeit gefaßt. Er hoffte, daß diese Erscheinung in Sekundenbruchteilen überstanden sein würde.

Das Anspannen der Muskeln war wie ein Signal. Während er dalag und sich auf namenlose Qualen gefaßt machte, überkam ihn eine Vision, die so schnell wieder verschwand, daß er sie wieder vergaß. Dann erschien ein neues Phantasiebild, ein Gesicht, das ihm völlig unbekannt war und das sofort verging. Schließlich begann er Bilder zu sehen. Sie bewegten sich ausschließlich rückwärts, er und andere Leute an Bord, die tatsächlich rückwärts gingen, wie bei einem Film, der verkehrt herum vorgeführt wird. Die Szenen zuckten vorbei; Tausende liefen vor ihm ab und wurden nach einiger Zeit durch Bilder aus seiner Kindheit abgelöst. Das Bild verschwamm zu einer verwirrenden Erscheinung. Er glaubte zu schweben, kein angenehmes Gefühl, aber auch nicht die Pein, mit der er gerechnet hatte. Und dann . . .

Er mußte das Bewußtsein verloren haben.

22

Averill Hewitt legte den Telefonhörer auf und wiederholte mit lauten Worten die Nachricht, die ihm soeben übermittelt worden war: »Ihr Raumschiff, die *Hoffnung der Menschheit*, dringt in die Erdatmosphäre ein.« Die Worte hallten sinnlos durch seinen Verstand, ein unharmonisches Echo. Torkelnd begab er sich zu einer Couch und legte sich lang nieder.

Andere Worte schlossen sich dem Strudel von Bedeutung und Konsequenz an, den die Nachricht ausgelöst hatte: Nach sechs Jahren ... die *Hoffnung der Menschheit* ... nach sechs Jahren, wohingegen er sich selbst bei günstigster Berechnung vorgestellt hatte, daß das Schiff ein gutes Fünftel des Weges zu den Centaurus-Sonnen zurückgelegt haben mußte ... statt dessen kehrte es jetzt in die Atmosphäre der Erde zurück ...

Im Liegen dachte Hewitt: »Und zehn Jahre lang habe ich der Theorie des Astronomen John Lesbee Glauben geschenkt, daß unsere Sonne Eigenschaften eines veränderlichen Cepheiden offenbaren würde – in wenigen Monaten!«

Schlimmer noch, er hatte den größeren Teil seines enormen Erbes in den Bau des Riesenschiffes gesteckt. Die Welt hatte sich über den reichsten Dummkopf des Westens lustig gemacht; Joan hatte ihn verlassen und die Kinder mitgenommen; und erst der umfassende Plan einer interstellaren Kolonisation hatte ihm schließlich für den Flug die Unterstützung der Regierung verschafft ...

Dies alles wurde nun durch die Rückkehr der *Hoffnung der Menschheit* zunichte gemacht, am Vorabend der Katastrophe, die zu vermeiden das Schiff gebaut worden war.

Hoffnungslos dachte Hewitt: »Was hat John Lesbee nur zur Rückkehr veranlassen können ...?«

Seine bitteren Träume wurden durch das Klingeln des Telefons unterbrochen. Er verließ die Couch und sagte sich im Gehen: »Ich muß an Bord fliegen und die Leute überreden. Sobald sie landen, werde ich ...«

Am anderen Ende meldete sich ein hoher Beamter der Raumpatrouille. Hewitt hörte zu und versuchte das Bild zu erfassen, das der Anrufer ihm ausmalte. Man hatte mit der Besatzung des Schiffes keinen Kontakt aufnehmen können.

»Männer in Raumanzügen sind vor sämtliche Sichtluken geflogen, Mr. Hewitt, und natürlich vor die Brücke. Sie konnten nicht hineinschauen, da das Material nur von innen heraus den Blick freigibt. Aber die Männer haben gut eine Stunde lang gegen das Metall gehämmert und keine Antwort erhalten.«

Hewitt zögerte. Er hatte zu den Ereignissen im Grunde nichts zu sagen. »Wie schnell fliegt das Schiff?« fragte er schließlich.

»In Relation zur Erde mit etwa tausend Meilen in der Stunde.«

Hewitt hörte die Antwort kaum. Seine Gedanken waren in Bewegung geraten. »Ich trage sämtliche Kosten, die man eingehen muß, um ins Innere zu gelangen. In einer Stunde bin ich selbst zur Stelle.«

Auf dem Rückweg zu seinem Privatschiff dachte er: »Wenn ich ins Schiffsinnere gelange, rede ich mit den Leuten. Ich werde sie überzeugen. Ich werde sie zur Rückkehr zwingen.«

Er wollte keine Gnade walten lassen. Es wollte ihm scheinen, als wäre zum erstenmal in der Geschichte der menschlichen Rasse jede denkbare Zwangsmaßnahme voll gerechtfertigt.

Zwei Stunden später fragte er: »Soll das heißen, die Luftschleuse geht nicht auf?«

Er sprach in ungläubigem Ton im Inneren des Rettungsschiffes *Molly D.* und sah zu, wie ein riesiger Magnet eine der Luken der *Hoffnung der Menschheit* aufzudrehen versuchte. Widerstrebend lenkte Hewitt seinen ruhelosen Verstand von den eigenen Plänen ab.

Ungeduld erfüllte ihn, und er wollte die Möglichkeit nicht gelten lassen, daß es an Bord Probleme gegeben hatte. Drängend sagte er: »Versuchen Sie es weiter. Offensichtlich klemmt das Ding! Das Schloß ist so gebaut, daß es sich mühelos und schnell öffnen läßt.«

Es entging ihm nicht, daß die anderen ihm das Kommando über die Rettungsmaßnahmen überlassen hatten. Auf eine Weise war das ganz logisch. Die *Molly D.* war ein privates Bergungsschiff, das von der Raumpatrouille gechartert worden war. Nachdem Hewitt an Bord gekommen war, hatte sich der Vertreter der Patrouille, Lieutenant-Commander Mardonell, auf den Posten eines Beobachters zurückgezogen. Und der ständige Kapitän des Schiffes nahm seine Befehle wie selbstverständlich von dem Mann entgegen, der die Rechnung bezahlte.

Gut eine Stunde später hatte der riesige Magnet die runde Schleusentür nur um etwas mehr als einen Fuß verdrehen können. Bleich, nervös und erstaunt beriet sich Hewitt mit den beiden Offizieren.

Der Höhenmesser der *Molly D.* zeigte einundneunzig Meilen an. Lieutenant-Commander Mardonell machte dazu eine entscheidende Bemerkung: »In achtundsechzig Minuten haben wir etwa neun Meilen Höhe verloren. Da wir uns nicht nur abwärts bewegen, sondern auch vorwärts, werden wir in zehn Stunden schräg auf der Oberfläche auftreffen.«

Es lag auf der Hand, daß es weitaus länger dauern würde, um das fünfunddreißig Fuß lange Gewinde der Schleusentür aufzudrehen – bei einem Fuß pro Stunde.

Zornig überdachte Hewitt die Situation. Noch immer sah er die Frage des An-Bord-Gehens als Kleinigkeit, als störendes Beiwerk. »Wir müssen uns einen Weg hineinschweißen oder einen großen Bohrer nehmen«, sagte er. »Uns durch die Wand Zutritt verschaffen.«

Über Funk bestellte er entsprechende Geräte. Doch trotz der rückhaltlosen Unterstützung durch die Patrouille dauerte es zweieinhalb Stunden, bis der Apparat in Position war. Hewitt gab Befehl, den riesigen Bohrer in Betrieb zu nehmen. Er hinterließ die Anweisung: »Verständigen Sie mich, wenn Sie vor dem Durchbruch stehen.«

Er war sich einer zunehmenden Erschöpfung bewußt, seelisch wie physisch, und zog sich auf eine der Kojen des Schiffes zurück, um ein wenig die Augen zu schließen.

Er schlief unruhig, rechnete er doch jeden Augenblick damit, gerufen zu werden. Er warf sich hin und her und beschäftigte sich in den Wachperioden konzentriert mit dem Problem, was er tun würde, wenn er das Schiff endlich betrat.

Plötzlich erwachte er und las von der Uhr ab, daß über fünf Stunden vergangen waren. Von einem Katastrophengefühl begleitet zog er sich an. Mardonell kam ihm bereits entgegen. Der Offizier der Raumpatrouille sagte: »Ich habe Sie nicht gerufen, Mr. Hewitt, weil es bald offensichtlich wurde, daß wir nicht ins Schiff gelangen würden. Ich setzte mich daraufhin mit meinem Hauptquartier in Verbindung. In der Folge sind wir von einigen der größten Wissenschaftler der Welt beraten worden.« Mit bleichem Gesicht schloß der Mann: »Ich fürchte, es nützt alles nichts. Alle guten Ratschläge haben uns beim Bohren nicht geholfen, und Schweißgeräte konnten uns auch nicht weiterbringen.«

»Was soll das heißen?«

»Am besten schauen Sie es sich selbst an.«

Als Hewitt näherkam, drehte sich das Bohrgerät noch. Er gab Befehl, den Antrieb abzustellen, und untersuchte die Metallwandung der *Hoffnung der Menschheit*. Er maß es nach – der Bohrer war gerade einen Dreiviertel-Millimeter tief in das Material eingedrungen.

»Das ist doch lächerlich!« rief Hewitt. »Dieses Metall ließ sich vor sechs Jahren, als das Schiff gebaut wurde, problemlos bohren!«

»Wir haben zwei zusätzliche Bohrspitzen holen lassen«, erläuterte Mardonell. »Diamanten richten bei diesem Metall nichts aus.« Er fügte hinzu: »Man hat berechnet, daß das Schiff irgendwo in den Vorbergen der Rocky Mountains abstürzen wird. Wir haben die Stelle schon ziemlich genau ermittelt und die Bevölkerung gewarnt.«

»Was ist mit den Leuten an Bord? Was soll . . .« Hewitt unterbrach sich. Er hatte fragen wollen: »Was soll aus der menschlichen Rasse werden?« Aber er verzichtete auf die Äußerung. Das war ein ganz besonderer Spleen, dem nur er anhing und der andere verärgern mochte.

Zitternd trat er vor ein Sichtluk des Rettungsschiffes. Er schätzte die Entfernung zur Erde auf noch etwa fünfzehn Meilen. Noch knapp zwei Stunden bis zum Absturz.

Als diese Frist auf zwanzig Minuten geschrumpft war, gab Hewitt Befehl zum Ablegen. Das Rettungsschiff zog sich langsam von dem größeren Trägerschiff zurück und gewann dabei an Höhe. Kurze Zeit später beobachtete Hewitt mit einem schrecklichen Gefühl der Leere, wie das riesige runde Schiff gegen einen Hügelhang raste.

Mit einer horizontalen Geschwindigkeit von knapp tausend Meilen in der Stunde bohrte es sich flach in den Boden und ließ eine riesige Staubwolke aufsteigen. Hewitt und seine Männer verfolgten die Szene, die für ihre Ohren lautlos ablief – der Aufprall jedoch mußte schrecklich gewesen sein.

»Das wär's ja wohl«, sagte Hewitt und schluckte. »Wenn an Bord noch jemand am Leben war, so ist er es jetzt sicherlich nicht mehr.«

Es bedurfte keines Aufwands an Phantasie, sich den enormen Ruck vorzustellen. Die Menschen im Inneren waren jetzt bestimmt nichts anderes als blutige Flecke an Böden, Decken oder Wänden.

Sekunden später traf das Geräusch des Aufpralls ein – mit der vollen Kraft und Schärfe eines atmosphären Knalls, der das Bergungsschiff durchschüttelte. Der Lärm war weitaus intensiver, als er erwartet hatte.

Jemand brüllte: »Das Schiff ist durch den Berg durch!«

»Mein Gott!« rief Hewitt.

Der kleine Berg aus Gestein und zusammengepreßter Erde, dicker als ein Dutzend Schiffe von der Größe der *Hoffnung der Menschheit,* war in zwei Teile gespalten. In der Staubwolke machte Hewitt das runde Schiff aus, das durch das dahinterliegende Hochtal raste. Es berührte den Talgrund und ließ erneut allerlei Materie aufwirbeln. Die Maschine verlangsamte ihre Bewegung nicht, sie zeigte keinerlei Reaktion auf den Aufprall.

Mit unverminderter Geschwindigkeit verschwand das Raumschiff in der Erde.

Langsam verzog sich der Staub. Ein gut zwölfhundert Fuß durchmessendes Loch klaffte im Tal, ein Schacht, der in flachem Winkel in der Erde verschwand. Die Öffnung begann einzubrechen. Tonnenweise bröckelte Gestein von der Oberkante der Öffnung ab.

Das Bergungsschiff hatte an Höhe verloren, und Hewitt hörte deutlich das Poltern der Gesteinsbrocken.

Felsen und Erde regneten noch immer in die Tiefe, als eine Funkmeldung eintraf. In fünfzig Meilen Entfernung war ein Berg eingesunken. Abrupt war ein neues Tal entstanden, und es waren Menschen ums Leben gekommen. Drei kleine Erdbeben hatten die Gegend erschüttert.

In den nächsten zwanzig Minuten häuften sich die Meldungen. Das ganze Land war in Aufruhr. Fünfzehn weitere Erdbeben wurden festgestellt. Zwei davon waren die stärksten, die man in den betroffenen Gebieten jemals gemessen hatte. Breite Risse hatten sich aufgetan. Der Boden hüpfte und wogte. Die letzte Erscheinung ereignete sich vierhundert Meilen von der ersten entfernt – und sie alle lagen auf dem Kurs der *Hoffnung der Menschheit*.

Und dann kam eine erregende Nachricht. Das runde Schiff war in der Wüste wieder zum Vorschein gekommen und gewann in flachem Winkel schnell an Höhe.

Weniger als drei Stunden später klammerte sich das Bergungsschiff von neuem an die Flanke der größeren Maschine. Die riesigen Magnete drehten stur an der Schleusentür. Hewitt wandte sich an das halbe Dutzend Regierungswissenschaftler, das an Bord gekommen war, und sagte: »Wir haben eine Stunde gebraucht, um die Tür um einen Fuß zu verdrehen. Es dürfte also nicht mehr als fünfunddreißig Stunden dauern, um die ganze Drehung von fünfunddreißig Fuß zu bewältigen. Dann haben wir natürlich noch die Innentür, aber das ist ein anderes Problem.« Er zögerte. »Meine Herren, wollen wir das phantastische Ereignis besprechen?«

Die sich entspinnende Diskussion endete ergebnislos.

»Das wär's dann!« sagte Hewitt. Die Außentür war bereits seit einiger Zeit offen. Durch das dicke Asbestglas verfolgten die Männer, wie der riesige Magnet an der Innentür die letzte Drehung vornahm. Ein dicker Metallarm wurde in die Luftschleuse gelenkt und preßte gegen die Tür. Nachdem er mehrere Minuten lang vollen Druck gegeben hatte, wandte sich die Bedienung zu Hewitt um. Dieser stellte sein Sprechgerät an.

»Kommen Sie ins Schiff zurück. Wir bauen dort Luftdruck auf. Das öffnet die Tür.«

Er mußte sich anstrengen, seine Stimme nicht zornig klingen

zu lassen. Die Außentür hatte sich problemlos geöffnet, nachdem die Drehungen vollendet waren. Es gab keinen Grund, warum die Innentür nicht ebenso reagieren sollte. Die *Hoffnung der Menschheit* zierte sich ziemlich nachdrücklich.

Der Kapitän des Bergungsschiffes zog ein zweifelndes Gesicht, als Hewitt ihm den Befehl übermittelte. »Wenn da etwas klemmt«, wandte er ein, »weiß man nie, wieviel Druck erforderlich ist, um den Weg freizumachen. Vergessen Sie bitte nicht, daß wir die beiden Schiffe mit Magneten zusammenhalten. Es braucht nicht viel, um sie auseinanderzureißen.«

Stirnrunzelnd dachte Hewitt darüber nach und sagte schließlich: »Vielleicht müssen wir den Druck nicht zu hoch ansetzen. Und wenn wir auseinandergedrückt werden – nun, dann müssen wir eben noch mehr Magnete einsetzen.« Hastig setzte er hinzu: »Vielleicht können wir ja auch ein Stahlgestell in die Schleusen einbauen und die beiden Schiffe auf diese Weise starr miteinander verbinden.«

Man beschloß, den Atmosphäredruck stufenweise anzuheben. Hewitt verfolgte den Druckanzeiger, der langsam immer höher kroch und Pfunde und Atmosphären anzeigte. Bei gut einundneunzig Atmosphären sackte der Druck abrupt ab. Innerhalb weniger Sekunden fiel er auf sechsundachtzig, beruhigte sich und begann wieder anzusteigen. Der Kapitän bellte einen Befehl, der für den Maschinenraum bestimmt war, und der Druckanzeiger verharrte. Der Mann wandte sich an Hewitt.

»Also, das wär's. Bei einundneunzig Atmosphären ließen die Gummiabdichtungen Luft durch und wurden erst wieder dicht, als der Druck abfiel.«

Ratlos schüttelte Hewitt den Kopf. »Ich verstehe das nicht. Das sind gut zwölfhundert Pfund auf den Quadratzoll.«

Widerstrebend ließ er über Funk die Ausrüstung kommen, die man brauchte, um die beiden Schiffe fest miteinander zu verbinden. Während des Wartens probierte man mehrere mechanische Methoden an der Tür aus. Doch nichts funktionierte. Offensichtlich mußte ein weitaus höherer Druck erzeugt werden, wenn man sich Zutritt verschaffen wollte. Dieser Grenzwert lag schließlich bei neunhundertvierundsiebzig Atmosphären. Widerstrebend öffnete sich die Tür. Hewitt beobachtete die Druckanzeige in der Erwartung, daß die Nadel abwärts rasen würde. Eigentlich mußte die Luft durch die offene Tür ins Schiff strömen und ihren enormen Druck in der riesigen Weite der größeren Maschine abbauen. Sie mochte wie ein Tornado durch die Gänge fegen und alles vernichten, was sich ihr in den Weg stellte.

Der Druck senkte sich auf neunhundertdreiundsiebzig und hielt bei diesem Wert an. Und blieb dann auch bei diesem Wert. Ein Regierungswissenschaftler neben Hewitt fragte mit erstickter Stimme: »Was ist nur geschehen? Der Ausgleich scheint dort bei einem unmöglichen Wert zu erfolgen. Wie wäre das möglich? Das sind ja mehr als dreizehntausend Pfund pro Quadratzoll!«

Hewitt löste sich von der Asbestglas-Barriere. »Ich muß mir einen speziell entworfenen Anzug verschaffen«, sagte er. »Unsere jetzige Ausrüstung könnte möglicherweise diesem Druck keine Sekunde standhalten.«

Das bedeutete einen Flug zur Erde. Nicht, daß dadurch viel Zeit verlorenging. Es gab Firmen, die einen derartigen Anzug in wenigen Tagen bauen konnten. Aber er mußte persönlich dabei sein, um die Konstruktion zu überwachen. Auf dem Weg zu einem Landungsfahrzeug dachte Hewitt: »Ich muß im Grunde nur an Bord gehen und das Schiff wieder auf Kurs nach Centaurus bringen. Wahrscheinlich muß ich mitreisen. Aber das ist jetzt nebensächlich.« Es war zu spät, um weitere Kolonisationsschiffe zu bauen.

Urplötzlich war er überzeugt, daß die ganze ungewöhnliche Sache einem baldigen Ende zuging.

Es plagten ihn allerdings keine düsteren Vorahnungen.

In der Stahlstadt zog der Morgen herauf, als er landete. Die Nachricht von seinem Kommen war ihm vorausgeeilt, und als er kurz nach der Mittagsstunde die Raumanzugfabrik verließ, erwartete ihn eine Gruppe Reporter. Hewitt berichtete, was er wußte – die Männer aber waren nicht zufrieden.

In sein Büro zurückgekehrt, beging er einen Fehler. Er rief Joan an. Seit vielen Jahren hatten sie nicht mehr miteinander gesprochen, und offensichtlich war sie nicht mehr so unerbittlich wie früher, denn sie kam sogar ans Telefon. Sie gab sich gelassen. »Und was hast du im Sinn?« fragte sie.

»Eine Versöhnung.«

»Um Himmels willen!« rief sie und lachte.

Ihre Stimme klang schriller, als er sie in Erinnerung hatte. Hewitt kam die schmerzhafte Erkenntnis, daß die vagen Berichte zutrafen, wonach sie sich nicht nur mit *einem* Mann traf – was normal gewesen wäre –, sondern mit vielen.

Diese Erkenntnis bremste ihn ein wenig, aber doch nicht ganz. Ernst fuhr er fort: »Ich verstehe nicht, warum dich das amüsiert. Was ist aus der tiefen, unsterblichen Liebe geworden, die du mir früher für alle Ewigkeit geschworen hast?«

Ein kurzes Schweigen trat ein. »Weißt du«, antwortete sie dann, »ich glaube wirklich, du bist naiv genug, dich mit mir versöhnen zu wollen. Ich dagegen bin durch Schaden klug geworden und kann zwei und zwei zusammenzählen und vermuten, daß die Rückkehr deines dummen Schiffes mit diesem Anruf zu tun hat. Soll ich etwa die Familie zusammenholen und mit dir nach Centaurus fliegen?«

Hewitt hatte das Gefühl, daß eine Fortsetzung des Gesprächs nach einem so unschönen Beginn ein Fehler sein würde. Aber er ließ nicht locker. »Warum überläßt du mir die Kinder nicht?« fragte er drängend. »Der Flug wird ihnen nicht schaden, und wenigstens sind sie dann aus dem Weg, wenn . . .«

Joan unterbrach ihn energisch. »Siehst du?« rief sie. »Ich habe das alles doch ganz richtig gesehen!«

Und sie legte heftig auf.

Die Abendzeitungen riefen ihn zu dem Thema an und brachten dann einen verzerrten Bericht über ihre Version des Vorschlags, den er Joan gemacht hatte. Daß er in den Artikeln als »Baby-Nova-Mann« bezeichnet wurde, tat weh. Hewitt versteckte sich vor den Reportern, die nun nicht mehr aus dem Foyer des Hotels wichen, in dem er wohnte.

Zwei Tage später bediente er sich einer Polizei-Eskorte, um in die Fabrik zu fahren und seinen speziell angefertigten Panzeranzug abzuholen. Er fuhr gleich weiter zum Raumflughafen, von wo er zur *Molly D.* startete.

Dort eingetroffen, verbrachte man gut eine Stunde mit besonderen Tests. Doch endlich schloß ein Magnet die Innentür der *Hoffnung der Menschheit.* Anschließend wurde der Luftdruck des verbindenden Zwischenraums auf eine Atmosphäre abgesenkt. Hewitt, der es sich in seiner neuen motorgetriebenen Fahrkapsel bequem gemacht hatte, wurde mit einem Kran aus dem Bergungsschiff in den Verbindungsraum gehoben. Die Tür schloß sich fest hinter ihm. Wieder wurde Luft in den Bereich gepumpt. Hewitt behielt die Druckanzeiger des Anzugs im Auge, während sich der Außendruck allmählich auf neunhundertdreiundsiebzig Atmosphären steigerte. Als der Panzeranzug nach vielen Minuten noch immer keine Anstalten machte, nachzugeben, setzte er das Gebilde in langsamer Fahrt in Bewegung und schob vorsichtig die Tür des großen Schiffes auf.

Sekunden später war er im Inneren der *Hoffnung der Menschheit.*

23

Dunkelheit!

Die Veränderung war in dem Augenblick eingetreten, da er ins Schiff rollte. Der Unterschied war verblüffend. Von draußen hatte der Korridor hell und normal ausgesehen. Hewitt befand sich in einer gespenstischen, graudunklen Welt. Mehrere Sekunden vergingen, während er in die Düsternis blickte. Seine Augen gewöhnten sich an den matten Beleuchtungseffekt. Obwohl seit seinem letzten Aufenthalt an Bord Jahre vergangen waren, überkam ihn ein Gefühl der Enge.

Er befand sich in einem Korridor, von dem er wußte, daß er geradewegs ins Herz des Schiffes führte. Der Gang war enger, als er ihn in Erinnerung hatte. Nicht nur ein wenig enger, sondern um etliches schmaler. Es hatte sich um einen breiten Ausfallgang gehandelt, gedacht für den Transport schwerer Güter. Breit war diese Passage nicht mehr.

Wie lang sie war, vermochte er nicht genau zu erkennen. Ursprünglich hatte sie sich quer durch das ganze Schiff gezogen, mit einer Länge von über tausend Fuß. So weit konnte er nicht schauen. Weiter vorn verschwand der Korridor in undurchdringlichen Schatten.

In der Höhe schien der Gang nicht geschrumpft zu sein. Er war dreißig Fuß hoch gewesen und sah noch genauso hoch aus. Er war aber nur fünf Fuß breit anstatt vierzig.

Und nirgendwo zeigten sich Spuren, daß er etwa umgebaut worden war. Die Wände schienen sehr kompakt zu sein, ganz abgesehen davon, daß ein Umbau ja unmöglich war. Die Stahlstreben hinter den Wandfassaden gehörten zum Stützskelett des Schiffes.

Hewitt mußte sich darüber klar werden, ob er tiefer ins Schiff vordringen wollte. Und daran bestand eigentlich kein Zweifel. Angesichts seines Ziels blieb ihm nichts anderes übrig.

Er stoppte, um die Tür der Luftschleuse zu schließen. Dabei erlebte er einen neuen Schock. Beim Bewegen verzerrte sich die

Tür. Von draußen war ein solcher Effekt nicht sichtbar gewesen. Während die Tür zuschwang, verringerte sich die normale Breite von zwölf auf vier Fuß.

Diese Veränderung war so monströs, daß Hewitt der Schweiß ausbrach. Und die erste gewaltige Erkenntnis zuckte ihm durch den Kopf: »Das ist ja der Effekt der Lorentz-Fitzgerald-Kontraktions-Theorie!«

Sein Verstand stürzte sich auf eine noch erstaunlichere Überlegung: »Das würde ja bedeuten, daß sich dieses Schiff mit einer Geschwindigkeit bewegt, die an die des Lichts herankommt!«

Weit wies er diese Möglichkeit von sich. Ein bedeutungsloses Bild, so wollte ihm scheinen. Es mußte eine andere Erklärung geben.

Vorsichtig ließ er seine Maschine anrollen. Auf Gummireifen fuhr er als erstes zur Kapitänskabine. Widerstrebend eröffneten ihm die Schatten neue Perspektiven. Erst zehn Fuß davor vermochte er die Rampe auszumachen, die zur nächsten Ebene führte.

Das Auftauchen von Dingen, an die er sich erinnerte, beruhigte ihn. Und was noch wichtiger war, sie schienen sich in der richtigen Entfernung voneinander zu befinden. Zuerst die Luftschleuse, dann die Rampe, dann zahlreiche Werkstätten. Der Korridor erweiterte sich an der Rampe und wurde dann wieder schmaler. Infolge des abnormen Einengungs-Effekts wirkte alles auf unheimliche Weise schmal und eng. Die Länge aber schien zu stimmen.

Hewitt rechnete damit, daß die Tür zur Kapitänskabine für seinen schweren Raumanzug zu schmal sein würde. Doch als er sie erreichte, sah er, daß ihre Breite seiner Erinnerung entsprach. Hewitt nickte vor sich hin und dachte: »Natürlich paßt das zur Lorentz-Fitzgerald-Theorie. Die Kontraktion fände nur in Flugrichtung statt.« Da die Tür im rechten Winkel zur Bewegungslinie lag, wurde die Größe des Durchgangs nicht beeinträchtigt. Vermutlich war nur die Wanddicke verändert.

In der Tat: der Türholm wirkte wesentlich schmaler. Hewitt hielt seinen Anzug an und betrachtete die Erscheinung. Seine innere Anspannung vermittelte ihm das Gefühl, totenbleich zu sein. »Es paßt nicht«, sagte er sich. »Wie der Flur, ist die Wand schmaler, aber nur um den Faktor acht. Der Luftdruck steht dagegen im Verhältnis 973 zu eins.«

Wieder vergewisserte er sich, daß die Erklärung auf keinen Fall in der berühmten Kontraktionstheorie zu suchen war. In dieser Situation spielte Geschwindigkeit nun mal keine Rolle. Die *Hoffnung der Menschheit* befand sich praktisch im Ruhezustand, egal wie groß ihr Tempo zuvor gewesen war.

Er rief sich zur Ordnung: »Ich verschwende hier nur Zeit! Ich muß weitermachen!«

Er erinnerte sich daran, daß dies ein schneller Erkundungsrundgang sein sollte, kuppelte den leise laufenden Motor ein und rollte durch die Tür.

Der Außenraum der Kapitänsunterkunft war leer. Hewitt rollte in die hübsch eingerichtete kleine Wohnung und nahm Kurs auf den Schlafraum. Die Tür war geschlossen, öffnete sich jedoch der Manipulation eines energiegetriebenen Greifarms, den Hewitt ausfahren konnte. Verlegen fuhr er weiter; er hatte etwas dagegen, Leute im Bett zu überraschen. Zwei getrennte Betten standen in der Kabine. Im ersten Bett lag eine Frau, doch sie hatte eine dünne Decke über dem Leib, so daß er nur einen Arm und eine Schulter und den Kopf ausmachen konnte. Sie lag abgewandt. Auf den ersten Blick wirkte sie ziemlich normal – und einen zweiten Blick gönnte er ihr nicht, denn in diesem Augenblick bemerkte er den Mann.

Er hatte sich am Kopfbrett des Bettes zusammengekrümmt – eine Stellung, die ein Mann einnehmen mochte, der von einem plötzlichen Ruck haltlos mitgerissen worden war. Teile seines Körpers waren schmal, andere dagegen nicht, eine Abweichung, die sich aus der zusammengekrümmten Position zu ergeben schien. Hewitt fuhr um das Bett herum und sah sich den Mann genauer an. Von vorn gesehen wirkte der Mann ganz normal.

Von der Seite jedoch sahen Kopf und Körper wie die Karikatur eines Menschen aus, ein Bild, wie man es in einem extrem verkrümmten Zirkusspiegel wahrnehmen mochte.

Hewitt konnte sich nicht erinnern, den Mann je zuvor gesehen zu haben. Er hatte jedenfalls keine Ähnlichkeit mit Kapitän

John Lesbee, der vor sechs Jahren beim Start des großen Schiffes das Kommando geführt hatte.

In diesem Augenblick nahm sich Hewitt vor, keine weiteren Mutmaßungen anzustellen. Einige der hier zu beobachtenden Phänomene wiesen auf den Lorentz-Fitzgerald-Effekt hin. Die meisten seiner Feststellungen ließen sich jedoch nur erklären, wenn das Schiff gleichzeitig mit mehreren verschiedenen Geschwindigkeiten flog. Und das war unmöglich.

Hewitt leitete seinen Rückzug aus der Kapitänskabine ein. Obwohl er entschlossen war, sich keine weiteren Gedanken zu machen, hielt er inne, um noch einen Blick in das andere Schlafzimmer zu werfen. Hier standen drei Betten, und in jedem lag eine junge Frau. Die Bettdecken verhüllten einiges, doch soweit er die Gestalten überhaupt ausmachen konnte, wirkten sie verformt. Erschaudernd zog er sich zurück. Die seltsamen Entstellungen sahen bei Frauen noch schlimmer aus; jedenfalls hatte er diesen Eindruck.

Als er in den Korridor zurückkehrte, riß sich Hewitt innerlich zusammen und nahm sich vor, das Ungewöhnliche seiner Umgebung zu akzeptieren. Während er in seinem schweren panzerähnlichen Anzug weiterfuhr, achtete er immer mehr auf seine Umgebung, die ihn zugleich auch immer nachdenklicher stimmte: er war aufnahmebereiter geworden. Er schaute in die Wohnräume, die den Schiffsoffizieren und Wissenschaftlern zur Verfügung standen. Fast überall lag im großen Schlafzimmer eine Frau, während die kleineren Räume von Kindern bewohnt wurden.

Als Hewitt den ersten Teenager entdeckte, zog Hewitt dem Jungen die Bettdecke herunter – wozu ein großer Kraftaufwand erforderlich war – und starrte auf den verzerrten Körper. Er wollte ganz sicher gehen, daß es sich wirklich um einen Jugendlichen handelte. Daran konnte kein Zweifel bestehen – trotz des karikaturhaften Aussehens. Er entdeckte mehrere ähnliche Gestalten, Mädchen wie auch Jungen, von denen einige sogar schon achtzehn Jahre alt zu sein schienen.

Aber wo waren die Männer?

In Wohnräumen an einem zweiten Korridor unweit der Kapitänskabine stieß er auf drei wild aussehende Gestalten. Sie lagen ebenfalls im Bett, boten aber einen erstaunlichen Anblick, da sie nicht zum Flugkurs hin ausgerichtet waren. Als Hewitt dem ersten Mann die Bettdecke wegnahm, erblickte er einen Körper, der dünn wie ein Pfahl aussah, eine unglaubliche Erscheinung. Der zweite Mann wirkte extrem verkürzt, irgendwie verkrüppelt, zu klein geraten. Der dritte war schmal, wo sein Körper die breiteste Ausdehnung hätte haben müssen – eine bloße Scheibe Mensch, wie eine Silhouette.

Mit Ausnahme dieser drei sah er keine Männer, bis er die großen Schlafsäle der Unterdecks erreichte. In den kleinen Schlafzimmern, die von den großen Aufenthaltsräumen abgingen, fand er endlich Männer, deren Zahl er auf mehrere hundert schätzte. Frauen befanden sich nicht darunter, was doch sehr rätselhaft war. Er konnte sich keinen Grund vorstellen, warum die Männer hier unten und die Frauen und Kinder in den oberen Stockwerken sein sollten.

Hewitts Interesse war geweckt. Auf dem Weg zum Maschinenraum machte er sich klar, daß das Schiff Männer, Frauen und Kinder aller Altersstufen an Bord hatte – daß er aber keinen einzelnen kannte. Er, der alle Kolonisten, Techniker, Wissenschaftler, Frauen kennengelernt hatte, wenn auch zuweilen nur sehr flüchtig, erkannte keine einzige Person wieder.

Hewitt erreichte den Maschinenraum. Der erste Blick auf die Instrumentenreihen versetzte ihm einen Schock.

Der Meiler war heiß wie hundert Höllen. In Anbetracht der Ladung, die hier angezeigt wurde, stand die Ausstoß-Nadel des Umwandlers erstaunlich ruhig. Der Widerstand gegen die Beschleunigung mußte gewaltig sein, denn der Beschleunigungsmesser zeigte so gut wie null an. Während er die Instrumente betrachtete, mußte Hewitt an sein Gespräch mit Tellier denken, bei dem es um den Versuch gegangen war, die Lichtgeschwindigkeit zu erreichen. Plötzlich runzelte er die Stirn. Der Wert, der ihm vom Geschwindigkeitsintegrator übermittelt wurde, mußte falsch sein: 198 700 . . . *schneller als das Licht!*

»Das kann doch unmöglich bedeuten, das Schiff ist noch immer . . .«, dachte Hewitt. Sein Verstand weigerte sich, diesen Gedanken anzupacken. Augenblicklich begann er sich zurückzuziehen, in Richtung Luftschleuse und *Molly D.*

24

Während Hewitts Abwesenheit war ein wichtiger Mann an Bord des Bergungsschiffes gekommen. Er hörte sich zusammen mit den anderen Hewitts Bericht sehr angespannt und aufmerksam an und verfolgte die anschließende Diskussion stumm und nachdenklich. Seine Gegenwart hatte eine dämpfende Wirkung auf die jüngeren Regierungswissenschaftler. Niemand hatte viel zu sagen. Man schien eher zu meinen, daß sich die anderen zuerst vorwagen sollten.

Folglich gestaltete sich das Gespräch ziemlich flügellahm. Äußerungen wie »natürliche Erklärung« fielen sehr oft. Als Hewitt es nicht mehr aushalten konnte, sagte er ungeduldig: »Aber vergessen wir doch nicht, daß diese Dinge wirklich passiert sind. Was meinen wir mit ›natürlich‹?«

Er wollte weitersprechen, aber da räusperte sich das hohe Tier und ergriff zum erstenmal das Wort: »Meine Herren, ich möchte gern einige von den Hindernissen ausräumen, die uns das Leben erschweren.«

Er wandte sich an Hewitt. »Zunächst möchte ich Sie beglückwünschen, Sir. Zum erstenmal in der Geschichte ist der sprichwörtliche Beobachter – jene mathematische Absonderlichkeit – zum Leben erwacht. Sie haben Phänomene gesehen, die bis heute nichts anderes als Gleichungen gewesen sind.«

Ohne weitere Einleitung trug er eine Erklärung der Ereignisse vor. Dabei räumte er ein, daß hier »Aspekte der Lichtgeschwindigkeit zum Tragen gekommen« seien. Er fuhr fort: »In diesem Stadium brauchen wir uns nicht darum zu kümmern, wie so etwas möglich ist, obwohl natürlich Mutmaßungen angebracht sind. Ich möchte eine eigene in die Diskussion werfen. Mr. Hewitt hat gesehen, daß die Geschwindigkeitsmesser Werte über der des Lichtes anzeigten. Wäre es denkbar, daß durch das Erreichen einer solchen Geschwindigkeit das Schiff uns hier mit einem wahren Zustand von Raum und Materie konfrontiert, der uns bisher verborgen war? Ich vermute, das

Schiff bewegt sich in seiner eigenen Existenzzone mit einem die Lichtgeschwindigkeit übertreffenden Tempo, in einer Art Parallelzeit zum Jetzt, zu dieser Minute, dieser Sekunde.«

Natürlich mußten weitere Erkenntnisse über das Ereignis gewonnen werden. Aber das hatte Zeit. Er fuhr fort: »Es ist Zeit für eine praktische Lösung. Ich hätte folgenden Vorschlag.«

Exemplare eines sorgfältig aufgesetzten Briefes mußten einigen Schlüsselfunktionären des Schiffes in die Hand gedrückt werden – zur Lektüre nach dem Erwachen.

Im Brief sollten die Umstände beschrieben werden – und die Verantwortlichen gedrängt werden, Antrieb und Autopilot abzuschalten. Wenn dies nicht innerhalb einer gewissen Periode geschähe – wobei der Unterschied im Zeitfluß zu berücksichtigen war –, mußte man davon ausgehen, daß der Brief nicht richtig verstanden worden war. Dann sollte Hewitt erneut an Bord gehen und den Versuch machen, den Roboter auszuschalten, um dann den Antrieb persönlich umzukehren.

Ehe er jedoch das Schiff verließ, nachdem er den Brief zugestellt hatte, sollte Hewitt an Bord Großalarm auslösen, um dafür zu sorgen, daß das Erwachen recht bald stattfand.

Stirnrunzelnd bedachte Hewitt den Plan. Eine logische Erklärung, warum er nicht funktionieren sollte, fiel ihm nicht ein. Trotzdem hatte er das Gefühl, daß irgendein Faktor übersehen wurde – immerhin war er an Bord des auf unheimliche Weise verkürzten Schiffes gewesen, dessen Atommeiler nahe der Belastungsgrenzen arbeiteten, dessen entstellte Passagiere totengleich herumlagen. Unwillkürlich dachte er an den Mann, der in der Kapitänskabine am Kopfende des Bettes zusammengerollt lag. Solche Unstimmigkeiten mußten erklärt werden. Die Worte des älteren Mannes leiteten seine Gedanken aber auch auf praktische Bahnen. Sein Panzeranzug mußte umgebaut und mit motorgetriebenen Werkzeugen ausgestattet werden, wenn er den Alarm auslösen und Arbeiten verrichten sollte, die im Rahmen solcher Zeitunterschiede erforderlich waren. Zum möglichen dritten Vorstoß in das Schiff sagte er: »Wenn es sich ergibt, daß ich auch noch den Antrieb abschalten muß, brauche ich unbedingt Nahrung und Wasser. Der Zeitunterschied dürfte eine ziemlich anstrengende Sache daraus machen.«

Es hatte fünfunddreißig Stunden gedauert, eine Luftschleuse zu öffnen, die man normalerweise in fünf Minuten betreten konnte. Davon ausgehend, mochte eine Umkehr der Antriebskraft Wochen dauern – eine Arbeit, die nicht unbedingt anstrengend sein mußte, aber doch auf jeden Fall Konzentration erforderte. Es wäre besser, wenn die Leute an Bord sich dieser Aufgabe annehmen konnten.

Ein anderer Wissenschaftler schlug vor, den Anzug mit Instrumenten auszustatten, die die Antriebszustände im Zusammenhang mit den Lichtgeschwindigkeitsphänomenen orteten, beobachteten und aufzeichneten.

Dieser Gedanke entfesselte einen Tornado nervöser, kreativer Einfälle, den Hewitt schließlich mit einer klaren Äußerung beendete: »Hören Sie, meine Herren, dieser Anzug kann nur in begrenztem Umfang zusätzliche Einrichtungen aufnehmen. Warum begleiten mich nicht einige von Ihnen in die Fabrik? Sie könnten dann direkt mit den Technikern an den möglichen Modifikationen arbeiten. Unterdessen kann der Brief geschrieben und vervielfältigt werden. Wir müßten in absehbarer Zeit zurück sein, dann gehe ich gleich an Bord.«

Damit waren alle einverstanden, und man brachte den Anzug in die Fabrik zurück. Hewitt überließ es den Wissenschaftlern, dafür zu sorgen, daß die Arbeit richtig erledigt wurde, und trat ins Freie.

Er schätzte, daß es eine Woche dauern würde, alle erforderlichen Maßnahmen durchzuführen. Die ersten Stunden dieser Zeit gedachte er schlafend zu verbringen.

Auf direktem Wege begab er sich in sein Hotelzimmer.

25

An Bord des Schiffes erwachte Lesbee V.

Reglos lag er da und konnte sich im ersten Augenblick nicht erinnern, was geschehen war; wie ein Kind lag er in der Dunkelheit, ohne nachzudenken.

Dann überfielen ihn die Erinnerungen. »O Gott!« dachte er.

Viele Sekunden lang empfand er Angst, doch plötzlich kam die Erleichterung. Denn er lebte noch. Die Translichtgeschwindigkeit war nicht tödlich. Der gefürchtete Augenblick, da sich das Schiff genau mit der Geschwindigkeit des Lichts bewegte, war herangerückt, war durchstanden und überstanden.

Im Liegen fragte er sich, wie lange er bewußtlos gewesen war. Dieser Gedanke brachte ein neues Empfinden von Dringlichkeit, die Erkenntnis, daß er jetzt eigentlich unten im Maschinenraum sein müßte, um alles zu überprüfen und auf die Verlangsamung des Fluges vorzubereiten.

Er dachte an Gourdy. »Ob er wohl tot ist?« fragte er sich hoffnungsvoll.

Er hob den Arm und schaltete das Licht neben seinem Bett ein. Es war eine automatische Reaktion, und erst als das Licht seine kleine Gefängniszelle durchflutete, erkannte er, daß die elektrischen Impulse und Lichtwellen und die Antischwerkraft so normal wie eh und je zu funktionieren schienen.

Da überkam ihn das große Staunen. Doch paßte alles zur Theorie, daß das Licht bei Lichtgeschwindigkeit sich trotzdem nur mit der Geschwindigkeit des Lichts bewegte.

Lesbee öffnete seinen Beschleunigungsgurt und richtete sich auf.

Vor seiner Zelle hörte er ein Geräusch. Ein Schlüssel klapperte im Schloß. Hinter den Metallstäben öffnete sich eine Tür. Gourdy schaute zu ihm herein; um den Kopf trug er eine Bandage. Hinter dem Kapitän ragte die Riesengestalt eines ehemaligen Küchenhelfers namens Harcourt auf.

Als Lesbees Blick auf Gourdy fiel, durchströmte ihn ein Gefühl der Niedergeschlagenheit. Er hatte damit gerechnet; seine Analyse war richtig gewesen. Trotzdem machte die Wirklichkeit – daß nämlich Gourdy keine tödlichen Verletzungen erlitten hatte – eine grundlegende Hoffnung zunichte, die in ihm gekeimt war . . . Lesbee überwand die Enttäuschung so schnell, wie sie gekommen war.

Er machte sich klar, daß Gourdys Auftritt der eines Siegers war.

Lesbees Stimmung besserte sich. Er hatte recht. Darum hatte er den Antrieb programmiert: um diesen schlauen kleinen Mörder zu zwingen, zu ihm zu kommen und um Hilfe zu bitten.

Hastig riß er die Initiative an sich und brachte das Gespräch in die richtigen Bahnen. »Ich war bewußtlos. Bin eben erst zu mir gekommen. Was war los? Geht es den Leuten im Schiff gut?«

Er bemerkte Gourdys erstaunten Blick. »Sie waren also auch überrascht!« sagte der Mann.

Lesbee starrte ihn stumm an. Er hatte Angst, seine Rolle zu dramatisch zu gestalten. Eine Äußerung zuviel mochte ihn verraten.

»Lesbee, sind Sie sicher, daß das nicht zu einer Verschwörung gehört?«

Lesbee vermochte zu antworten, daß es keine Verschwörung gebe – und das stimmte auch, denn seine Planungen reichten nicht über diesen Augenblick hinaus. Folglich war die Verschwörung, soweit es sie gegeben hatte, bereits ein Ding der Vergangenheit. Von diesem Augenblick an sahen sich er und jeder andere an Bord einer Situation gegenüber, wie sie Menschen bisher noch nicht erlebt hatten: den Phänomenen, die sich aus Ultralichtgeschwindigkeiten ergaben.

Die Leugnung schien Gourdy zu beruhigen. Er zögerte, doch nur kurze Zeit. Dann sagte er grob: »Ich gebe Ihnen noch eine Chance, Lesbee. Runter in den Maschinenraum mit Ihnen! Harcourt begleitet Sie – nehmen Sie sich in acht! Keine Tricks!«

Natürlich wußte Gourdy selbst, wie sinnlos Drohungen im Grunde waren. »Hören Sie, Lesbee«, fuhr er fort. »Stellen Sie fest, was passiert ist. Bringen Sie es in Ordnung – dann unterhalten wir uns ausführlich. Okay?«

Lesbee traute dem anderen nicht; es war ihm unmöglich. Er erkannte, daß sich Gourdys Position nicht verändert hatte, daß der neue Kapitän noch immer nicht zur Erde zurückkehren durfte. Laut antwortete er jedoch: »Natürlich ist das okay.«

Gourdy verzerrte sein Gesicht zu einer Grimasse, die wohl ein Lächeln sein sollte. »Dann sehen wir uns später«, sagte er.

Er zog ab, um die anderen Gefangenen zu verhören. Nachdem er innerlich Lesbee von jedem Verdacht befreit hatte, konzentrierte er sich jetzt auf Miller. Wer anders konnte dahinterstecken als der einzige andere Mann, der im Maschinenraum gewesen war? Er erinnerte sich, daß Miller einige Anzeigeinstrumente untersucht und berührt hatte. Dabei mußte es geschehen sein, sagte sich Gourdy. »Vor meinen Augen!« Der Gedanke erzürnte ihn.

Lesbee, gefolgt von Harcourt, erreichte den Behelfs-Kontrollraum. Ein schneller Blick auf die Bildschirme ergab, daß sich vor dem Schiff ausreichend schwarzes All erstreckte. Er zitterte ein wenig in seiner Hast, als er nun den Antrieb auf Umkehr programmierte, mit zwölf g, auf einer Basis von dagegengehaltenen elf g künstliche Schwerkraft. Nachdem alles richtig eingestellt war, griff er nach dem Hauptschalter, umfaßte ihn . . .

Und hielt inne.

Es wollte ihm in diesem Augenblick der höchsten Entscheidung scheinen, als müsse er etliche lebenswichtige Dinge mit berücksichtigen.

Die Beschleunigung auf Translichtgeschwindigkeit hatte das von ihm vage angepeilte Ziel erreicht. Sie hatte ihn aus dem Gefängnis geholt. Grundlegend hatte sich seine Situation aber nicht geändert.

Was immer er tat – ob er nun versagte oder einfach nichts unternahm –, er sollte ermordet werden. Diese Gewißheit erfüllte ihn, und sie mußte lenken, was er tat.

Er konnte sich Harcourts Waffe verschaffen und den Mann dabei irgendwie ausschalten; ihn fesseln, in Schach halten oder sogar töten – wenn es nicht anders ging. Auf jeden Fall mußte der Mann aus dem Verkehr gezogen werden.

Dann Tellier retten . . . und von Bord, wie geplant.

Als diese Entscheidung gefällt war, machte er zum zweitenmal Anstalten, nach dem Hebel zu greifen.

Diesmal aber nahm er die Hand wieder zurück, ehe sie das Metall berühren konnte. Er durfte einen anderen Faktor nicht vergessen, der weniger persönlich, aber vielleicht noch wichtiger war. »Warum habe ich am Transitionspunkt das Bewußtsein verloren?« fragte er sich. »Dafür müßte es eine Erklärung geben.«

Menschen gingen nicht so ohne weiteres k. o. Das hatte man an Bord des großen Schiffes oft genug festgestellt. Wenn man ihm nicht gerade ein Betäubungsmittel eingab, klammerte sich ein Mensch noch bei extremen Schock- und Schmerzzuständen mit einer Verbissenheit an das Bewußtsein, die zuweilen ans Unglaubliche grenzte.

Lesbee drehte sich halb zu dem großen Mann herum. »Waren Sie auch bewußtlos, Harcourt?« fragte er.

»Ja.«

»Erinnern Sie sich an Einzelheiten?«

»Nix. Bin einfach umgekippt. Kam dann zu mir. Dachte mir: ›Mann, am besten gehst du schleunigst zu Gourdy!‹ Fand ihn zusammengerollt am Kopfende seines Bettes, und . . .«

»Keine Gedanken?« unterbrach ihn Lesbee. »Keine Bilder, keine Träume, keine seltsamen Erinnerungen? Unmittelbar vor dem Wiedererwachen, meine ich.«

Er selbst hatte nur einige vage Phantasiebilder und Visionen in Erinnerung, die sich rückwärts bewegten.

»Also . . .« Harcourts Stimme klang zweifelnd. »Wenn ich's genau bedenke, habe ich geträumt. Ist aber doch irgendwie verschwommen.« Lesbee wartete ab. Der Ausdruck auf dem kompakten Gesicht des Mannes ließ erkennen, daß er sich zu erinnern versuchte; ihn zu drängen, wäre sinnlos gewesen.

»Wissen Sie, Mr. Lesbee«, sagte Harcourt schließlich, »wenn man auf den Kern der Sache geht, haben wir Menschen wirklich die Wahrheit in uns.«

Lesbee stöhnte lautlos auf. In seinen Gedanken und seiner Sprache war der Mann wirklich zu umständlich. Hastig sagte er: »Ich sollte jetzt erst einmal den Antrieb umkehren, Harcourt. Wir können uns dann später unterhalten.«

Wieder griff er nach dem Hebel. Diesmal schloß er mit vorsichtiger Bewegung den Kontakt.

Anschließend nahm Lesbee im Hauptsessel Platz, griff nach dem eingebauten Mikrofon und verkündete über das Kommunikationssystem des Schiffes, daß in weniger als einer Minute die Gegenbeschleunigung beginnen würde.

Lesbee wollte sich eben anschnallen, als ein Blick auf Harcourt ihm verriet, daß der Mann sich bereits gesichert hatte.

Diese Beobachtung durchfuhr ihn wie ein elektrischer Schlag. Sollte er Harcourt angreifen?

Atemlos ließ sich Lesbee in seinen Sessel sinken. »Jetzt nicht!« dachte er. In der Rechnung waren noch zu viele Unbekannte. Sollte es zu einem Kampf kommen, mochte sich die einsetzende Gegenbeschleunigung hinderlich auswirken. »Du mußt abwarten!« redete sich Lesbee ein. Mit zitternden Fingern schloß er seinen Sicherheitsgurt.

Voller Unbehagen beobachtete er die Anzeigegeräte der Kontrollanlage.

Abrupt sprangen die Nadeln empor.

Unwillkürlich hielt er sich krampfhaft fest. Doch nichts Besonderes geschah.

Er hatte den Unterschied zwischen Gegendruck und künstlicher Schwerkraft auf ein g eingestellt – und dieser Wert wurde auch eingehalten.

»Können wir uns darauf verlassen – auch bei Überlichtgeschwindigkeit?« überlegte er.

Die Nadeln zeigten Reaktion wie zuvor.

»Wissen Sie, Mr. Lesbee«, sagte Harcourt, »der Traum war wirklich komisch. Ich hatte tatsächlich das Gefühl, als machte jeder Teil meines Körpers eine Art Salto oder Wende. Ich war so groß wie das ganze Weltall, und ich konnte mein Inneres sehen und all die kleinen, verschwommenen, kreisenden Lichtpunkte; nur waren die nicht mehr groß, und jeder einzelne Lichtpunkt hörte auf zu kreisen und bewegte sich plötzlich in die andere Richtung. Ich hatte das komische Gefühl, rückwärts zu gehen. Und dann muß mir wohl schwarz vor Augen geworden sein.«

Lesbee hatte sich umgedreht, während der Mann sein Erlebnis schilderte. Beim Zuhören hatte er das Gefühl, der reinen, inneren Vision eines schlichten, unverstellten Geistes zu lauschen.

»... *Salto* ...« Ja, was sonst?

»... *so groß wie das ganze Weltall* ...« Das war die Theorie: bei Erreichen der Lichtgeschwindigkeit wurde die Masse unendlich, Größe reduzierte sich auf Null.

»... *verschwommene Punkte* ...« Um Himmels willen, das waren Elektronen, die auf ihren Bahnen wirbelten und ihre Bewegungen abrupt umkehrten ...

Natürlich! Phantastisch, aber irgendwie auch logisch.

Und natürlich war das genau der Augenblick, da die Ohnmacht einsetzen würde – im Moment der Umkehr. Die Grundstruktur von Leben und Materie mußte umgestülpt worden sein. Ehrfurcht erfüllte ihn plötzlich bei dem Gedanken: »Während wir uns engstirnig stritten, hat das Schiff womöglich alle Barrieren von Zeit und Raum durchbrochen. Wäre das möglich?«

Ein Phantasiebild stieg in ihm auf: die Eroberung ungeheurer Nacht dort draußen durch Entdeckung und Nutzbarmachung der Gesetze, die in ihrer Struktur verankert waren. Die Überwindung von Entfernungen jeder Art, wahrscheinlich sogar eine Ablenkung der Zeit.

Angespannt saß Lesbee da und wartete darauf, daß das Schiff im Langsamerwerden die Barriere der Lichtgeschwindigkeit überschritt. Wartete auf den Schock der Rückkehr in die Normalität. Die Sekunden rasten vorüber. Die Nadeln zeigten weiter ihre hohen Werte an.

Nichts geschah.

26

Auf der Erde waren drei Wochen verstrichen.

Voller Verstimmung hatte sich Hewitt bemüht, die verschiedenen Maßnahmen zu beschleunigen, die zu erledigen waren. Soweit ihm dabei Geld weiterhelfen konnte, setzte er es ein. Was den menschlichen Faktor anging, so ließ sich hier keine Stunde, kein Tag gewinnen.

Eines der Hindernisse war der Brief. Hewitt ließ ihn sofort aufsetzen und mit Boten den verschiedenen Leuten zustellen, die den Text genehmigen und unterzeichnen mußten.

Die Zeit dehnte sich über vorgeschlagenen Änderungen und unerklärten Verzögerungen in die Länge, während die fertige Version schließlich eine Woche lang im Büro des Innenministers unterging.

Endlich aber waren die zwölf Exemplare des Briefes in Hewitts Besitz und mußten nur noch von ihm unterschrieben werden. Der endgültige Text lautete:

An alle Personen an Bord der »Hoffnung der Menschheit«:

Ihr Schiff, die »Hoffnung der Menschheit«, ist im Sonnensystem eingetroffen und scheint sich dabei in einem einzigartigen Materie-Zustand zu befinden. Der Beweis dafür liegt in der Tatsache, daß der Schiffseigner, Averill Hewitt, zweimal an Bord gewesen ist und sich ungesehen in Ihrem Kreis bewegt hat. In Relation zu ihm schienen Sie alle in einem Zustand der Zeitlupe zu leben. Es ist, als bewege sich das Schiff mit Lichtgeschwindigkeit oder sogar noch schneller.

Die Erklärung für diese bemerkenswerte Komplexität des Verhaltens ist bei den Erdenwissenschaftlern umstritten; hinsichtlich der Lösung jedoch besteht Einigkeit.

Bremsen Sie Ihren Flug sofort und so schnell wie möglich ab, um die Effekte der Translichtgeschwindigkeit herabzusetzen.

Dann versuchen Sie sich über Funk mit der Erde in Verbindung zu setzen.
Da hier vielleicht die Lorentz-Fitzgerald-Kontraktions-Theorie Anwendung finden kann, besteht die Möglichkeit, daß es nicht nur eine räumliche, sondern auch eine zeitliche Verzerrung gegeben hat. Wir informieren Sie daher, daß seit dem Abflug der »Hoffnung der Menschheit« nach Centaurus sechs Erdenjahre vergangen sind. Dies liefert Ihnen die nötigen Daten, um Ihre Situation klar zu erkennen.
Bitte handeln Sie sofort, da Ihr Schiff auf die Erde zuzufliegen scheint und den Planeten womöglich im direkten Aufprall trifft, wenn es seinen derzeitigen Kurs fortsetzt.

Mit drängenden Grüßen ...

Der Platz für die erste Unterschrift war für Hewitt freigelassen worden. Die anderen Vollmachtsträger hatten großzügig zurückgesteckt. Der Staatsminister der Vereinigten Westmächte hatte unmittelbar darunter abgezeichnet. Und darunter stand der Kommandierende Offizier für die Raumflotten (KOMOFRF). Darunter die Namenszüge von drei Wissenschaftlern – zu ihnen gehörte auch der »wichtige Mann«, ein Physiker und führender Astronom mit Namen Peter Linden, der der Wissenschaftsbehörde der Regierung vorstand.

Eine Anzahl von Beamten und Beobachtern begleitete Hewitt an Bord der *Molly D.*: Offiziere der Raumpatrouille, ein Arzt, ein Kabinettmitglied, ein Vertreter der Asiatischen Mächte und mehrere Raumphysiker ...

Wie erwartet, hatte die *Hoffnung der Menschheit* im Laufe der drei Wochen die Erde mit gut fünfhunderttausend Meilen hinter sich gelassen. Sie stand allerdings nicht unter der Anziehung der Sonne und war daher durch die Eigenbewegung des Systems von zwölf Meilen in der Sekunde, die in Richtung Aries verlief, scheinbar diagonal an der Sonne vorbeigetrieben worden, in einem Faktor von zehn Millionen Meilen. In dieser Zeit war sie zwar zweimal beobachtet worden, wie das Schiff seinen Kurs korrigierte, und zwar auf Werte, die dazu führen mußten, daß es später wieder auf die Umlaufbahn der Erde stieß.

Hierin sah man einen Hinweis darauf, daß das Sensor-Lenksystem des Schiffes noch immer auf die Erde programmiert war. Hastig befahl Hewitt den Start.

Acht Tage später machte das Bergungsschiff wieder am großen Schiff fest. Seit dem letzten Vorstoß war somit fast ein Erdenmonat vergangen ... An Bord der *Hoffnung der Menschheit* würden es dagegen nur etwa dreißig Minuten sein ...

Kaum waren die Schleusen geöffnet und miteinander verbunden worden, steuerte Hewitt seinen Panzeranzug hinein. Er begab sich auf direktem Wege in die Kapitänskabine und stieß dort prompt auf sein erstes Problem. Der dunkelhaarige Mann, der dramatisch verkrümmt am Kopfende eines Bettes gelegen hatte, war verschwunden. Die Frau im Nachbarbett war noch an Ort und Stelle.

Unsicher starrte Hewitt in das Zwielicht des anschließenden Schlafzimmers und entdeckte die drei anderen Frauen in den getrennt stehenden Betten. Die Person, bei der er den ersten Brief hatte zurücklassen wollen, war in der Unterkunft dagegen nicht zu finden.

Egal. Die Fachleute an Bord der *Molly D.* waren sich darin einig gewesen, daß zwölf Briefe, wenn sie überall im Schiff bei verschiedenen Leuten deponiert wurden, die Nachricht in ausreichendem Maße verbreiten würden.

Hewitt ließ ein Exemplar auf dem ungemachten Bett des Mannes zurück, dann mehrere Schreiben bei Frauen in den Offizierskabinen, vier Exemplare bei Männern, die er in den Schlafsälen des unteren Schiffsbereichs willkürlich auswählte, und je einen Brief bei den beiden Männern, die im Maschinenraum in benachbarten Sesseln saßen und sich angeschnallt hatten.

Hewitt hatte sich den Maschinenraum für zuletzt aufgehoben, weil man Kameras am Anzug befestigt hatte, mit dem er Aufnahmen der Anzeigeninstrumente machen sollte. Die Physiker an Bord der *Molly D.* waren insbesondere daran interessiert, eine klar rechenbare Querverbindung zu schaffen.

Er machte die Aufnahmen. Erst als er auf den Knopf drückte,

der die Kamera wieder in ihre Schutzhülle gleiten ließ, fiel ihm etwas auf. Die Geschwindigkeitsanzeiger! Sie unterschieden sich in den Werten von dem, was er bei seinem letzten Besuch festgestellt hatte.

Sein Blick kehrte sehr aufmerksam zu den Geschwindigkeitsmessern zurück. Die Anzeige war mit einer roten Linie versehen, die die Lichtgeschwindigkeit markierte, und die Nadel, die beim letztenmal weit hinter der Linie gestanden hatte, berührte jetzt unmittelbar den Strich.

Die Angst fuhr ihm wie eine heiße Klinge in die Glieder.

Das Schiff war bereits darauf programmiert, den Flug zu verlangsamen! In diesem Prozeß war es bereits bis auf wenige Meilen an die Barriere der Lichtgeschwindigkeit herangekommen.

Hewitt ging davon aus, daß ihm der Augenblick des Übergangs gefährlich werden konnte. Als er diesen Gedanken zu Ende gebracht hatte, rollte er bereits so schnell er konnte aus dem Maschinenraum. Die Menschen an Bord hatten die Überquerung der Grenze in die andere Richtung überlebt. Aber sie waren ein Teil des Beschleunigungsprozesses. Wie mußte der umgekehrte Wechsel auf jemanden einwirken, der mit der Kontraktion nichts zu tun hatte? Eins schien jedoch gewiß: selbst mit 973 zu eins zu seinen Gunsten würde die Zeit nicht reichen, um die erforderliche Distanz zurückzulegen.

Als er um eine Ecke bog, hinter der er vage die ferne Luftschleuse erkennen konnte, spürte er das erste Aufwallen der Übelkeit. Er hatte keine Ahnung, was jetzt geschehen würde. Aber er sagte sich, daß er vielleicht stehenbleiben sollte.

Er brachte die Bremsen ins Spiel. Er spürte noch, wie der Panzeranzug ausrollte. Dann . . .

Irgend etwas packte seinen Körper von hinten und drückte gnadenlos zu. Die Empfindung, in der Gewalt einer riesigen Hand zu sein, war so realistisch, daß er sich hin und her wand, um den tödlichen Fingern zu entgehen.

Die große Hand begann abzurutschen, und ihm war, als werde er ruckhaft aus einem Raum gestoßen, der zu klein für ihn war, hinein in etwas – Weiträumiges.

Dann erinnerte er sich an nichts mehr, denn Schwärze schlug über ihm zusammen.

27

Irgend etwas traf Lesbee.

Zuerst tief drinnen, dann nicht mehr so tief, dann schließlich überall am Leib.

Der Wechsel von Aufprall zu Qual, zu unerträglichem Schmerz, erfolgte sehr schnell. Er empfand jedoch jede einzelne unerträgliche Sekunde dieses Ablaufs.

Er mußte sich in einer Art Traumzustand befunden haben – auch wenn es diesmal keine Visionen gab –, denn er kam urplötzlich mit der Erkenntnis zu sich, daß das Schiff den Wechsel hinter sich gebracht hatte. Und wie es sich anfühlte, wurde die Gegenbeschleunigung fortgesetzt.

»Wir haben's geschafft!« dachte Lesbee verwirrt.

Über die Lichtgeschwindigkeit hinaus – und wieder zurück! Aus der normalen Raum-Zeit-Bewegung und wieder zurück.

Ohne den Kopf zu senken, öffnete Lesbee seinen Sicherheitsgurt und stand auf. Er konzentrierte sich dermaßen auf die Kontrolltafel, daß ihm Hewitts Brief unbemerkt aus dem Schoß fiel. Gebannt von dem Drama der Anzeigegeräte trat er langsam vor.

»He, was ist das?« fragte Harcourt.

Lesbee drehte sich um. Das Bild, das sich ihm bot, ergab keinen Sinn. Harcourt las etwas, das wie ein Brief aussah.

Wieder drehte sich Lesbee um und studierte die Reihen der Instrumente.

28

Als Hewitt die Augen aufschlug, stellte er fest, daß sein Panzeranzug schräg gegen eine Wand gekippt war. Wie es dazu hatte kommen können, war ihm nicht klar.

Irgendwie hatte er das Gefühl, daß noch etwas nicht so war wie vorher – aber er hatte keine Zeit, sich weiter damit zu beschäftigen.

Ihn erfüllte die ungeheure Angst, daß möglicherweise sein Fahrzeug umstürzen könnte. Hastig griff er nach den Kontrollen, schaltete die Energie ein und lockerte vorsichtig die Bremse. Der Anzug rollte dichter an die Wand heran und landete wieder auf allen vier Rädern.

Hewitt atmete auf. »Wir müssen die Grenze der Lichtgeschwindigkeit ohne große Probleme überschritten haben«, dachte er. »Es hat ziemlich weh getan, hat mir aber offensichtlich nicht geschadet.«

Der Gedanke brach ab. Er spürte, wie sich seine Augen öffneten. Hastige Blicke schickte er durch den Korridor. Der Gang war hell erleuchtet. Die unheimlichen Schatteneffekte waren verschwunden, als hätte es sie nie gegeben. Und noch etwas fiel ihm auf. Der Korridor war nicht mehr schmal. Er wußte es nicht genau zu sagen, aber er schätzte, daß der Gang die volle Breite wiederhatte, in der er ursprünglich gebaut worden war. Und Hewitt dämmerte die Wahrheit.

Er war kein Beobachter dieser Szene mehr. Er gehörte jetzt dazu. Dagegen würde er jetzt jeder Person, die von der *Molly D.* an Bord kam, verzerrt erscheinen, während er in den Augen der Menschen hier an Bord ganz normal aussehen mußte. Menschen, die unter dem Einfluß des Lorentz-Fitzgerald-Phänomens standen, waren sich untereinander keiner Veränderung bewußt. Die Kontraktion wirkte auf ihre Körper in demselben Maße wie auf ihr Bezugssystem. In Relation dazu war im Grunde nichts verzerrt.

Hewitt erinnerte sich an das Gefühl, zusammengepreßt zu

werden. Während der Veränderung fanden die Wiederanpassungen unterschiedlich statt, überlegte er sich. Sein Vorderteil veränderte sich schneller als der Rücken.

Urplötzlich verschärfte sich die Erinnerung an den Schmerz, und er schauderte zusammen.

»Wo wir wohl sind?« fragte er sich.

Seit seiner Rückkehr ins bewußte Leben waren an Bord der *Hoffnung der Menschheit* einige Minuten vergangen. An Bord der *Molly D.* war diese Periode bereits mit sechzehn bis dreißig Stunden gleichzusetzen. Hewitt wußte aber, daß das Kontraktionsphänomen bei Lichtgeschwindigkeit noch mit etlichen weiteren Überraschungen aufwarten mochte.

Vielleicht waren draußen schon Jahre vergangen.

Wenn das der Fall war, dann mochte die *Hoffnung der Menschheit* sich in dieser Zeit bereits Lichtjahre vom Sonnensystem entfernt haben.

Eine grimmige Ruhe erfüllte Hewitt. Ihm kam der Gedanke, daß er jetzt durch Zufall in die Position geraten war, die er angestrebt hatte, seit er von der Rückkehr des Schiffes erfuhr.

Von Anfang an war es sein erstrebenswertes Ziel gewesen, an Bord vorzudringen und eine ganze Schiffsladung Menschen dazu zu bringen, die lange Reise zu den Centaurus-Sonnen von neuem zu beginnen.

Oder sie zu zwingen, wenn Worte versagten. Oder sie hereinzulegen . . . Irgendwie kam er sich seltsam vor; er hatte das merkwürdig leere Gefühl, die Situation nicht hinreichend unter Kontrolle zu haben. Aber nun stand er hier.

Aus einem Wandlautsprecher neben Hewitt tönte plötzlich eine Männerstimme: »Achtung, an alle! Hier spricht Kapitän Gourdy. Ich bin soeben von Mr. Lesbee aus dem Maschinenraum verständigt worden, daß die Gegenbeschleunigung bis auf weiteres mit dem Wert von einem g fortgesetzt wird. Sie können die Sicherheitsgurte öffnen.«

Gegen seinen Willen schossen Hewitt Tränen in die Augen, eine Reaktion, die er sofort zu deuten wußte. Nach all der Fremdheit jetzt plötzlich der Klang einer menschlichen Stimme! Darüber hinaus vermittelte sie eine ganz normale Information und nannte einen ihm bekannten Namen.

»... *Mr. Lesbee aus dem Maschinenraum ...*«

Lesbee! ... Hewitt erinnerte sich an die beiden Männer im Maschinenraum – beide schienen mindestens dreißig Jahre alt zu sein. Hier eröffnete sich eine neue Perspektive auf die tatsächlich vergangene Zeit, seitdem das runde Schiff zum erstenmal von der Erde startete.

Noch wichtiger war, daß die Worte eine bestimmte Person identifizierten und lokalisierten, mit der er sprechen konnte. Eine heftige Erregung ergriff von ihm Besitz. Eifrig wendete er seine Maschine und lenkte sie zum Maschinenraum, aus dem er erst vor wenigen Minuten geflohen war.

Sekunden später kam er um eine Ecke – und stoppte seinen fahrbaren Anzug abrupt.

Ein Mann war im Begriff, eine der im mittleren Bereich gelegenen Kabinen zu verlassen. Er trat in den Korridor hinaus, schloß die Tür hinter sich und drehte sich um. Er sah Hewitt.

Das Bild mußte ihm sofort fremd vorgekommen sein, denn er erstarrte. Hewitt ließ seine Maschine weiterrollen und sagte durch den Lautsprecher: »Sie brauchen keine Angst zu haben!«

Der Mann verharrte stocksteif an Ort und Stelle. Sein Gesicht war ausdruckslos.

Hewitt fuhr fort: »Während Ihr Schiff schneller flog als das Licht, kam es durch das Sonnensystem. Ich wurde von einem irdischen Kriegsschiff hier an Bord abgesetzt. Ich bin der Eigner der *Hoffnung der Menschheit.* Ich heiße Averill Hewitt.«

Diese Äußerung war nicht in allen Einzelheiten zutreffend. Aber so hätte er die Wahrheit gern gehabt, insbesondere im Hinblick auf das Kriegsschiff, mit dem unterschwelligen Hinweis auf starke Streitkräfte, die sich zur Unterstützung bereithielten.

Wenn der Mann seine Worte mitbekam, ließ er es sich nicht anmerken. Seine Augen blickten seltsam leer, seine Wangen waren bleich.

»Wie heißen Sie?« fragte Hewitt leise.

Keine Antwort. Hewitt erlebte nicht zum erstenmal einen Menschen im Schock. »He!« sagte er energisch. »Nehmen Sie sich zusammen! Wie heißen Sie?«

Der energische Ton führte zum Ziel. »Die Erde!« krächzte der Mann. »Sie kommen von der Erde!«

»Ich bin von einem Schlachtschiff der Erde hier abgesetzt worden«, sagte Hewitt. »Jetzt erklären Sie mir aber, was sich hier an Bord der *Hoffnung der Menschheit* abgespielt hat. Was ist los?«

Es war schwierig, einen Überblick zu bekommen. Der Mann schien nicht zu begreifen, wie wenig Hewitt eigentlich wußte. Jedenfalls hieß er Lee Winance, und Hewitt erhielt von ihm Einblicke in die Schiffsgeschichte. Er erfuhr, wieviel Zeit vergangen war. Er wurde über Lesbees und dann Gourdys Machtübernahme informiert. Für Winance waren dies ganz neue Ereignisse.

Hewitt vermochte sich sogar Details der sozialen Verhältnisse an Bord zusammenzureimen: die Vielweiberei bei den Offizieren und das Kastensystem, das bis zu Gourdys Rebellion gegolten hatte.

Diese Information erschwerte das Problem dermaßen, daß Hewitt den Mann schließlich hilflos musterte und sich staunend vor Augen hielt, daß ja fünf Generationen vergangen waren.

Die Menschen hier an Bord kannten die Erde überhaupt nicht.

Während Hewitt noch grübelnd verharrte, eilte Winance plötzlich an ihm vorbei, verschwand um die Ecke und hastete den Korridor entlang, aus dem Hewitt vor wenigen Minuten gekommen war. Hewitt ließ seine Maschine zurückrollen und rief der fliehenden Gestalt nach: »Sagen Sie Kapitän Gourdy, ich möchte ihn sprechen! Aber zuerst gehe ich in den Maschinenraum!«

Der Mann unterbrach seinen hastigen Lauf nicht. Sekunden später verschwand er hinter einer anderen Ecke.

Aus dem Maschinenraum hatte sich Harcourt längst mit Gourdy in Verbindung gesetzt – der inzwischen in die Kapitänskabine zurückgekehrt war. Gourdy hörte sich die Meldung stirnrunzelnd an und starrte auf den Brief, den ihm der große Mann vor das Objektiv hielt. Der Text schien zu einer Verschwörung zu gehören, klang aber so verworren, daß er nach einigem Nachdenken sagte: »Bringen Sie mir das Schreiben sofort herauf.«

Noch war er nicht in sein Schlafzimmer gegangen und hatte den Brief gefunden, der für ihn dort deponiert worden war.

Hewitt hatte inzwischen seine Fahrt zum Maschinenraum fortgesetzt und traf dort ohne weitere Zwischenfälle ein. John Lesbee V. war allein.

Lesbee bemerkte aus dem Augenwinkel das Eintreten des Fremden und fuhr herum . . .

Nach dem ersten Erstaunen, nach aufdämmerndem Verständnis führte das Gespräch dazu, daß Lesbees normale Vorsicht für kurze Zeit überwunden, hintenangestellt war.

Später erinnerte er sich nur an eine Reaktion auf Hewitts Äußerungen, in jenen ersten kurzen Augenblicken der Erregung, da er mit seinen echten Gefühlen hinausgeplatzt war: »Zurück ins All . . .? Niemals!«

Was ihn schließlich ernüchterte, war ein flackerndes Licht an einer der Kontrollkonsolen. Es war eine Warnvorrichtung, die er selbst geschaltet hatte und die ihn darauf aufmerksam machte, daß er mittels eines Detektorsystems bespitzelt wurde.

Gourdy!

Wie lange das Lämpchen schon geflackert hatte, wußte Lesbee nicht. Mit einem Ächzen reagierte er auf die Erkenntnis, daß die eine Äußerung, an die er sich erinnerte, von dem mißtrauischen kleinen Mann gegen ihn ausgelegt werden würde.

In Sekundenschnelle war Lesbee aber wieder der alte: der Mann, der im Denken einen Schritt über das hinausgehen konnte, was sich andere raffinierte Geister vorzustellen vermochten. Vor Hewitt stehend, unternahm er den ersten Versuch, diesen Besucher und seine Herkunft in den Kosmos des Schiffes einzupassen.

Er dachte: »Auf die mörderische Situation, die wir hier haben, kann er sich unmöglich schnell genug einstellen. Folglich ist er nur eine Spielfigur, die von den anderen herumgeschoben wird.« Die Frage war nur, wie er einen so mächtigen Spielstein für seine eigenen Ziele einsetzen konnte.

Lesbee kam zu dem Schluß, daß der Mann in diesem Stadium eine Informationsquelle war, eine Waffe bei der schwierigen Aufgabe, Gourdy zu besiegen.

Hewitt hatte sich seinerseits ernsthafte Gedanken gemacht. Wenn es tatsächlich eine Zeitverschiebung in die Zukunft gegeben hatte, dann war die Katastrophe auf Sol inzwischen eingetreten – oder auch nicht. Sie konnten zur Erde fliegen und nachschauen, ob sie beschädigt worden war und in welchem Ausmaß. Dann – und erst dann – war zu entscheiden, was als nächstes getan werden mußte.

Ob man landen oder ins Weltall zurückkehren sollte, war kein Problem, wenn sich die Frage auf der Grundlage der Wahrheit entscheiden ließ.

Erleichtert sagte er schließlich: »Als Eigentümer der *Hoffnung der Menschheit* gebe ich Ihnen hiermit Befehl, Kurs auf das Sonnensystem zu nehmen und alles Erforderliche zu veranlassen, damit wir die wirkliche Lage auf der Erde ermitteln können.«

»Tut mir leid, Mr. Hewitt«, erwiderte Lesbee, »aber das benötige ich als Befehl von Kapitän Gourdy. Er ist hier an Bord der einzige Autoritätsträger.«

Lesbee war sehr erleichtert, diese Worte sagen zu können. Zumindest vorübergehend mochten sie Gourdy in Sicherheit wiegen.

Der Einwand erstaunte Hewitt. Er erkannte ihn auch als begründet an. Er wurde damit allerdings auf etwas aufmerksam gemacht, das ihm bis zu diesem Augenblick nicht bewußt geworden war. Er erkannte, daß seine Eigentumsrechte von der Macht der Erde abhängig waren. Wenn die düsteren Prophezeiungen zutrafen, zu deren Hauptsprecher er sich gemacht hatte, gab es im Augenblick keine irdische Macht mehr.

Und schon glaubte er einzusinken, einzuschrumpfen, seine Bedeutung schwand dahin, seine besondere Stellung verlor ihre Bedeutung...

Wie ein Echo auf seine Gedanken erklang Lesbees Stimme: »Warum sprechen Sie nicht mit Kapitän Gourdy darüber?«

... Mit Gourdy ... sprechen. Den wirklichen Machthaber überzeugen ... Und er mußte vorsichtig sein ...! Ihm war längst klar geworden, daß Gourdy die Macht über Leben oder Tod in der Hand hielt ...

Vage registrierte Hewitt, daß er seine Maschine herumgedreht hatte und damit zur Tür fuhr. Im Korridor angekommen, schlug er nicht den Weg zur Kapitänskabine ein, sondern lenkte den Anzug in schneller Fahrt eine Rampe hinab und erreichte schließlich eine Etage mit Lagerräumen.

Er fuhr in einen Lagerbereich, in dem zahlreiche Ausrüstungsgegenstände bis zur Decke gestapelt waren. Sämtliche Teile waren in Halterungen oder Abteilen festgemacht. Hewitt rollte in den dunklen Zwischenraum zwischen zwei Stapeln und bediente den Öffnungsmechanismus des Panzeranzugs.

Das Gummi öffnete sich pfeifend. Die beiden Teile des Geräts wurden so weit auseinandergetrieben, wie es zwei Haltebolzen zuließen. Hewitt kroch dazwischen ins Freie und stand gleich darauf auf eigenen Beinen im Lagerraum.

Er zitterte ein wenig und fühlte sich schwach von der Angst, die ihn erfüllte. Er war aber noch kräftig genug, eine benachbarte Lagerbox bis dicht unter die Decke zu ersteigen. Atemlos legte er sich auf die Oberfläche, die unbeleuchtet war.

Von dort beobachtete er die kleine Spionlampe, die am Armaturenbrett seiner Kapselmaschine flackerte. Plötzlich verlöschte das Licht, und unverzüglich stieg er hinab und fuhr davon, so schnell es die Maschine vermochte.

29

Als Lee Winance sich vor Hewitt in Sicherheit gebracht hatte, suchte er unverzüglich Kapitän Gourdys Unterkunft auf, traf ihn an und schilderte ihm, wie seine Begegnung mit Hewitt verlaufen war.

Gourdy zog die Augen zu Schlitzen zusammen, während sich die unglaubliche Geschichte des Mannes entwickelte. In ihm entstand der Verdacht, daß diese Person – Winance –, die er stets als unwichtig eingestuft hatte, womöglich in eine Verschwörung verwickelt war.

Doch sehr schnell wurde ihm die Absurdität dieses Gedankens bewußt.

»Moment mal!« sagte er von oben herab. »Bleiben Sie mal, wo Sie sind!«

Er näherte sich der Tür, die in das Arbeitszimmer des Kapitäns führte. Kaum war er außer Sichtweite, eilte er so schnell er konnte in einen kleinen und geheimen Verbindungsraum, in dem die Kontrollen des Beobachtungssystems installiert waren. Er konzentrierte seine Orter auf den Maschinenraum.

Sekundenlang starrte er ungläubig auf Hewitt und seine fahrbare Maschine und belauschte mit zunehmender Nachdenklichkeit das Gespräch zwischen den beiden Männern. Als Hewitt hastig davonfuhr, folgte ihm Gourdy mit seinen Beobachtungsgeräten und sah zu, wie er sich in einem der Lagerräume versteckte. Die ganze Zeit über beschäftigte ihn nur eine Frage: »Soll ich ihn töten, oder kann ich ihn irgendwie für mich einsetzen?«

Plötzlich ging ihm auf, daß er den Eindringling auf jeden Fall zunächst gefangensetzen mußte, egal wie seine spätere Entscheidung aussehen mochte. Als er das Beobachtungsgerät abschaltete, mit der Absicht, ins andere Zimmer zurückzukehren, merkte er, daß die ältere der Witwen Kapitän Brownes hinter ihm eingetreten war.

»Wer ist der Mann?« fragte sie erstaunt.

Sie hieß Ruth und war eine vornehm aussehende Frau Anfang Dreißig. Gourdy begehrte sie, hatte sich aber bisher aus politischen Gründen zurückgehalten, die stärker waren als seine Gelüste. Er behandelte sie folglich mit dem Respekt eines Mannes, der in Kürze doch ans Ziel zu kommen hofft.

Er erklärte ihr Hewitts Auftauchen und fügte hinzu, daß es so aussehe, als wäre die Erde vernichtet worden. »Sie sollten alle Mann an Bord wecken und frühstücken lassen«, fügte er hinzu. »Es sieht so aus, als müßten bald wichtige Entscheidungen getroffen werden.«

Sie nickte und entfernte sich. Gourdy kehrte zu Winance zurück.

Er warf dem Mann eine Automatikpistole zu. Winance fing die Waffe ungeschickt auf.

»Kommen Sie mit!« rief Gourdy.

Er marschierte zur Korridortür.

Winance folgte ihm atemlos und bleich in einigen Schritten Abstand. »Wohin gehen wir, Sir?«

»Wir werden uns den Burschen schnappen, den Sie gesehen haben.«

»Aber er ist bewaffnet.«

»Das sind wir auch.«

»Oh.«

Gourdy lächelte. Die Reaktion des Mannes festigte seinen Glauben an die menschliche Natur. Noch immer herrschte die Angst über alles andere – und paradoxerweise konnten ängstliche Menschen noch immer durch jemanden, der keine Furcht kannte, in die Gefahr gezwungen werden.

»Sie halten sich bereit und tun, was ich sage«, fügte Gourdy hinzu.

»Okay, Chef.«

Als sie den Korridor betraten, bog Harcourt hinten um eine Ecke. Gourdy wartete auf ihn, und eine Minute später gingen sie zu dritt zum nächsten Fahrstuhl. Unterwegs studierte Gourdy wortlos den Brief. Er fand darin nur eine Bestätigung dessen, was er bereits gesehen hatte, und fühlte sich bekräftigt in seiner Absicht, nicht übereilt zu handeln. An seinem konkreten Plan, Hewitt festzusetzen, änderte sich jedoch nichts.

Als die Männer den Lagerraum erreichten, in dem Hewitt Zuflucht gesucht hatte, ging Gourdy lautlos voran. Es war seine Absicht, sich neben Hewitts Fahrzeug aufzubauen und den Mann durch Zuruf aufzufordern, sich zu ergeben.

Es bereitete ihm einen gehörigen Schock festzustellen, daß das Fahrzeug verschwunden war. Ein elektrisierendes Gefühl durchfuhr ihn, als wäre er plötzlich von festem Boden ins Leere getreten. Die drei Männer suchten zehn Minuten lang in steigender Erregung im Lagerraum herum. Aber niemand befand sich hier. Gourdy hatte schließlich das Gefühl, hereingelegt worden zu sein – ohne recht zu wissen, wie.

»Wie auch immer«, sagte er sich, »wenn wir wirklich in die Zukunft geglitten sind, entkommt er uns nicht.«

Ein neuer Wunsch war in ihm entstanden. Er wollte zur Brücke hinauffahren, um zu sehen, ob sich die Erde und ihre Sonnen wirklich in der Nähe befanden. Und schon machte er sich auf den Weg.

30

Nachdem Hewitt den Maschinenraum verlassen hatte, kehrte Lesbee an seine Arbeit an den Kontrollen zurück; er gab sich den Anschein, eine Steueranlage auszubauen. In Wahrheit galt seine Aufmerksamkeit dem flackernden Spionlicht.

Urplötzlich hörte es auf zu blinken. Er wartete ab, um seiner Sache sicher zu sein. Als kein Zweifel mehr bestehen konnte, eilte er zum Bildschirm, der ihn mit der Brücke verband, schaltete ihn ein und schaute hindurch auf das Sonnensystem.

Die Sonne war ein heller Stern erster Größenordnung. Auf der Basis einer Helligkeitsberechnung ermittelte Lesbee die Entfernung mit weniger als einem Hundertstel Lichtjahr.

Lesbee erinnerte sich an Hewitts Äußerungen über die Bewegung der *Hoffnung der Menschheit* durch das Sonnensystem, errechnete mit Hilfe seines Rechenschiebers mehrere Werte und schätzte, daß das Schiff zwischen fünfzig bis hundertundfünfzig Jahre in die Zukunft projiziert worden war.

Das war eine wichtige Information.

Sie machte Hewitts etwaige Absichten zunichte, *sein* Anrecht auf ein Kommando an Bord durchzusetzen.

Als nächstes stimmte sich Lesbee auf die Funkempfänger der Brücke ein, die aus dem umliegenden All automatisch alle ankommenden Sendungen auffingen. Seit Gourdys Machtergreifung hatte außer Gourdy nur er Gelegenheit gehabt, solche Nachrichten abzuhören.

Lesbee machte sich diese Chance jetzt zum erstenmal zunutze. Die Durchsage begann mit einem einfachen Dreiton-Signal, gefolgt von den Worten: »Hier spricht die Erde. Ankommende Schiffe benutzen Frequenz 71,2 Meter für erste Kontaktaufnahme.«

Lesbee unterbrach die Verbindung, schaltete den Sichtkontakt zum Maschinenraum aus – und hastete zur Tür. Er mußte sich darauf verlassen, daß Gourdy mit Hewitt beschäftigt war und er folglich nicht beobachtet wurde.

Sein nächster Schritt war sehr gefährlich, aber er tat ihn dennoch: er fuhr mit einem der Fahrstühle zur Brücke hinauf.

Dort eingetroffen, öffnete er den Radioempfänger, langte hinein und riß die Drähte heraus, die das Funkgerät mit der riesigen Antennenanlage verband, die eintreffende Funksignale auffing.

Hastig brachte Lesbee die Verkleidung wieder an und kehrte im Laufschritt in den Behelfs-Kontrollraum zurück. Noch immer hoffend, daß Gourdy anderweitig beschäftigt war, benutzte er das Spionsystem dieser kompletten Kontrolleinrichtung, um den Raum ausfindig zu machen, in dem Tellier gefangengehalten wurde.

Über den Orter sah er Tellier in einer Koje liegen. Leise meldete sich Lesbee, und Tellier fuhr hoch und näherte sich dem Kommunikator. »Hören Sie«, sagte Lesbee, »es wird bald der Moment kommen, da wir schleunigst das Schiff verlassen müssen.«

In knappen Worten erklärte er, was er getan hatte, und fügte hinzu, daß er im richtigen Zeitpunkt hinunterkommen und Tellier befreien würde. »Stellen Sie keine Fragen«, schloß er. »Geben Sie mir nur eine klare Antwort – werden Sie mitkommen?«

Telliers Reaktion fiel zufriedenstellend aus. »Der gute alte Lesbee hat sich überhaupt nicht verändert!« sagte er bewundernd, doch als er weitersprach, zeigte sein Gesicht einen angespannten Ausdruck: »John, die Sache wird haarig. Aber ich bin bereit, mitzumachen, wenn Sie das Zeichen geben.«

Lesbee unterbrach die Verbindung und rannte wieder so schnell er konnte durch die Korridore. Im Maschinenraum angekommen, ließ er sich einige Minuten lang auf einen Stuhl sinken, um wieder zu Atem zu kommen. Dann setzte er die vorgetäuschte Reparatur des Antriebs fort.

31

Nach Verlassen des Lagerraums machte sich Hewitt auf den Weg zur Kapitänskabine. Dazu benutzte er die Rampen.

Er stieß auf die vier Frauen, die fröhlich das Frühstück zubereiteten. Als er hereingefahren kam, drehten sie sich um und musterten ihn mit erschrockenen Blicken.

»Seien Sie unbesorgt«, sagte Hewitt mit sanfter Stimme. »Ich bin gekommen, um mit Kapitän Gourdy zu sprechen.«

Als er zu erklären begann, wer er war, beruhigten sie sich wieder. Außerdem wurde offenbar, daß Ruth den anderen bereits erzählt hatte, was sie auf dem Bildschirm des Spiongeräts hatte sehen können.

»Stimmt es«, fragte sie, »daß die Erde vernichtet worden ist, wie unser Mann behauptet?«

Da Hewitt über dieses Thema nicht mit Lesbee gesprochen hatte, war ihm klar, daß er hier Gourdy-Propaganda vorgekaut bekam. Dies ließ seine Situation an Bord der *Hoffnung der Menschheit* in einem ironischen Licht erscheinen. Indem er für die Erde eine große Gefahr voraussagte, weil sich die Sonne veränderte, hatte er praktisch seinen eigenen Ruf zerstört. Hier aber im Schiff konnte es zu seinem Vorteil sein, wenn sich diese Prophezeiung als unrichtig herausstellte.

Wegen des Machtkampfs im Schiff, an dem er gegen seinen Willen teilnehmen mußte, mußte er diese Menschen zu der Überzeugung bringen, daß die Erde und ihre Militärmacht existierten. Nur so konnte er seine Besitzansprüche geltend machen.

Urplötzlich kam ihm das ganze Thema zu gefährlich vor. Um abzulenken, fragte er betont: »›... unser Mann‹?«

»Kapitän Gourdy!« antwortete die älteste der vier Frauen, die sich bereits als Ruth vorgestellt hatte. Stolz fuhr sie fort: »Wir sind die Frauen des Kapitäns. Das heißt, Ilsa und ich waren ursprünglich die Frauen des verstorbenen Kapitäns Browne. Dann wurden wir zweite und dritte Frau von Mr. Lesbee, als er

Kapitän wurde.« Sie deutete auf die schlanke blonde Frau, deren blaue Augen Hewitt ein wenig an Joan erinnerten. »Dies ist Ann, Mr. Lesbees erste Frau. Soweit ich weiß, soll sie zu ihm zurückgeschickt werden.« Die Blonde zuckte die Achseln, sagte aber nichts. Als nächstes deutete Ruth auf die mürrische brünette Schönheit am Tisch. »Marianne ist Kapitän Gourdys erste Frau. Natürlich werden Ilsa und ich jetzt von ihm übernommen.«

Hewitt ließ ein diskretes Schweigen eintreten. Doch als er dann schließlich von einem Gesicht ins andere blickte und darin ein Einverständnis mit Ruths Worten entdeckte, loderte Erregung in ihm auf.

Erstaunt machte er sich klar, daß in diesen Frauen eine ganz besondere männliche Phantasievorstellung lebendig geworden war. Immer wieder war im Laufe der Geschichte der Staat von Männern so geschickt umgemodelt worden, daß Frauen eine Rolle unter mehreren Frauen akzeptierten, zumindest in bezug auf die führenden Männer im Gemeinwesen. Eine bestimmte Anzahl von Männern träumte davon, einen Harem williger Frauen zu unterhalten, die miteinander in Frieden lebten und frei von jenem eifersüchtigen Wahn waren, den die Männer normalerweise so unangenehm finden. Viele Frauen zu begehren, war vermutlich ein tiefwurzelndes psychologisches Bedürfnis, etwas, das jene, die davon ergriffen waren, nicht seziert haben wollten.

Hewitt war von solchen Bedürfnissen stets frei gewesen. So vermochte er sich diese Frauen anzuschauen wie ein Wissenschaftler, der sich mit einem Naturphänomen konfrontiert sieht. Und aus dem Nichts flog ihm eine Intuition zu.

»Ich werde bald Kapitän sein«, verkündete er. »Und Sie folglich meine Frauen. Wenn ich Sie später also um Hilfe bitte, werden Sie mich augenblicklich unterstützen.« Er fügte hinzu: »Keine Sorge, es wird nichts Gefährliches sein.«

Er schloß: »Und natürlich sprechen Sie zu niemandem über meine Worte, nicht einmal zu Kapitän Gourdy, bevor ich Ihnen das gestattet habe.«

Die Frauen waren plötzlich wieder bleich geworden. Ruth sagte atemlos: »Sie verstehen das nicht! Eine Frau wählt nicht unter Männern oder tut etwas, das darauf hinweist, daß sie diesem Mann den Vorzug gibt vor einem anderen – bis sie von einem Manne zur Frau genommen wird. Dann zieht sie automatisch ihren Mann vor.«

Hewitt blickte von einer Frau zur anderen. Er war fasziniert und schockiert zugleich. Natürlich war ihm die Geschichte der Beziehungen zwischen Mann und Frau bekannt. Aber es war eine Sache, von einem Zustand zu wissen, der in der Vergangenheit vorgeherrscht hatte, und doch eine gänzlich andere zu erleben, daß diese Frauen sich tatsächlich als hilflose Untergebene sahen. Ihnen war nicht bewußt, welche Erniedrigung allein in den Worten lag, die sie äußerten.

Wegen seiner Kenntnisse der Vergangenheit wollte ihm scheinen, als verstünde er die Situation wie kein anderer an Bord.

Und aus diesem Begreifen heraus sagte er mit fester Stimme: »Tut mir leid, meine Damen. Ausnahmsweise werden Sie Ihre Wahl unter den Männern treffen müssen. Ich sage es Ihnen von vornherein. Wenn ich Kapitän werde, dann hängt die Wahl meiner Frau gänzlich davon ab, wie Sie mir Ihre Wahl in dem Augenblick zeigen, da ich Sie bitte, etwas für mich zu tun.«

Seine Worte lösten einen Schock aus. Ein seltsamer Ausdruck erschien auf Ruths Gesicht. Ilsa machte plötzlich einen schüchternen Eindruck. Ann Lesbee wurde noch bleicher. Marianne starrte ihn mit funkelnden Augen an.

Hewitt hatte den Eindruck, als fühlten sich alle vier plötzlich verunsichert, und er spürte ein Element in ihrem Verhalten, das er als altmodisch identifizierte, eine Kombination von ausgeprägter Weiblichkeit, der Unterwerfung unter die männliche Vorherrschung und einer seltsam praktischen Ader.

Wie sich eine solche Kondition entwickelt hatte – welche Strömungen dazu geführt hatten, mochte zum Thema einer späteren Sozialstudie werden.

Im Augenblick sagte Hewitt nur: »Wenn Kapitän Gourdy zurückkehrt, sagen Sie ihm bitte, daß ich hier war und daß ich jetzt in die Schlafsäle hinunterfahre, wo die Männer sind. Ich bleibe dort und warte auf ihn.«

Als Gourdy eine halbe Stunde später davon unterrichtet wurde, suchte er den Beobachtungsraum auf und schaltete die Spiongeräte ein. Vor seinen Augen entstand ein Chaos. Der Schlafraum war angefüllt mit aufgeregten Männern, die offensichtlich der Ansicht waren, daß sie in Kürze auf der Erde landen würden. Schockiert erkannte Gourdy, daß seine eigenen Leute, die er als Wächter entsandt hatte, so aufgeregt waren wie alle anderen. Sie bewegten sich unter den Gefangenen und waren offenbar der Ansicht, daß es keine Probleme mehr gab.

Während er die bewegte Szene aufmerksam verfolgte, ging ihm zu spät auf, daß er die Wirkung von Hewitts Auftreten im Schiff nicht richtig vorausgesehen hatte. Das mußte schleunigst korrigiert werden.

Voller innerer Anspannung überlegte er, was zu tun war. Dann rief er Harcourt zu sich und zeigte ihm die Szene.

»Sie gehen schleunigst hinunter«, befahl er. »Mit dem Fahrstuhl. Warten Sie, bis niemand in Ihre Richtung schaut, dann schieben Sie sich in den Raum und reden unter vier Augen mit jedem unserer Leute. Sagen Sie den Kerlen, die Lage ist für uns alle äußerst gefährlich. Wir müssen an der Macht bleiben, bis die Erde erreicht ist. Sollte uns die Situation entgleiten, lassen die Gefangenen ihren Ärger vielleicht an uns aus. Unsere Männer sollen den Schlafraum einzeln verlassen und sich im kleinen Konferenzraum versammeln. Ich rede dort mit ihnen. Betonen Sie, daß ich nicht böse auf sie bin. Es ist alles in Ordnung.«

Gourdy fühlte sich gleich besser, als Harcourt beflissen aus dem Raum eilte.

Als nächstes richtete er seine Aufmerksamkeit auf Lesbee. Einige Sekunden lang beobachtete er den jungen Mann, der angespannt arbeitete. Ein Gefühl des Bedauerns breitete sich in ihm aus. Vieles an Lesbee gefiel ihm – doch er hatte immer mehr das Gefühl, daß er in dem früheren Kapitän einen heimlichen Gegner sehen mußte, einen Mann, der wie Hewitt zu beseitigen war. Natürlich erst später. Zunächst . . .

Er setzte sich mit Lesbee über den Kommunikator in Verbindung.

»Mr. Lesbee, ich weise Ihnen Offizierskabine drei zu und

möchte Sie bitten, gleich dorthin zu kommen, weil ich Ihre Frau hinüberschicke. Welchen anderen Offizier sollten wir in unserer derzeitigen Lage noch freilassen?«

Er ging davon aus, daß Lesbee wußte, welche Situation gemeint war. Lesbee, der seine eigenen Pläne hatte, sagte prompt: »Ich würde keinen von Brownes Offizieren freilassen, Sir.« Unhörbar fügte er hinzu: »Nicht, solange ich hier sinnlose Arbeiten an den Maschinen verrichte.« Laut fuhr er fort: »Und da Sie in dieser Periode der Verwirrung logischerweise auch nicht zu viele von meinen Leuten in Freiheit wissen wollen, würde ich vorschlagen, daß Sie mir Mr. Tellier zuweisen, damit er mir hier beim Antrieb helfen kann.« Er dachte: »Damit stoße ich geradewegs zum Kern der Sache vor.« Er beendete seine Antwort an Gourdy, indem er respektvoll sagte: »Nur um sicherzugehen, daß ich Sie nicht falsch verstehe: worum handelt es sich bei unserer derzeitigen Lage im Detail?«

Gourdy erklärte dem anderen das Durcheinander in den Schlafsälen. Dann fügte er unverblümt hinzu: »Das dürfen wir natürlich nicht zu einer Machtergreifungs-Aktion durch Hewitt ausarten lassen. Was meinen Sie?«

»Ganz Ihrer Ansicht«, gab Lesbee zurück. »Dürfte ich Ihnen in diesem Zusammenhang einen Rat geben?«

»Sprechen Sie.«

»Hewitts Werk läßt sich ganz einfach umschreiben: er hat Hoffnungen geweckt. Wir müssen uns also die Erde auf jeden Fall ansehen. Die aufgebrachten Leute werden nichts mehr glauben, wenn sie es nicht selbst in Augenschein nehmen können. Da es nun in Ihrem Interesse ist, das ursprüngliche Ziel der Reise weiterzuverfolgen –« das war hübsch formuliert, fand Lesbee –, »würde ich folgendes vorschlagen: tun Sie so, als akzeptierten Sie Hewitt ohne Widerworte. Erklären Sie sich einverstanden, zur Erde zu fliegen. Das befreit Sie sofort von jedem Druck. Was dann wirklich zu tun ist, können wir später immer noch besprechen.«

Die scheinbare Offenheit des Gesprächs erleichterte Gourdy sehr. Wieder bedauerte er, daß es keine Möglichkeit gab, Lesbee am Leben zu lassen. Aber es ging wirklich nicht. Die Lage an Bord war zu kompliziert. Gnade war nicht angebracht.

Gourdy hatte es eilig und sagte nun: »Ich lasse Mr. Tellier in eine Kabine in den oberen Ebenen verlegen und gebe ihm ebenfalls die Frau zurück. Und ich werde Ihrem Vorschlag folgen, sobald ich meine Männer eingewiesen habe.«

Er unterbrach die Verbindung und stand entschlossen auf. Neues Selbstvertrauen erfüllte ihn, als er sich dem Tisch näherte, an dem die Frauen ihr Frühstück beendeten. Sofort teilte er Ann Lesbee mit, daß sie zu ihrem Mann zurückkehren würde.

Zu seiner Überraschung brach sie in Tränen aus und zeigte einen klaren Widerwillen, ihn zu verlassen. Die anderen drei Frauen weinten ebenfalls. Ruth und Ilsa begleiteten Ann ins zweite Schlafzimmer, um ihr beim Packen zu helfen.

»Das ist nicht fair!« schalt Marianne ihren Mann schluchzend, doch in ihrer Stimme lag Zorn. »Wir Frauen haben so wenig! Du solltest sie nicht fortschicken.«

Da Gourdy lediglich eine Maßnahme traf, die einem Zug in einem Spiel gleichzusetzen war, verfolgte er die Reaktionen mit verwirrtem Interesse. »Hör mal«, sagte er, »ich schicke sie zu ihrem gutaussehenden Mann zurück. Was kann sich eine Frau Schöneres wünschen?«

»Du redest doch nur dummes Zeug!« erwiderte Marianne tränenerstickt.

Gourdy hatte keine Zeit herauszufinden, was sie damit meinte. Doch während er loseilte, um sich mit der Notlage auseinanderzusetzen, die durch Hewitts Erscheinen heraufbeschworen worden war, sagte er sich, daß er nun wirklich keine Zeit hatte, sich mit Problemen auseinanderzusetzen, die ihm von weinenden Frauen aufgetischt wurden.

32

»Warum möchte Gourdy, daß ich sofort meine Kabine aufsuche, nur weil meine Frau dorthin geschickt wird?« fragte sich Lesbee.

Er faßte den Entschluß, nicht hinaufzufahren. Es wäre zu leicht, ihn dort gefangenzusetzen, ohne daß andere davon etwas mitbekamen.

Lesbee vermutete, daß Kapitän Gourdy ihn lediglich ausschalten wollte, bis die Situation in den Schlafräumen wieder unter Kontrolle war. Wenn das Problem gelöst war, mußte Gourdy entscheiden, wen er umbringen sollte. Er brauchte jemanden, der ihm bei der Bedienung des Schiffes half. Aus Lesbees Sicht war es für Gourdy sicherer, sich deswegen an Miller und andere Gefolgsleute Brownes zu wenden. Ganz abgesehen von Millers größeren Kenntnissen und Erfahrungen sprach für den früheren Ersten Offizier, daß er nie selbst nach dem Kapitänssessel gestrebt hatte. Das, so wollte es Lesbee scheinen, mußte bei Gourdy jetzt den Ausschlag geben. Er und seine Anhänger waren also zum Tode verurteilt . . .

Wenn die Morde nach Unterdrückung der Unruhen unauffällig begangen wurden und wenn die Absprachen mit Miller klar waren, dann hätte der schlaue kleine ehemalige Gartenarbeiter mit einem einzelnen klaren Akt seine Gegner wieder auf einen einzigen reduziert: den Fremden Averill Hewitt.

Wo sich im Augenblick so viele Augen auf den Eindringling richteten, mochte Hewitt vorübergehend in Sicherheit sein . . . Lesbee sagte sich, daß es sicherlich ein Hinweis auf das Ausmaß von Gourdys Verzweiflung war, wenn er Tellier schnell freiließ . . .

Noch während ihm dieser Gedanke durch den Kopf ging, betrat Tellier den Maschinenraum.

Wortlos schüttelten sich die beiden Freunde die Hand. Lesbee vergewisserte sich, daß das Spionsignal nicht blinkte, und fragte dann betont: »Fertig?«

Telliers Gesicht verzog sich schockiert. »Sie meinen auf der Stelle?«

»Auf der Stelle.«

»Aber wir sind noch ein Hundertstel Lichtjahr entfernt – das haben Sie wenigstens gesagt. Und wir müssen uns praktisch noch mit Lichtgeschwindigkeit bewegen.«

»Es wird auf jeden Fall länger dauern, das Rettungsboot abzubremsen, als das beim Schiff der Fall wäre«, sagte Lesbee. »Aber wir müssen es tun.«

»Oh!« Dann fragte der andere: »Was ist mit unseren Frauen?«

Lesbee reagierte erstaunt. Fünf Minuten vor zwölf hatte er mit solchen Einwänden nicht mehr gerechnet. In nervöser Ungeduld ergriff er Tellier am Arm und zerrte ihn mit: »Wir können nicht zögern!«

Tellier leistete Widerstand. »Es gefällt mir nicht, Lou zurückzulassen.«

»Sie wird Sie auf die eine oder andere Weise doch verlieren. Wenn Sie bleiben, wird man Sie töten . . .«

»Sie wird es nicht verstehen.«

Eine solche Rücksichtnahme auf eine Frau war für Lesbee neu. »Seit wann vermag eine Frau irgend etwas zu begreifen?« fragte er gereizt.

In dieser Frage schien Tellier nun doch einen Kern von Wahrheit zu sehen, denn er verzichtete auf weitere Widerworte. Trotzdem zögerte er noch immer. Bedrückt gestand er ein: »Ich glaube, ich kann mich einfach nicht dazu überwinden, das Schiff zu verlassen. Warum bleiben Sie nicht an Ort und Stelle und bekämpfen Gourdy mit wissenschaftlichen Mitteln?«

»Weil die Mehrzahl der Leute an Bord für Gourdy ist.«

»Sie könnten ihn umbringen. Immerhin hat er Ihnen das Schiff im Handstreich abgenommen.«

»Anschließend müßte ich mich mit seinen Helfershelfern auseinandersetzen. Wenn ich ihn umbrächte, könnte *mir* dann womöglich auf der Erde der Prozeß gemacht werden. Und das Risiko möchte ich nicht eingehen. Was den Aufenthalt im All angeht, so habe ich die Nase voll.«

»Aber mit all den komplizierten Geräten an Bord müßte sich

doch sicherlich gegen einen Dummkopf wie Gourdy etwas unternehmen lassen!«

»Hören Sie«, gab Lesbee zurück, »ohne entsprechende Unterstützung läßt sich nichts, aber auch gar nichts erreichen. Mein Aufstand gegen Browne wurde von beinahe jedem gebilligt. Gourdys Rebellion gegen mich war eine Überraschung. Die Leute waren aber erleichtert und fanden sich damit ab, als Gourdy die Erde als unser Reiseziel ankündigte. Ihnen ist noch immer nicht aufgegangen, daß er sich dort gar nicht blicken lassen darf – und es gibt keine schnelle Methode, sie davon zu überzeugen. Solange sie das nicht begreifen, werden sie eine weitere Rebellion nicht unterstützen . . .«

»Wenn man Sie so reden hört, könnte man beinahe annehmen, daß die Meinungen oder Gefühle des Mobs da unten tatsächlich einen Einfluß darstellen.«

»Wenn die Leute wissen, was sie wollen, sind sie sogar ein entscheidender Faktor.«

»Wie kommt es, daß die Menschen sich all die Jahre so haben triezen lassen?«

»Weil sie es nicht als falsch angesehen haben – das ist der Grund.«

»Dann sind sie aber nicht besonders klug.«

»Stimmt genau. Jetzt aber wollen sie zur Erde fliegen, davon vermag sie nichts abzuhalten. Ich möchte nicht in der Mitte stehen, wenn der Mann, der nicht auf die Erde darf – Gourdy – sie zurückzuhalten versucht. So schlau er auch ist, gibt er sich doch dermaßen mißtrauisch, daß er sich das nicht als Massenbewegung vorstellt. Wenn er uns also nicht schon aus anderen Gründen umbringt, wird er uns töten, weil er meint, wir brächten die Schiffsbevölkerung gegen ihn auf. Also los, Mann!«

Telliers Gesichtsausdruck hatte in den letzten Sekunden etwas von seiner Starre verloren. Plötzlich kehrte der bewundernde Ausdruck zurück. In einer spontanen Geste der Zuneigung umfaßte er Lesbees Arm. »Sie haben wirklich alles durchdacht«, sagte er. »Sie sind großartig, John!«

Er zögerte nicht mehr und begann zur Tür zu gehen. »Wie dem auch sei«, fuhr er fort, »wenn Sie recht haben, werden sie auf der Erde landen, und dann sehe ich Lou dort wieder.«

Im Korridor faßte Lesbee seinen Begleiter am Ärmel und trieb ihn zur Eile an. Die beiden Männer begannen zu laufen. Sie hasteten den weiten Weg zur Luftschleuse und stiegen in das Landefahrzeug, das Lesbee unauffällig für den Flug vorbereitet hatte. Wie die anderen, war die Maschine in eine Box eingepaßt. Atemlos setzten sie sich in den Doppel-Pilotensessel, und Lesbee drückte den Schalter, der das Startprogramm aktivierte.

Das Außenluk des großen Schiffes begann sich aufzudrehen. Gleichzeitig ging die Innentür auf. Das kleine Raumfahrzeug glitt aus seiner Halterung und wurde vorwärts in die Luftschleuse geschoben. Die Innentür schloß sich dahinter. Die Luftpumpen begannen zu arbeiten und saugten die Luft aus dem Schleusenraum.

Als eine Minute später die Außentür aufging, katapultierte ein Schleudermechanismus das kleine Schiff mit den beiden Männern kraftvoll ins All hinaus. Nachdem sie mehrere Meilen weit getrieben waren, schaltete Lesbee den Bugantrieb ein, der die Fahrt des kleinen Schiffes abzubremsen begann. Seitlich schien die *Hoffnung der Menschheit,* die nur noch als Schatten vor den Sternen sichtbar war, in schneller Fahrt vorauszueilen.

Lesbee wußte, daß jetzt auf den beiden Kontrollkonsolen des großen Schiffes automatische Warnlämpchen blinkten. Er wußte aber auch, daß niemand darauf achten würde – zumindest niemand, der die Bedeutung des Alarms verstehen würde.

Tellier brach das Schweigen. »Schauen Sie sich die Sterne an!« sagte er mit ehrfürchtiger Stimme. »Wir scheinen uns zu drehen.« Lesbees Blick zuckte zu den Stabilisatornadeln. Sie rührten sich nicht. Stirnrunzelnd starrte er auf den Bildschirm. Kein Zweifel – es stimmte etwas nicht. Die festen Sterne schienen sich zu bewegen!

Vorsichtig griff er nach den Kontrollen und verschob sie ganz behutsam – zuerst in die eine, dann in die andere Richtung. Das kleine Schiff reagierte wie vorgeschrieben und neigte sich nach links, dann nach rechts. Lesbee stellte die Kontrollen wieder auf Mitte. Elegant kehrte das Rettungsboot in die elektronisch stabilisierte Position zurück.

Draußen setzten die Sterne ihre langsame Bewegung fort. In all seinen Raumjahren hatte Lesbee ein solches Phänomen noch nicht beobachten können. Zu den psychologisch bedenklichen Realitäten eines Aufenthalts im Weltraum gehörte, daß praktisch nichts die Position veränderte. Im Laufe der Jahre verschoben sich »nahegelegene« Sterne allmählich um einige Grad. Nur wenn das Schiff rotierte, schienen sich die Sterne überhaupt zu bewegen.

Hier jedoch schien das gesamte stellare Universum sichtlich in Bewegung zu sein. Zumindest war das der erste Eindruck. Während er die phantastische Szene beschaute, merkte Lesbee allmählich, daß die großen Sternennebel, die fernen Sternenwolken wie eh und je unbeweglich verharrten.

Das bewies, daß die Sternenbewegung real war. Selbst wenn die fernen Sternenformationen eine Bewegung nachvollzogen, die im Tempo der der näheren Sterne entsprach, konnte das nicht sichtbar werden. Dazu waren sie zu weit weg. Selbst wenn sie sich plötzlich mit Dutzenden von Lichtjahren in der Sekunde in Bewegung setzten, würde das nicht sofort erkennbar sein.

Und da ein Instrumentenfehler sämtliche Sterne in gleichartiger Bewegung zeigen würde, nicht nur jene, die in der Nähe standen, *bewies* der Umstand der stillstehenden fernen Galaxien, daß die Sternenbewegung kein technischer Defekt war, sondern ein echtes Ereignis in der Raum-Zeit.

»Wie läßt sich eine solche Bewegung aber erklären?« fragte sich Lesbee unbehaglich.

Als einzige Möglichkeit wollte ihm einfallen, daß die Sterne ihre Bewegung in bezug auf das Rettungsboot tatsächlich beschleunigten ...

Er wagte es nicht, Tellier diese erschreckende Möglichkeit zu offenbaren.

Eine Stunde verging. Dann noch eine. Dann viele Stunden.

In der Dunkelheit voraus schimmerte ein Stern, von dem Lesbee annahm, daß es sich um die Sonne der Erde handelte. Allerdings beunruhigte ihn der Umstand, daß der Stern matter zu leuchten begann. Obwohl sie sich angeblich näherten, wurde er kleiner.

Und was Lesbee eine Zeitlang ganz besonders verwirrte, war die Tatsache, daß der Stern, obwohl er schrumpfte, immer weiter durch das Feld der Sichtlinse wanderte. Jedesmal stellte er die Brennschärfe erneut ein – aber schon setzte sich die kriechende Bewegung fort.

Lesbee hatte keine Erklärung. Nach den Werten, die von den Geschwindigkeitsmessern angezeigt wurden, näherten sie sich dem Sonnensystem mit einer Geschwindigkeit, die noch immer dicht unter der des Lichts stand.

Trotzdem wich die Sonne sichtlich zurück, als rase sie schneller davon, als das kleine Boot sich nähern konnte.

Wenn das stimmte, dann deutete die Querbewegung darauf hin, daß sich das Sonnensystem im Winkel von dem kleinen Boot entfernte.

Mit jeder Minute, die Lesbee in gebannter Beobachtung verbrachte, bewegten sich die Sterne schneller in den bereits beschleunigten Bahnen. Da sie nicht alle in dieselbe Richtung zogen, boten sie ein Bild, das immer chaotischer zu werden schien. Minute um Minute steigerte sich die Verrücktheit der Szene.

33

Gourdy hatte Hewitt aufgefordert, zu ihm auf die Brücke zu kommen.

Zu der Versammlung gehörten mehrere von Brownes früheren Offizieren, einschließlich Miller, Selwyn und Mindel sowie etliche Wissenschaftler. Zu diesen gehörten auch zwei Astronomen, Clyde Josephs, der Leiter der astronomischen Abteilung, und sein Erster Assistent Max Hook.

Fünf von Gourdys Helfershelfern hielten sich im Hintergrund. Sie waren mit jeweils zwei Handstrahlern bewaffnet.

Nachdem man sich die wirbelnden Sterne mindestens eine Minute lang angeschaut hatte, merkte Hewitt, daß die Augen des Chefastronomen zu leuchten begannen.

»Meine Herren!« sagte der Mann in ehrfürchtigem Ton. »Wir alle werden hier zu Zeugen eines Schauspiels, von dem sich gewiß kein Mensch je hat träumen lassen, daß er es erleben würde – und auf keinen Fall Astronomen, die zweifellos die starren Regeln des Raum-Zeit-Universums als unverrückbar hingenommen haben.«

Endlich schien er etwas von der Spannung zu spüren, die jeden der Anwesenden erfüllte. Er riß die Augen auf und musterte dann Hewitt mit einem unschuldig-fragenden Ausdruck, während er seine nächste Frage an Gourdy richtete.

»Was wollten Sie wissen, Kapitän?« Gourdy gab ein ersticktes Geräusch von sich. »Was geht hier vor?« fragte er heftig.

»Das ganze Universum scheint sich mit etlichen Millionen Lichtjahren in der Sekunde zu bewegen.« Josephs hielt inne, als werde ihm erst jetzt bewußt, was für eine phantastische Behauptung er da eben aufgestellt hatte. Blinzelnd blickte er in die Runde. Wie in Trance fuhr er fort: »Ich hoffe, Sie geben mir Gelegenheit, das Phänomen im einzelnen zu studieren.«

Der zornige Ausdruck auf Gourdys Gesicht schien ihm zu offenbaren, daß dieser Aspekt für den Kapitän nicht so erregend war wie für ihn.

Sein Blick irrte zwischen den angespannten Gesichtern hin und her, und endlich erschien so etwas wie Verstehen auf seinen Zügen.

»Seien Sie unbesorgt, meine Herren! Wenn Sie befürchten sollten, daß die Sterne uns enteilen, oder gar die Zeit ... Sie brauchen sich keine Gedanken zu machen. Diese Erscheinung könnte wohl Milliarden von Jahren so weitergehen.«

Wieder hielt er inne. Und wieder schien er zu erkennen, daß er sich nicht gerade ein warmes Plätzchen in den Herzen jener gesichert hatte, die ihn grimmig anstarrten.

Schließlich war es Hewitt, der seine angespannte Haltung aufgab und mit freundlicher Stimme sagte: »Mr. Josephs, die Zahl, die Sie da vorhin gebraucht haben – Millionen von Lichtjahren –, scheint mir darauf hinzudeuten, daß wir in einer Klemme stecken, wie sie keine Gruppe von Menschen je zuvor erlebt hat. In diesem Augenblick habe ich Angst. Werden wir unsere Artgenossen jemals wiedersehen können, und wenn ja, wie bewerkstelligen wir das? Diese Sorgen bewegen uns in diesem Augenblick.«

Josephs erstarrte und blinzelte vor sich hin. Dann sagte er: »Oh!« Und fuhr mit schwachem Lächeln fort: »Die Sonne entfernt sich nur langsam von uns. Ich würde zu behaupten wagen, daß dieser Umstand beweist, daß wir es nicht ausschließlich mit einem Geschwindigkeitsphänomen zu tun haben.«

Verblüfft rief Hewitt: »Das würde aber eine Zeitausdehnung von absolut unglaublichen Ausmaßen bedeuten! Ich wage mir das gar nicht vorzustellen!«

In entschuldigendem Ton sagte Josephs: »Wenn ich vielleicht recht bald mit meinen Studien beginnen könnte, um so eher ...«

»Aber wo sind die Planeten!« rief Gourdy aufgebracht. »Das wollen wir jetzt wissen! Was ist eigentlich aus der Erde geworden, aus Mars, Venus, Jupiter und ... den ... anderen? Sie sind nicht mehr da.«

Dieser Aspekt beunruhigte ihn mehr als die Geschwindigkeit. Die Erde war in der Tat das Ziel, das er anstrebte. Die Lage, in der er sich befand, setzte voraus, daß er sich langsamer dorthin begab, als es den anderen recht war.

Aber wenn er schließlich doch sein Ziel anstrebte, sollte die Erde dort sein, wo sie hingehörte.

Wieder äußerte sich Josephs in entschuldigendem Ton. »Wahrscheinlich sind sie ja vorhanden, Sir, kreisen aber mit einer dermaßen hohen Geschwindigkeit um die Sonne, daß wir sie nicht sehen. Wenn wir richtig hinschauen könnten, meine ich, daß wir Lichtringe entdecken würden. Zweifellos werden die superschnellen Kameras, die wir an Bord haben, ein Bild erzielen können.«

Mit zusammengebissenen Zähnen sagte Gourdy: »Machen Sie die Aufnahmen! Verdammt, machen Sie Ihre Aufnahmen und schicken Sie sie mir.«

Die Aufnahmen, die Gourdy im weiteren Verlauf des Tages vorgelegt wurden, zeigten sämtliche Planeten. Josephs hatte einen Brief beigelegt:

Lieber Kapitän,

das Sonnensystem entfernt sich im Winkel von uns. Dieser Winkel ergibt sich aus der Tatsache, daß es sich noch immer in Richtung Aries bewegt, während wir uns aus einer anderen Richtung nähern.

In diesem Zusammenhang sollten wir Mr. Hewitts Bericht nicht vergessen, wonach die »Hoffnung der Menschheit« in das Sonnensystem eindrang, die Erde einholte und in die irdische Atmosphäre vorstieß – und zwar so, daß es danach aussah, als bewegten wir uns nur mit wenigen Meilen in der Stunde. Soweit es das Schiff selbst betraf, befanden wir uns im Überlichtflug.

Nachdem wir nun abgebremst haben, entfernt sich das Sonnensystem anscheinend von uns. Im Bezugssystem jener »früheren« Beziehung ist das nur logisch.

Offenbar veränderte sich unsere Zeit-Orientierung auf drastische Weise, sobald wir unter die Lichtgeschwindigkeit abbremsten, doch räumlich scheinen wir uns noch immer im gleichen Gebiet aufzuhalten.

Wenn wir jedoch die Sonne nicht aus den Augen verlieren wollen, sollten wir ein wenig Fahrt zulegen – und dann über unsere nächsten Schritte entscheiden.

gez. Clyde Josephs

Ungeduldig blätterte Gourdy die Aufnahmen durch. Schon wollte er sie ablegen, als ihm auf einem Bild etwas auffiel. Er zog es aus dem Stapel und starrte stirnrunzelnd darauf.

Die Kamera hatte schräg an der gekrümmten Außenhülle der *Hoffnung der Menschheit* entlang photographiert. In der Ferne der Sternenhimmel – voller wunderschöner heller Lichtpunkte – Tausende von fernen Sternen. Hinten auf dem Bild hatte Josephs vermerkt: *Blick in Richtung Aries, auf das sich das Sonnensystem zubewegt.*

Das war verständlich und lag auf der Hand.

Doch im unteren Teil des Bildes gab es eine weißliche Verfärbung. An dieser Stelle neigte sich die gekrümmte Außenfläche des Schiffs bereits wieder nach unten. Der Fleck schien die Verlängerung einer Kondition zu sein, die aus dem Schiff emporkam, von einem Punkt außerhalb des Kamera-Blickfelds.

Zu dieser Erscheinung hatte Josephs auf der Rückseite notiert:

Ich habe keine Ahnung, was die halbkreisförmige Erscheinung zu bedeuten hat. Es sieht aus, als wäre da zuviel Licht auf den Film geraten. Im Hinblick auf unseren ungewöhnlichen Materiezustand, will ich aber doch lieber nicht automatisch davon ausgehen, daß hier nur ein Defekt vorliegt.

Gourdy wußte die helle Stelle ebenfalls nicht zu deuten. Nach einiger Zeit zuckte er daher die Achseln und legte das Bild aus der Hand. Angesichts so vieler ungewöhnlicher Seinszustände fühlte er sich nicht in der Lage, wissenschaftliche Schlußfolgerungen zu ziehen. Aber er war wie eh und je davon überzeugt, die einzig in Frage kommende Person zu sein, die jetzt erforderlichen Forschungsarbeiten zu überwachen. Wie er es sah, mußten die Wissenschaftler ihm Rede und Antwort stehen. Und er würde dann entscheiden, was wann zu tun war.

Er wandte sich an Harcourt, der ihm die Aufnahmen gebracht hatte: »Wir haben im Schiff genügend wissenschaftlich geschulte Köpfe, um unsere Probleme in Angriff zu nehmen.«

So tat er leichtfertig eine Situation ab, die in der menschlichen Geschichte keine Parallelen kannte.

Allerdings erkannte er, daß die Ereignisse ihm die lange erwartete Gelegenheit eröffneten.

»Rufen Sie alle Leute im großen Versammlungsraum zusammen«, befahl er. »Sorgen Sie dafür, daß unsere Jungs bewaffnet sind. Sie sollen so aussehen und sich so benehmen, als gäbe es nichts und niemanden, mit dem sie nicht fertig würden.«

»Alle Leute sollen zusammenkommen?« fragte Harcourt in ungläubigem Ton. »Auch die Kerle von ganz unten?«

»Alle. Unmittelbar nach dem Abendessen.«

Vor der versammelten Schiffsbevölkerung ließ Gourdy die Aufnahmen vorführen, die Clyde Josephs erklären mußte.

Als das geschehen war, trat Gourdy vor. »Also Leute«, begann er, »was das in Wirklichkeit heißt, ist, daß wir erst landen können, wenn wir das Problem gelöst haben. Ich verspreche Ihnen das. Die besten Wissenschaftler und Techniker an Bord werden auf die Aufgabe angesetzt. Außerdem bin ich sicher –« er deutete auf Hewitt, der unter ihm in der vordersten Reihe saß –, »daß Mr. Hewitt sein Detailwissen über das Schiff in unsere Arbeit einbringen wird.«

Er winkte Hewitt zu. »Würden Sie bitte heraufkommen, Sir?« fragte er höflich.

Mit ernstem Gesicht erstieg Hewitt die Bühne. Ihn beunruhigte die Geschicklichkeit, mit der Gourdy die Versammlung zu seinem Vorteil leitete. Fragend blickte er den anderen an.

Zuvorkommend sagte Gourdy: »Mr. Hewitt, würden Sie diesen Leuten bitte schildern, wie und unter welchen Umständen Sie zu uns an Bord gekommen sind?«

Als Hewitt dieser Aufforderung nachgekommen war, fragte Gourdy: »Besteht Ihrer Ansicht nach die Möglichkeit, Ihre Methode auf dem umgekehrten Weg zu benutzen, um diese Leute zur Erde zu schaffen?«

Selbst wenn die Möglichkeit bestanden hätte, so wäre sie doch das letzte, was Hewitt angesichts seiner eigenen Pläne eingestanden hätte.

Laut sagte er: »Da wir nicht einmal genau wissen, was eigentlich passiert ist, muß ich antworten, daß es unmöglich ist. Ich habe mir die Zeit-Raum-Kondition vorzustellen versucht, die bestanden haben muß, als ich an Bord der *Hoffnung der Menschheit* kam – wie sah beispielsweise in physikalischer und chemischer Hinsicht die Beziehung zwischen mir und dem Schiff aus? Aber ich finde kein befriedigendes Konzept. Mein Vorschlag entspricht dem von Mr. Josephs – wir sollten versuchen, das Sonnensystem einzuholen und unsere nächste Entscheidung auf der Basis der Beobachtungen fällen, die wir dann treffen können.«

Gourdy trat neben Hewitt. Er lächelte, doch in seinem Inneren gellte ein Alarm. Obwohl der Vorschlag selbst ihm nicht schädlich vorkam, vermutete er plötzlich eine Verschwörung. Die Tatsache, daß Josephs und Hewitt dieselbe Empfehlung geäußert hatten, kam ihm bedeutsam und bedrohlich vor. Er hatte das Gefühl, die Wissenschaftler durchschauten etwas, das ihm noch verborgen sei.

Im Augenblick hatte er allerdings keine andere Möglichkeit, als darauf einzugehen. »Ich bevollmächtige hiermit Mr. Hewitt und Mr. Miller, das Schiff so zu beschleunigen, daß es sich der Bewegung des Sonnensystems anpaßt«, sagte er.

Anschließend wandte er sich an Hewitt und fragte in scheinbarer Offenheit: »Was ist mit den Reparaturen, die Mr. Lesbee an den Maschinen vorgenommen hat?«

Hewitt hatte sich den Antrieb bereits angesehen und die Wahrheit hinter den Reparaturmaßnahmen erkannt. Ohne zu zögern sagte er: »Bisher sind lediglich die Instrumentenverkleidungen abgenommen worden. Wir müßten sie wieder anbringen können, bis die Schlafperiode beginnt.«

»Dann handeln Sie!« sagte Gourdy in jenem entschlossenen Ton, den er für unerläßlich hielt, um die Menschen im Schiff zu beruhigen. Auf diese Weise endete die Sonderversammlung.

In seine Kabine zurückgekehrt, ließ sich Gourdy befriedigt in seinen Sessel sinken und blickte zu Harcourt auf. »Und jetzt«, sagte er, »müssen wir Hewitt loswerden. Was er da vor der Versammlung abgezogen hat, soll ihm nichts nützen – aber es war immerhin ein Versuch.«

Sein Verdacht hatte sich inzwischen zur unerschütterlichen Gewißheit verhärtet.

Er fügte hinzu: »Seit Lesbee abgezogen ist, geht die Gefahr allein von Hewitt aus.«

Der Gedanke an Lesbee ließ ihn staunend den Kopf schütteln. »Dieser Lesbee hatte wirklich Köpfchen. Er wußte genau, was ich im Schilde führte. Irgendwie bin ich aber froh, daß er entwischt ist – wenn er es wirklich geschafft hat. Vielleicht ist er ja da draußen in dem kreisenden Universum untergegangen.« Er unterbrach sich: »Hier, trinken Sie mal einen Schluck!«

Während er sprach, hatte Ilsa ihm Wein eingegossen. Er ignorierte sie, als wäre sie ein Dienstbote. Er merkte nicht, daß seine Einstellung zu Frauen sich änderte. Immer mehr behandelte er sie als Wesen, die ohne jede Bedeutung waren.

Ohne sich um Ilsa zu kümmern, sagte er: »Wenn Hewitt ums Leben kommt, sollte es wie ein Unfall aussehen. Aber lassen Sie sich nicht zu lange Zeit. Schlagen Sie noch vor morgen früh zu. Als beste Möglichkeit fällt mir ein, die Sache so darzustellen, als hätte seine Maschine irgendeinen Kurzschluß gehabt und wäre explodiert.«

»Das dürfte aber ziemlich schwierig sein«, erwiderte Harcourt zweifelnd.

»Seien Sie kein Dummkopf!« sagte Gourdy verächtlich. »Völlig egal, wie etwas gemacht wird, solange man sich ein Schlupfloch offen läßt. Es genügt, wenn da etwas mitspielt, das die armen Dummköpfe verwirrt. Und dann lassen Sie es verdammt gefährlich erscheinen, einen Verdacht zu äußern.«

Harcourts Gesicht verlor seinen ablehnenden Ausdruck nicht. Gourdy blickte seinen Gehilfen mürrisch an.

»Hören Sie!« sagte er tonlos. »Wir müssen es tun. Ich will keine Widerworte hören!«

»Ich streite das ja gar nicht ab, Chef«, wandte Harcourt ein. »Ich versuche, mir nur vorzustellen, wie ich es anstellen soll. Da Sie ihm nichts weggenommen haben, weiß im Grunde niemand, was er da alles in seiner Raumkapsel hat. Es geht mir schon darum, das Ding in die Luft zu sprengen, aber ich muß sehen, wie ich das anstelle.«

»Ich habe ihm das Ding gelassen«, sagte Gourdy, »weil er nicht vermuten sollte, daß ich etwas gegen ihn unternehmen würde. Jetzt benutzen wir das Ding gegen ihn.«

»So wie ich mir die Sache denke«, sagte Harcourt mit gesteigerter Zuversicht, »gebe ich einigen von unseren Leuten Bescheid. Anschließend gehe ich dann in den Maschinenraum hinunter, sobald Miller und Hewitt die Beschleunigung beginnen. Und danach bleibe ich bei Hewitt. Ich folge ihm zu seiner Kabine, ich warte im Flur vor seiner Tür, bis die anderen Jungs zu mir kommen. Ich würde sagen, wir dringen dann in der zweiten Hälfte der Schlafperiode bei ihm ein und erwischen ihn im Bett. Alles verstanden und in Ordnung?«

»Hört sich bestens an«, sagte Gourdy.

An dieser Stelle des Gesprächs glitt die Frau aus dem Raum. Obwohl sie sich leise bewegte, machte ihr Verschwinden Gourdy aufmerksam.

»Sobald Hewitt aus dem Weg geräumt ist, übernehme ich diese Frauen«, sagte er. »Lesbees Frau habe ich bereits zu mir zurückholen lassen. Da sie ohnehin nicht zu ihm zurück wollte, beschloß ich, ihr den Status der Kapitänsfrau zu erhalten. Wenn sie damit glücklich ist, habe ich schon gar keinen Grund zur Beschwerde.«

Er warf dem großgewachsenen Mann einen zynischen Blick zu. »Jetzt hören Sie mal – ich gestatte jedem von Ihnen, die mir bei einer so wichtigen Sache helfen, eine zweite Frau. Aber ich muß Sie warnen. Sie dürfen sich nicht einfach eine schnappen. Sagen Sie Ihren Leuten, sie sollen sich ein paar ansehen und dann zu mir kommen. Wir beschließen dann gemeinsam, welche es sein soll. Wir können uns nicht an die Frauen von Leuten ranmachen, die wir noch brauchen – und sollte einer ein junges Mädchen nehmen wollen, könnte es Ärger geben. Aber wir finden eine Lösung und halten das Ganze noch eine Weile geheim.«

Harcourts Augen hatten zu funkeln begonnen. »Dieser Tellier – kann ich seine Frau haben?«

»Sie soll Ihnen gehören – ab übermorgen«, sagte Gourdy gelassen. »Jetzt aber los!«

Harcourt machte sich auf den Weg.

34

Überraschenderweise entwickelten sich zwischen Hewitt und Miller sogar kameradschaftliche Gefühle. In der gemeinsamen Bemühung, den angepaßten Antrieb zu bedienen, begruben sie persönliche Feindseligkeiten, die sich hätten entwickeln können. Sie untersuchten die beinahe magische Veränderung, die Dzing im riesigen Bev-System vorgenommen hatte, wonach die Partikel nun beschleunigt wurden und sich tatsächlich ausdehnten.

Erstaunt waren sie von der Einfachheit des Partikelentzugs durch ein einfaches Neigen der Antischwerkraft-Platten.

Auf diese Weise konnte die ursprüngliche Methode, eine Ein-g-Antischwerkraft aufrechtzuerhalten, theoretisch bis auf jeden Wert gesteigert werden – auf Hunderte, sogar Tausende von g. Die Entdeckung brachte einerseits das Blut in Wallung, andererseits jedoch Ernüchterung; denn nun stand dermaßen viel Energie zur Verfügung, daß man vorsichtig damit umgehen mußte.

Behutsam wiederholten die beiden Lesbees frühere Tests und steigerten die Beschleunigung vorsichtig auf zwölf g, während sie die Antischwerkraft auf elf g einpendelten. Die Vollkommenheit dieser Lösung ließ ihre Augen funkeln, und als die Programmierung abgeschlossen und die weitere Steigerung der Beschleunigung auf den Unterschied von einem g festgeschrieben war, schüttelten sich die beiden Männer freundschaftlich die Hand.

Dann verkündete Miller, daß er Gourdy Meldung machen müsse, und verabschiedete sich. Wegen Harcourts Anwesenheit verließ Hewitt die Sicherheit des Maschinenraums nicht sofort. Irgend etwas störte ihn an dem großgewachsenen Kerl – eine morbide Vorahnung ergriff von ihm Besitz.

Als erste Maßnahme ließ er einen kleinen Schraubenschlüssel in seine Tasche gleiten. Dann tat er, als untersuche er das Innere einer von Lesbee geöffneten Installation und löste aus ihrer

Halterung eine ganz besondere Röhre und schob sie sich in die andere Tasche ... Das Gas in dieser Röhre war ein seltenes, wirkungsvolles Gift. Sollte er bedroht werden, konnte er Harcourt das Ding vor den Füßen zerschellen lassen. Auf jeden Fall mußte der Mann eine Ladung von dem Gift einatmen, was Hewitt in die Lage versetzte, den anderen mit dem Schraubenschlüssel anzugreifen.

Mehr konnte er unter den gegebenen Umständen nicht tun.

Während er zu der Offizierskabine zurückkehrte, die Gourdy ihm mit großartiger Geste zugewiesen hatte, ließ ihn Harcourt nicht aus den Augen ... Eine ziemlich beunruhigende Beobachtung in den leeren, stillen Gängen.

So blieb er schließlich stehen und wartete, daß der Mann ihn einholte. Als Harcourt mit schwerfälligen Schritten nähertrottete, fragte Hewitt: »Warum gehen wir nicht zusammen?«

Der andere murmelte etwas. Doch er erhob keine Widerworte, als Hewitt sich neben ihm wieder in Bewegung setzte. Als sie Hewitts Kabine erreichten, öffnete Hewitt die Tür in dem Bewußtsein, daß der andere ebenfalls stehengeblieben war und auf irgend etwas zu warten schien.

Er wandte sich um und fragte offen: »Kann ich irgend etwas für Sie tun?«

Harcourt spielte den Ehrenmann: »Ich habe den Auftrag, ein Auge auf Sie zu haben, Mr. Hewitt, und dafür zu sorgen, daß Sie keinen Ärger machen oder irgendwie in Schwierigkeiten geraten. Ich werde drüben auf der anderen Seite des Ganges wohnen und meine Tür offen lassen. In Ordnung?«

Das hörte sich ganz vernünftig an. Trotzdem hatte Hewitt ein seltsames Gefühl, als er seine Unterkunft betrat. Es blieb dabei, daß er nicht länger zögern durfte.

Zahlreiche Pläne gingen ihm durch den Kopf. Doch er entschied sich schnell dafür, einfach in seinen Tankanzug zurückzukehren und den Korridor entlangzufahren. Sollte Harcourt einen Strahler auf ihn abfeuern, wollte er den Mann umwalzen.

Der Anzug war darauf angelegt, einem Beschuß durch Handwaffen jeder Art standzuhalten.

Nachdem diese Entscheidung gefallen war, machte er sich

auf den Weg zum zweiten Schlafzimmer, in dem er die Maschine verstaut hatte – und hielt inne!

Ein leises Geräusch . . .! Aus seinem Schlafzimmer!

Hewitt griff nach dem Schraubenschlüssel – und ließ seine Hand sinken, als Ruth in der Schlafzimmertür erschien. Sie legte warnend einen Finger an die Lippen.

Hastig flüsterte sie ihm zu, was Ilsa mitbekommen hatte: der Mordplan wurde offenbart. Sie schloß ihren Bericht: »Wir mußten wählen. Ich habe Sie gewählt!«

Hewitt, dessen Gedanken schon über die unmittelbare Bedeutung ihrer Worte hinausgewandert waren, konzentrierte sich zögernd wieder auf die Frau, auf ihre Äußerungen, auf ihre – Wahl! Verlegenheit befiel ihn. Für ihn war das Motiv, das sie zu ihm geführt hatte, eher nur ein Schachzug gewesen. Er selbst glaubte an die Monogamie, daran war nichts zu rütteln. Die geröteten Wangen und die Schüchternheit, die sie dazu zwang, seinem Blick auszuweichen, verrieten ihm, daß das Ganze für sie und die anderen kein Spiel war.

Die Frau fuhr fort: »Ich wußte, ich mußte hierherkommen, ehe Harcourt und Sie zurückkehrten. Sie müssen sich also etwas überlegen, was Sie mit mir anstellen wollen . . . ich habe Ihnen dazu etwas mitgebracht!«

Sie griff unter ihr Kleid, nahm einen kleinen Handstrahler hervor und reichte ihm die Waffe. Dankbar griff Hewitt zu. Dieses Gewicht in der Hand milderte den schrecklichen Schock des Mordplans, den sie ihm offenbart hatte.

Außerdem änderte es seine eigenen Pläne.

In schnellen Worten erklärte er ihr, was sie tun sollte: sich in seinem Schlafzimmer verstecken und warten, bis Harcourt und er das benachbarte Schlafzimmer betraten, um sich dann fortzuschleichen. »Ziehen Sie lieber die Schuhe aus«, schloß Hewitt, »damit Sie wirklich lautlos davonkommen . . .«

Gehorsam ging sie auf die Schlafzimmertür zu; dann blieb sie stehen. Zögernd drehte sie sich zu ihm um und fragte schlicht: »Bin ich erwählt?«

Hewitt hatte plötzlich Mühe zu atmen. Er blickte sie an und sagte sich: »Das Weltall hat die Frauen dazu gemacht. Die schreckliche Leere des Raums schränkte sie ein, vermittelte ihnen ein Gefühl des Verlusts, das sogar die besten unter ihnen der absoluten Beherrschung öffnete.«

Er kam zu dem Schluß, daß in dieser Situation Worte nicht ausreichten. Diese Frau sehnte sich nach einer Berührung. Er trat vor sie hin, ergriff eine ihrer Hände und legte ihr die andere Hand in leichtem Griff auf die Schulter. »Sie sind erwählt, voll und ganz«, sagte er leise.

Die Erleichterung, die sich auf ihrem attraktiven Gesicht ausbreitete, war etwas ganz Besonderes. Urplötzlich war sie eine voll akzeptierte Frau, ruhig und praktischen Sinnes. »Dann muß ich jetzt gehen!« sagte sie. Sie bedachte ihn mit einem ernsten Blick. »Sie werden es schaffen?«

Hewitt ließ ihre Hand los. »Ich werde mein Bestes tun«, antwortete er. »Wir sehen uns dann später.«

Sie flüsterte: »Wir warten alle auf Sie!« Sie machte kehrt, ging ins Schlafzimmer und schloß die Tür fast völlig hinter sich . . .

Hewitt verstaute den Strahler in der Tasche mit dem Schraubenschlüssel, setzte sich in Bewegung und öffnete die Korridortür. Hinter der halb geöffneten Tür der gegenüberliegenden Unterkunft konnte er Harcourt auf einem Stuhl sitzen sehen. »Hallo!« rief er hinüber. »Würden Sie mal herkommen und mit Hand anlegen, Mr. Harcourt?«

Der große Mann stand auf, schlurfte zur Tür und bedachte Hewitt mit einem frechen Blick. »Was wollen Sie?«

»Ich brauche hier Hilfe bei meiner Maschine.«

»Wollen Sie irgendwohin?« erkundigte sich Harcourt.

Aber er kam über den Gang, obwohl er ratlos und unentschlossen wirkte. Er gehörte nicht zu der Sorte Männer, die leicht ihre Pläne wechselt. Auf Hewitts Bitte trat er in das zweite Schlafzimmer.

»He!« rief er, als er den Strahler erblickte, den Hewitt auf ihn gerichtet hatte. Sein mächtiger Körper erstarrte. Entsetzen malte sich auf seinem Gesicht.

Langsam hob er die Arme.

Minuten später steuerte Hewitt seinen Tankanzug mit Höchstgeschwindigkeit durch den Korridor. Er hatte es sehr eilig.

35

In seiner Aufregung weckte Lesbee Tellier mit heftigem Schütteln.

»He! Ich habe die wahre Natur des Universums ergründet!«

Das hagere, intellektuelle Gesicht seines Freundes schien ein wenig Farbe zu gewinnen. Die wäßrig-bleiche Haut wirkte plötzlich besser durchblutet. »Sie haben was?«

Als sich Tellier schläfrig aufrichtete, wiederholte Lesbee seine Äußerung und fügte hinzu: »Mit dem, was ich analysiert habe, können wir alles tun: auf der Erde landen, das Schiff zurückerobern ... alles.«

Telliers Gesicht rötete sich. »Um Himmels willen, John«, flüsterte er, »meinen Sie das ernst? Sie wissen, welchen Respekt ich Ihren Einfällen entgegenbringe, wenn Sie sagen, Sie sprechen im Ernst.«

»Hören Sie ...«, sagte Lesbee. »Erstens, die Tatsachen, wie wir sie sehen oder zutreffend beschrieben bekommen haben ...«

Und er schilderte die Aspekte der langen Reise, soweit sie die physikalischen Verhältnisse im All betrafen: das anfängliche Unvermögen, Partikel auf Lichtgeschwindigkeit zu beschleunigen, die Entdeckung der richtigen Antriebsgestaltung mit Hilfe der Karn ...

Er setzte seine Zusammenfassung fort: »Hewitt erzählte uns nun, daß die *Hoffnung der Menschheit* in einem ganz besonderen Materie-Zustand im Sonnensystem eintraf – und daraus ergab sich, daß das Schiff in einem eigenen Raum überlichtschnell flog. Als das Schiff dann auf Lichtgeschwindigkeit abgebremst wurde, glitt Hewitt in die Welt des Schiffes hinüber ...«

»Das sind doch die Tatsachen, oder?« fragte Lesbee.

Tellier nickte mit weit aufgerissenen Augen.

»Genau genommen gibt es da noch mehr«, fuhr Lesbee fort. »Zum Beispiel betrugen die Relationen in Zeit und Druck 973 zu eins. Das Äußere des Schiffes aber blieb rund. Und die Korridore waren nur drei zu eins verändert. Das alles verstehe ich jetzt.«

»Aber was hat das für einen praktischen Nutzen?«

»Passen Sie auf!« sagte Lesbee.

Er verschwand.

... Verschwand in einem kleinen Raumschiff, das Millionen von Meilen tief im Nirgendwo stand ... Verzweifelt blickte sich Tellier um und vernahm plötzlich einen Laut hinter sich. Er fuhr herum. Vor ihm stand Lesbee und hatte ein triumphierendes Grinsen im Gesicht.

Das strahlende Lächeln verging und wurde von einem ernsten Ausdruck abgelöst. »Wir kehren ins Schiff zurück!« sagte Lesbee mit allem Nachdruck.

»Aber weshalb denn?« fragte Tellier verblüfft.

Die stahlgrauen Augen musterten ihn. »Um Ihre Frau zu holen – und meine Frau ... und um dafür zu sorgen, daß das Schiff landet. Das alles mußten wir vergessen, als es um Leben oder Tod ging. Jetzt aber gilt das nicht mehr.«

Tellier ergriff dankbar seine Hand. »Gut gemacht!« sagte er und trat zurück. «Aber sagen Sie mir um Himmels willen endlich, was Sie entdeckt haben!«

»Zuerst wollen wir starten«, sagte Lesbee, wandte sich zu den Kontrollen um und fuhr fort: »Theoretisch müßte es möglich sein, im wahrsten Sinne des Wortes im Handumdrehen ans Ziel zu kommen. Die Maschine wäre dazu in der Lage. Aber denken Sie daran, was mit Hewitt passierte – das Gefühl des Gepreßtwerdens. Die Zellen des menschlichen Körpers könnten solche Augenblicks-Sprünge nicht lange überleben. Wir müssen also hinnehmen, daß das Leben ein wenig Zeit braucht.«

»Aber ...«

»Das Universum ist eine Lüge«, verkündete Lesbee gleich darauf. *»Das ist das Geheimnis!* Hören Sie zu ...«

Und er beschrieb ein subjektives Plenum, das im wesentlichen aus unterschiedlichen Bewegungsebenen bestand. In jenem Universum war das Leben in Gang gekommen, indem es sich an diesen und jenen Stücken toter Materie festklammerte. Von dieser riskanten Position aus, wie ein Insekt, das sich in einem Wasserwirbel an einem Strohhalm festklammert, betrachtete es die Himmelsräume und sich selbst.

Vorsichtig erkundete es die gewaltigen Bewegungsströme ringsum; es begab sich in versiegelte Behältnisse, um sich den Energien auf niedrigeren Ebenen, auf höheren Ebenen und jenseits der Lichtgeschwindigkeit zu stellen.

Hier, in einer Umgebung unendlicher Ausdehnung und einem Nullwert an Größe, lag die wirkliche Norm von Zeit und Raum. »Unterhalb« lagen die Unterwelten abgebremster Bewegung und Materie. »Oberhalb« das unendliche, zeitlose Licht des ewigen Seins.

Wenn die Lebensform in ihren versiegelten Behältnissen – den Raumschiffen – die Trennlinie übertrat und die Norm erreichte, verschwanden die Barrieren. Es war, als wäre der Mensch aus einem dunklen Schacht gekrochen und stünde nun auf der Wiese und starrte ins Hellblau des Himmels empor. Die Gesetze, die hier auf der Wiese galten, unterschieden sich von denen im Brunnen, wenn sie auch damit verwandt waren.

»Theoretisch«, erklärte Lesbee, »könnten wir aus einem Zustand der Null-Bewegung im Handumdrehen auf ein Millionenfaches der Lichtgeschwindigkeit beschleunigen. Doch wie gesagt, werden wir darin in praktischer Hinsicht von den inneren Bewegungen der biologischen Zellen ein wenig zurückgehalten. Es gibt Augenblicke, da wir die Bewegung für gefährlich halten, und dann greifen wir nach dem stützenden Geländer und klammern uns um unseres Lebens willen daran fest.«

Er endete: »Meine Einstellung dazu ist natürlich, daß wir dieses Gefühl der Zellen respektieren und vorsichtig weitermachen – aber immerhin weitermachen.«

Tellier starrte ihn ausdruckslos an. »Ich kapiere das nicht«, sagte er. »Na schön – die Norm ist also offensichtlich der Materie-Zustand jenseits der Lichtschwelle. Ich habe diese Grenze nachweislich ja auch überschritten gehabt. Aber mir ist nichts Auffälliges widerfahren.«

»Das liegt sicherlich daran, daß Sie die ganze Zeit ziemlich still dagelegen haben«, antwortete Lesbee. »Und Sie waren bestimmt nicht mit einem Landegerät verbunden, das auf Gedankenwellen anspricht.«

Tellier warf ihm einen verständnislosen Blick zu. Dann platzte er heraus: »Das soll doch nicht etwa heißen, daß Sie das die ganze Zeit angeschlossen hatten?«

»Nein. Aber ich habe es als erstes wieder verbunden, als ich an den Antriebskontrollen herumzuwerkeln begann.«

Er erläuterte, daß es ihm darum gegangen war, an jede mögliche Vorsichtsmaßnahme zu denken, ehe sie das Schiff verließen. Dabei war er schon ziemlich früh auf den Gedanken gestoßen, daß die Schaltung, über die der Landemechanismus des Rettungsbootes durch die Kontrollen der *Hoffnung der Menschheit* zu bedienen war – so wie er es bei Dzing getan hatte –, sie in die Lage versetzte, das große Schiff notfalls aus der Ferne zu steuern.

»Es war im Grunde nur Ränkeschmiederei«, gestand er ein. »Ich stellte mir vor, daß Miller dazu mißbraucht würde, uns zu verfolgen, oder so ähnlich – und so tat ich den nötigen Schritt, der uns in einem entscheidenden Moment die Kontrolle verschaffen konnte. Das andere ergab sich, als ich unter anderem jene Dinge überprüfte, die Dzing hei Betätigung des Schalters widerfahren waren.«

»Ist er nicht nur in die Luft geflogen?«

»So sah es wenigstens aus.«

»Der Korridor war ein einziges Durcheinander; die Explosion hat ihn praktisch zerrissen. Was von ihm übrigblieb, waren winzige Stücke, beinahe gewichtslos wie Asche.«

»Meinen Sie nicht, daß das seltsam ist?« Lesbee hatte ein leichtes, angespanntes Lächeln aufgesetzt.

»Nun ja . . .« Tellier wirkte ratlos.

Lesbee starrte in das Gesicht des anderen und machte sich zum wiederholten Male klar, wie schwer es den Menschen fiel, kreativ zu denken. Sein Gehirn hatte nach den Jahren der grundlegend feindseligen Steuerung durch die Brownes offensichtlich eine besondere Fähigkeit schnellen Begreifens entwikkelt. Überreizt durch Angst, Zorn, Neid und Gefühlen der Rechtmäßigkeit seines Kurses . . . in einem einzigen Aufblitzen des Begreifens hatte er das Bild, so wie es ihm sich jetzt darbot, aufgenommen.

Tellier, dem dieser Hintergrund fehlte, brauchte eine ins einzelne gehende Erklärung. Lesbee zögerte angesichts dieser Problematik. Zum erstenmal stellte er seinen instinktiven Impuls, die Mission mit Tellier zu teilen, in Zweifel.

Er hatte auf dem vorderen Rand des Kontrollsessels gehockt. Seine Zweifel brachten ihn jetzt auf die Beine. Mit zusammengekniffenen Augen stand er da und legte sich zurecht, was er sagen wollte.

Es war eine phantastische, aber einfache Geschichte, unzweifelhaft verwandt mit der Grundstruktur des Universums – aber erklärbar. Indem er Dzings Selbstvernichtungssystem aktivierte, hatte er den Roboter vernichtet. Der Beweis dafür waren die eingedrückten Wände, die herabhängenden Decken- und Bodenstrukturen des Korridors, in dem alles geschehen war. Der Karn hatte sich aber in jenem Augenblick in der Norm-Periode befunden.

Die ganze Zeit über hatte sich Dzing außerhalb der Raum-Zeit-Beschränkungen der *Hoffnung der Menschheit* bewegt. Vier g Beschleunigung hatten dem Roboter nichts ausgemacht. So etwas ließ sich nicht mit Energieströmungen erklären. Und noch wichtiger: das geringe Gewicht der Roboter-Überreste paßte zu der Art und Weise, wie Browne die Beschaffenheit der Materie bei Lichtgeschwindigkeit beschrieben hatte. Hier fand die Lorentz-Fitzgerald-Kontraktions-Theorie in ihrer ganzen tiefgreifenden Bedeutung eine konkrete Anwendung.

Und so hatte er – während Tellier schlief – in die Tasche gegriffen und einen Kontrollknopf des Landemechanismus gedrückt; und durch die hier entstehenden Energien hatte er seine Gedanken verstärken lassen.

Augenblicklich befand er sich im Norm-Zustand des Universums, bei Lichtgeschwindigkeit oder darüber. Er hatte das Zeitverhältnis auf 973 zu eins eingestellt, womit er auf Hewitts Erfahrungen zurückgriff. Lesbee kam zu dem Schluß, daß die Zellen eines menschlichen Körpers – vielleicht galt das für alle Lebewesen – bei diesem Verhältnis eine Art natürliche Balance erreichten. Er wollte nicht ohne ausreichende Versuche gegen einen solchen Naturzustand vorgehen.

Beim erstenmal hatte er auf Tellier hinabgestarrt, begierig, den anderen zu wecken und ihm von der großen Entdeckung zu berichten. Diese Erregung war inzwischen abgeklungen, und er besann sich eines anderen.

Lesbee drehte sich um, blickte seinen Freund an und sagte leise: »Armand, wie ich sehe, habe ich Ihrem Gehirn genügend neue Daten übermittelt; mehr dürfte es zunächst nicht verarbeiten können.«

Tellier antwortete nicht. Die Erregung über die Dinge, die er gesehen und erfahren hatte, ließ nach. Im Verhalten seines Freundes lag etwas Besonderes, eine gewisse Härte, deren Existenz ihn seit jeher überraschte. Auch jetzt empfand er diese Überraschung. Urplötzlich machte er sich klar, daß eine dermaßen weitreichende Entdeckung durch einen Mann, der trotz seiner vielen angenehmen Seiten im Grunde seines Herzens ein Diktator war ... nicht positiv gesehen werden konnte.

Schon sprach Lesbee weiter, mit zuvorkommender Stimme, mit freundlicher Miene, wie immer. Er sagte: »Den Rest erzähle ich Ihnen ein andermal.«

Aber das tat er nie.

36

Ein grelles Licht leuchtete Gourdy in die Augen. Er drehte sich im Schlaf herum und schreckte schließlich hoch.

Sein Schlafzimmer war hell erleuchtet. Blinzelnd versuchte er seine Augen an die Helligkeit zu gewöhnen und sah Hewitt und ein halbes Dutzend Männer, die die Uniform der . . . ungläubig riß Gourdy die Augen auf. Er erkannte den graublauen Stoff aus alten Filmen.

Die Raumpatrouille . . .!

Einer der Uniformierten, eine streng blickende ältere Person, sagte in tiefem Bariton: »Mr. Gourdy, Sie sind verhaftet und werden von Bord gebracht.«

Zwei uniformierte Beamte traten vor, ergriffen ihn und zwangen seine Handgelenke zusammen. Metall funkelte, legte sich kalt auf seine Haut. Mit mattem Geräusch klickten Handschellen zusammen.

Gourdy gelang es, sich aufzurichten. Noch immer kämpfte er gegen den Schlaf. Er starrte auf die schimmernden Metallgebilde hinab und glaubte einen Alptraum zu erleben.

Seitlich von ihm wandte sich ein Beamter an Marianne: »Wenn Sie wollen, können Sie Ihren Mann zur Erde begleiten, Mrs. Gourdy.«

»Nein, nein, nein . . .« Ihre Stimme klang unnatürlich schrill. »Ich bleibe, wo ich bin . . .«

»Das liegt natürlich an Ihnen, Madame. Mr. Hewitt hat entschieden, daß der Flug weitergehen soll. Sie gehören zu den wenigen an Bord, die sich aussuchen könnten, ob sie aussteigen oder an Bord bleiben wollen.« Kräftige Hände zerrten Gourdy hoch. »Kommen Sie mit!« befahl eine Stimme.

Zum erstenmal leistete er Widerstand. »He!« sagte er und versuchte sich loszureißen. Der streng blickende Mann gab den beiden Männern, die den Gefangenen hielten, ein Zeichen. Wortlos hoben sie ihn hoch und trugen ihn aus dem Schlafzimmer in den Hauptraum.

Gourdys Blick zuckte hin und her, und er entdeckte die anderen drei Frauen – Ruth, Ilsa und Ann –, die Morgenmäntel trugen und sich an der Tür zum anderen Schlafzimmer zusammendrängten.

Noch während er hinüberschaute, begab sich eine Frau in der Uniform eines Offiziers der Raumpatrouille zu ihnen und forderte sie auf: »Bitte ziehen Sie sich an, meine Damen!«

Ruth nickte und zog die beiden anderen behutsam in den anderen Raum. Die Tür schloß sich hinter ihnen.

Gourdy registrierte, daß an der Tür zum Korridor zwei Uniformierte Wache standen. Sie traten zur Seite. Sekunden später traten Harcourt und ein anderer seiner Leute ein, begleitet von vier Angehörigen der Raumpatrouille. Gourdys Helfershelfer waren mit Handschellen aneinandergefesselt. Sie waren ziemlich verwirrt und schienen Gourdy zuerst gar nicht wahrzunehmen.

Die Beamten sprachen leise mit Hewitt und verließen den Raum dann wieder.

In der nächsten Stunde wurden Gourdys achtzehn Leute verhaftet und in die Kapitänskabine gebracht. Als die mürrische Gruppe komplett war, winkte Hewitt die Patrouillenoffiziere zur Seite und richtete das Wort an die Gefangenen.

»Das Photo mit dem Lichtfleck war der Schlüssel«, begann er. »Hier lag kein Fehler vor, eine Tatsache, die ich von Anfang an vermutet hatte. Als ich mir die Vergrößerung ansah, die mir von Astronom Josephs auf eine große Wand projiziert wurde, erkannte ich, daß ich hier ein Stück meines eigenen Bergungsschiffes, der *Molly D.*, vor Augen hatte.

Und als ich die Luftschleuse öffnete und hinaustrat – da hatte ich das Schiff in Lebensgröße vor mir.«

Er fuhr fort: »Der wissenschaftliche Grund für eine solche parallele Raum-Zeit-Kondition ist noch nicht bekannt. Die Situation hat allerdings mehrere einzigartige Aspekte.

Als ich mich zum Beispiel gestern von der Brücke der *Hoffnung der Menschheit* aus umsah, war das Sonnensystem viele, viele Quadrillionen Meilen weit entfernt. Aus einem Sichtluk der *Molly D.* dagegen war auszumachen, daß das Schiff sich auf irgendeine Weise innerhalb der Grenzen des Sonnensystems befand. Ich konnte sogar die Erde erkennen, die sich ganz normal zu gebärden schien.

Wir können davon ausgehen, daß einige der Wesen, die Sie im All gesehen haben, diese Raum-Zeit-Wirrungen gelöst haben. Offensichtlich muß die *Hoffnung der Menschheit* im All bleiben, bis dieses Problem auch für die menschliche Rasse gelöst ist. Um dabei zu helfen, haben sich mehrere führende Wissenschaftler bereit erklärt, an Bord zu kommen. Außerdem wird eine ausgewogene Gruppe anderer Gelehrter und Experten zu uns stoßen – und natürlich eine Einheit der Raumpatrouille, die für Ordnung sorgen soll. Einige Männer werden ihre Familien mitbringen. Andere sind ledig.

Sobald sie an Bord sind, wird sich die *Molly D.* von uns lösen, und dann sind wir wieder allein. Was Sie alle angeht . . .«

Er hielt inne, um sicherzugehen, daß man ihm gut zuhörte, dann fuhr er fort: »Soweit ich weiß, wird niemand wegen Gesetzesübertretungen belangt werden. Die Geschichte des Schiffes ist als soziologisches und nicht als kriminelles Phänomen zu sehen. Trotzdem wollen wir Sie nicht an Bord haben.«

Hewitt wandte sich an den Befehlshabenden der Patrouille und sagte leise: »Ich glaube, das wär's etwa.«

Als Gourdy und seine Anhänger aus dem Raum geführt worden waren, drehte sich Hewitt zu den Frauen um, die sich inzwischen angezogen hatten.

»Sie können ganz beruhigt sein«, sagte er. »Es wird sich alles zum Guten wenden. Warum frühstücken Sie jetzt nicht? Ich habe viel zu tun.«

Er entfernte sich, ohne weitere Erklärungen zu liefern. Er ahnte, daß den Frauen die Umstellung schwerfallen würde. Aber mit diesem Problem standen sie nicht allein.

An Bord der *Hoffnung der Menschheit* würden wieder Gesetz und Ordnung herrschen.

Während der sich anschließenden Periode der Veränderung blieb Hewitt der Kapitänskabine fern . . . Am achten Tag traf ein Patrouillenfahrzeug mit den ersten neuen Passagieren ein.

Unter den Ankömmlingen befand sich auch der bekannte Peter Linden. »Junger Mann«, sagte er zu Hewitt, und seine

Augen funkelten, obgleich seine Stimme ernst klang. »Die überraschende Entdeckung so vieler ungewöhnlicher Raum-Zeit-Konditionen veranlaßte mich schließlich, einen Blick auf die mathematischen Unterlagen von John Lesbee I. zu werfen. Danach habe ich die Regierung der Vereinigten Westmächte davon unterrichtet, seine Theorien und Beweisführungen hätten mein Selbstvertrauen erschüttert, und ich glaube tatsächlich, daß etwas geschehen würde, daß die Sonne in der Tat Aspekte – wie hieß doch der berühmte Satz, über den man sich so oft lächerlich machte? – ›Aspekte eines veränderlichen Cepheiden‹ annehmen würde. Wir sollten uns überlegen, was dagegen zu tun ist.«

Hewitt, der in dieser Sache Jahre der Frustration hinter sich hatte, schwieg. Auch er wußte keine Patentlösung.

37

Lesbee und Tellier erreichten die *Hoffnung der Menschheit* beinahe ohne jede Verzögerung. Er hatte das ganze Schiff in ein Zeitverhältnis von 973 zu eins gebracht, so daß die Ankunft vom Schiff aus nicht sichtbar war.

In der Luftschleuse reduzierte Lesbee das Zeitverhältnis auf die Schiffszeit. Es war seine Absicht, schnell einzudringen, was dann auch geschah. Aber er war nervös geworden. Kaum war das kleine Schiff sicher festgemacht, aktivierte er seine Luftschleuse, trat hindurch – und wechselte allein in das höhere Zeitverhältnis.

In diesem Zustand ging er auf direktem Wege zur Brücke, ergriff ein kleines elektrisches Werkzeug, das er mit in die schnelle Zeit genommen hatte, und öffnete das Relais, das hochgeschnappt war, als das Rettungsboot in seine Halterung klickte.

Als nächstes marschierte er in Telliers Wohnung und erschien vor dessen Frau aus dem Nichts. Es dauerte eine Weile, die arme Frau zu beruhigen und ihr klarzumachen, was er wollte; die Hysterie dauerte länger als erwartet. Immer wieder kniff sie die grauen Augen zusammen, öffnete sie und starrte ihn so an, als könnte sie ihren Sinnen nicht trauen. Und sie plapperte immer wieder, wie sehr ihr der Mann gefehlt hatte.

Als sie sich endlich beruhigte, ging das lebhafte Gerede auf einer anderen Ebene um so lebhafter weiter. Jetzt erfuhr Lesbee von dem Auftreten der Fremden. Natürlich hätte er sich dafür interessieren können, hätte sie eingehend befragen können. Aber auch das, so meinte er, hatte Zeit.

Endlich verstummte ihr Redestrom. Mit schwachem Lächeln fragte sie: »Was soll ich tun?«

Er forderte sie auf, ihre Sachen zusammenzusuchen und ihn zum Landungsboot zu begleiten.

Auch das dauerte seine Zeit, aber schließlich hatte er sie im Rettungsboot bei ihrem Mann verstaut.

Anschließend blickte sich Lesbee gründlich im Schiff um. Jetzt entdeckte er die Neuankömmlinge. Er suchte sich eine günstige Position, sie zu beobachten; Lou Tellier hatte sich denkbar ungenau ausgedrückt, was das für Leute waren.

. . . Patrouillenoffiziere und Zivilisten.

Lesbee verfolgte die Spur zurück zur *Molly D.* Voller Interesse sah er sich um und versuchte festzustellen, was hier eigentlich vorging. Da in erheblichem Umfang Gepäck in die Kabinen gebracht worden war und etliche Familien sich bereits an Bord eingerichtet hatten, kam er um die erstaunliche Schlußfolgerung nicht herum, daß die Reise weitergehen sollte.

Lesbee versteckte sich in einer leeren Kiste und begleitete eines der Landeboote der *Molly D.* zur Erde.

Und dann stand er auf einem Planeten, stand mit den eigenen beiden Füßen auf dem Erdboden, auf einem Straßenpflaster. Am ersten Tag wanderte er vorwiegend in normalem Zustand durch die Straßen, beobachtete den Verkehr und las die Zeitungen. Vorübergehend in die Schnellzeit wechselnd, betrat er einen Banktresor, in dem ein hochstehender Bankbeamter Geld zählte. Lesbee verhalf sich zu tausend Dollar und verschwand wieder. Es würde Monate dauern, bis die Differenz festgestellt wurde.

Zeitmäßig kehrte er ins Verhältnis eins zu eins zurück, nahm ein Zimmer in einem prächtigen Hotel und verzehrte die beste Mahlzeit, die er je genossen hatte. In der Hotelbar sprach er später eine gutaussehende junge Frau an, die ebenfalls im Hotel wohnte. Später am Abend zogen sie sich in seine Räume zurück. Mehrere Stunden lang hörte er sich ihr Geplauder an in dem Bemühen, sich in der Welt zurechtzufinden. Am nächsten Morgen frühstückten sie zusammen. Er machte ihr ein passendes Geschenk und ging seiner Wege, während sie ihr Leben weiterlebte.

An diesem Morgen meldeten die Zeitungen, daß Gourdy erneut verhaftet worden wäre.

Besorgt informierte sich Lesbee über die Anklage. Das Raumkomitee hatte beschlossen, seine Machtbefugnis über ein ganzes Jahrhundert auszudehnen, über fünf Generationen – mit dem Anspruch, daß nur auf diese Weise die Weltraumfahrt in den Griff zu bekommen sei. Unabhängig von der Länge der Reise mußten sich die Menschen zwangsläufig klarmachen, daß sie die volle Härte des Gesetzes zu spüren bekommen würden, wenn sie letztlich nicht die »natürliche« – dieses Wort wurde tatsächlich verwendet – Entwicklung der Autorität an Bord eines Raumschiffes akzeptierten.

Im Lichte dieser Argumentation mußte Lesbee der Aufstand, den er angezettelt hatte, ungesetzlich erscheinen. Die Machtübernahme Brownes mochte ohne weiteres als natürliche Entwicklung angesehen werden.

Plötzlich blieben ihm nur noch zwei Möglichkeiten: er konnte auf der Erde bleiben, sich unauffällig verhalten und dafür sorgen, daß niemand auf ihn aufmerksam wurde . . . oder an Bord des Schiffes zurückkehren, es Hewitt wegnehmen und die Reise fortsetzen . . .

Da ein Mann mit seinen besonderen Informationen nicht schweigen durfte, hatte die erste Möglichkeit keine reale Bedeutung. Seine Entscheidung wurde schließlich durch mehrere Zeitungsberichte beeinflußt, in denen Peter Lindens Überlegungen zur möglichen Gültigkeit der Theorien des ersten John Lesbee wiedergegeben wurden, nach denen die Sonne sich verändern würde . . . Linden war sehr behutsam vorgegangen. Er sagte voraus, es gebe noch genügend Zeit, sich mit der Sache zu beschäftigen und sich darauf einzustellen.

Lesbee hatte die Berichte seines Vorfahren in der Schiffsbibliothek gelesen und wußte, daß sein Ur-Ur-Großvater die Veränderung in einer Zeit von sechs bis zehn Jahren nach Abflug des Schiffes erwartet hatte, wenn er sich richtig erinnerte. Hastig rechnete er nach.

»Meine Güte, wir sind ja bereits in dieser Periode!« sagte er besorgt vor sich hin.

Er wechselte in die superschnelle Zeit und suchte das Gefängnis auf, um sich mit Gourdy zu unterhalten. Nachdem der Schock seines plötzlichen Auftauchens in der Zelle abgeklungen war, kam es zu einem langen Gespräch.

Mit folgendem Ergebnis: Man wollte das Schiff zurückerobern! Lesbee sollte Kapitän werden, Gourdy sein Stellvertreter. Für Lesbee war das ein gefährlicher, aber unumgänglicher

Kompromiß. Allein konnte er kein Raumschiff erobern, geschweige denn halten.

Er versetzte Gourdy und seine Gefolgsleute in die hohe Zeitgeschwindigkeit. Gemeinsam gingen sie an Bord des Landungsbootes der *Molly D.*, entfernten den Inhalt mehrerer Packkisten aus dem kleinen Fahrzeug und versteckten sich auf normaler Zeitbasis im Inneren der Kisten. Als das Boot am Abend startete, hatte es zwanzig blinde Passagiere an Bord.

Wegen dieser Vorgänge sah Lesbee die Abendzeitungen nicht, in denen Hewitts Funkprotest gegen die Verhaftung Gourdys veröffentlicht wurde. Die Kommentare in den Zeitungen unterstützten Hewitts Ansicht.

Kurz vor Mitternacht gab das Raumkomitee dem wachsenden Widerstand nach und sagte zu, die Angelegenheit bei der nächsten Sitzung, die in einer Woche stattfinden würde, neu zu bedenken.

Aber es war zu spät.

In die *Hoffnung der Menschheit* zurückgekehrt, brachte Lesbee Gourdy und seine Männer in einem Lagerraum unter, der normalerweise erst geöffnet werden mußte, wenn auf einem fremden Planeten gelandet werden sollte . . . Man kam überein, daß sich die Gruppe still verhalten würde, bis sich das interstellare Raumschiff und die *Molly D.* endgültig getrennt hatten.

Techniker Lesbee legte die Lausch- und Beobachtungsgeräte in den Wänden still. Er brachte den Männern Nahrung und andere Dinge: Liegen, Decken, Spiele und Bücher – hunderttausend neue Bücher waren an Bord gebracht worden.

Wenn er sich bei Gourdys Gruppe aufhielt und sich die rauhen Sprüche der Männer anhören mußte, fühlte Lesbee sich unbehaglich. Doch jedesmal unterdrückte er seine Zweifel, weil es keine andere Lösung gab. Lesbee sah zwischen der Entscheidung des Raumkomitees, Gourdy zu verhaften und wegen Mordes zu belangen, und der Entscheidung Gourdys, die beiden Techniker und den Wissenschaftler zu töten, keinen Unterschied. Durch sein Verhalten beabsichtigte das Raumkomitee künftige Raumreisende zu zwingen, sich der Macht ernannter Könige zu beugen. Gourdy hatte eine mögliche Opposition gegen seine Stellung als König abschrecken wollen.

Kein Unterschied! Das sagte sich John Lesbee V. Und er biß die Zähne zusammen vor Entschlossenheit, seinen persönlichen Machtübernahme-Plan durchzuführen.

Während er auf das Ablegen der *Molly D.* wartete, beobachtete Lesbee die Ereignisse an Bord . . .

Es gab viele Veränderungen. Die Wissenschaft hatte im Schiff Einzug gehalten. Psychologen hielten Vorträge. Soziologen zeichneten die Geschichte des Schiffes nach und offenbarten sie jenen, die der Realität zu nahe gewesen waren, um ihre Bedeutung zu erkennen. Der militärische Aspekt – der den Leuten praktisch im letzten Augenblick aufgepfropft worden war, ehe die Reise begann – wurde durch ein System ersetzt, das nicht durch Militärexperten, sondern Wissenschaftler erarbeitet worden war.

Aus einem Versteck auf dem Balkon des Versammlungsraums hörte sich Lesbee einen Vortrag Hewitts über den Unterschied zwischen einer wissenschaftlichen Handhabung und anderen Systemen an. Unter anderem sagte Hewitt: »Wissenschaftler sind eine erstaunliche Gattung. Einerseits sind sie konservativ. Doch im Rahmen ihrer Ausbildung ist eine Gruppe von Wissenschaftlern gleichbedeutend mit Wahrheit, Integrität, Ordnung, Aufnahmefähigkeit und Empfindsamkeit in höchstem Maße . . .«

Er kam auf die großen Schwierigkeiten zu sprechen, unter denen er am Anfang der Reise führende Wissenschaftler verpflichtet hatte, und verglich sie mit der großen Zahl der Freiwilligen, die ihn jetzt bestürmt hatten. Der Grund: ein Schiff, das nach einer über hundert Jahre währenden Reise zurückgekehrt war, stellte ein klares und unmittelbares Problem dar. Jeder Aspekt dieses Problems hatte in wissenschaftlichen Kreisen Interesse und Begeisterung geweckt . . .

Lesbee sah sich die Auswirkungen dieser Begeisterung an. Die Menschenrechte wurden formuliert. Es gab inzwischen eine Polizeistreitmacht, Richter, ein Geschworenensystem. Ein Kapitän amtierte ebenfalls – Hewitt –, doch wurde er durch das System zum Sachwalter des Gesetzes gemacht. Ein universales Bildungssystem wurde geschaffen, mit einem Verwaltungsrat und Lehrern, die persönliche Rechte und Privilegien genossen . . .

Lesbee hörte sich an, wie Hewitt im Verlaufe eines anderen Vortrags erklärte, nur an Bord eines Schiffes ließe sich ein solch vollkommenes, komplettes System schaffen. Technologische und sonstige Einflüsse, wissenschaftlich altruistisch zu sehen, konnten auf eine begrenzte Welt wie die *Hoffnung der Menschheit* einwirken und binnen kürzester Zeit ein Modellsystem entstehen lassen.

Hewitt erklärte, daß es unter den Nationen der Erde keine vergleichbare altruistische Einwirkung von außen gebe. Die Sieger von Kriegen, motiviert durch Haß und den Drang zu beherrschen, erniedrigen, zerstören und zu strafen – stellten praktisch die einzige äußere Kraft dar, die die Menschen je erlebt hatten. Die Besiegten kannten ihr Schicksal und ließen aus Angst die Katastrophe über sich ergehen, bauten ihren eigenen Haß auf und warteten ihre Chance ab – die sich in der Regel durch Schachzüge auf dem Parkett der internationalen Politik ergaben.

Im ersten Augenblick wollte Lesbee Hewitts Vorstellungen als naiv abtun.

Hewitt schien nicht zu merken, daß die Bewohner des Schiffes zwar ihre Rechte hinnahmen, doch mürrisch gegen die Pflichten aufbegehrten.

Und daß die Männer sich erregten über die Einstellung der Neuankömmlinge, die der Ansicht zu sein schienen, daß die Frauen an Bord nicht richtig behandelt worden waren.

Dann aber fragte sich Lesbee, ob Hewitts offensichtliche Ahnungslosigkeit nicht zu einem geschickten Spiel gehörte, einem neuartigen Weg zur Macht.

Während sich dies alles ergab, verließ die *Molly D.* das große Schiff. Als er dies erfuhr, verlor in Lesbees Augen die Unruhe im Schiff jede Bedeutung.

Es wurde Zeit, daß er die Macht übernahm.

38

Lesbee verspürte den Drang, Tellier aufzusuchen, ehe er überhaupt etwas unternahm.

Aber dann sah er darin doch eine Schwäche. Er sagte sich: »Vielleicht möchte ich, daß er mir meinen Plan ausredet.« Und so suchte er das Gespräch nicht.

Ehe er aus der hohen in die identische Zeit wechselte, starrte Lesbee einige Sekunden lang auf die verzerrten Karikaturgestalten von Gourdys Leuten. Es war ein bedrückter Blick. Die ganze Gruppe mißfiel ihm sehr. Leider waren diese Männer im Augenblick seine einzigen möglichen Verbündeten.

Die meisten dieser negativen Gefühle bedrückten ihn noch immer auf seltsame Weise, als er kurze Zeit später Gourdy die Situation auseinandersetzte. Zu viele Zweifel plagten ihn. »Es ist beinahe«, überlegte Lesbee, »als sähe ich den Plan, den ich in die Tat umsetzen will, schon jetzt als überholt an. Vielleicht habe ich mich von der wissenschaftlichen Propaganda beeinflussen lassen.«

Er redete sich zum wiederholten Male ein, daß Hewitt nichts anderes sei als ein ganz normaler Machtbesessener.

Gourdy entging Lesbees abwesende Art nicht.

Hier nun sah er den Augenblick der Unachtsamkeit gekommen, auf den er die letzten Tage gewartet hatte. Er warf Harcourt, der die beiden Männer während des Gesprächs weisungsgemäß scharf beobachtet hatte, einen vielsagenden Blick zu.

Lesbee seufzte. »Am besten beginnen wir jetzt mit dem Angriff auf das Schiff«, dachte er, »und bringen die Sache hinter uns.« Es war seine Absicht, zunächst jeden Mann und jede Frau an Bord zu entwaffnen.

Im letzten Augenblick nahm er Harcourts Bewegung wahr, und seine Finger schlossen sich konvulsivisch um das Kontrollgerät, faßten es mit eisernem Griff.

Es war das letzte, was er in seinem Leben tat.

Der Energiestrahl aus Harcourts Strahler traf ihn an Schläfe und Schulter.

Ohnmacht . . . Tod! . . . Es war sofort vorbei.

Der Druck auf den Kontrollknopf riß ihn in ein anderes Zeitverhältnis knapp unter der zur Lichtgeschwindigkeit stehenden Beziehung, ungefähr Hewitts Relation 973 zu eins.

Und dort lag er tot und reglos.

Gourdy blickte auf den verdrehten Körper hinab. Seinen wachen Augen war nicht entgangen, was Lesbee vor seinem phantastischen Verschwinden ständig tat: er steckte die Hand in die Tasche. Andere gleichbleibende Bewegungen gab es nicht.

Gourdy hatte daraus geschlossen, daß Lesbee in der Tasche ein Gerät haben mußte, mit dem er sich unsichtbar machen konnte.

»Rollt ihn herum und schaut nach, was er in der Tasche hat«, befahl er.

Der Tote wurde angehoben, als bestünde er aus Federn.

Gleich darauf reichte Harcourt mit triumphierendem Blick das Kontrollgerät weiter.

Gourdy drückte auf den Knopf und drehte dann auch den Hebel nacheinander in die drei Einstellungen. Nichts geschah. Vielleicht war es gar nicht der gesuchte Apparat . . . Hastig suchten die Männer in Lesbees Taschen nach einem anderen Gerät, fanden aber nichts.

Immer wieder bewegte Gourdy den Schalter, der drei Einstellungen möglich machte. Da es sich um einen Gedankenverstärker handelte, der nur auf bestimmte Gedanken reagierte, tat sich natürlich nichts.

Ratlos starrte er schließlich auf die beinahe gewichtslos und zerbrechlich wirkende Leiche seines Feindes nieder, erfüllt von jenen bitteren, hoffnungslosen Empfindungen, wie sie ein Mann ohne Vorkenntnisse angesichts eines wissenschaftlichen Rätsels erfährt.

Nicht zum erstenmal ging ihm auf, wie dringend er auf Lesbee – oder einen ähnlichen Mann – angewiesen war.

Er wußte aber auch sehr genau, was sein Handeln bestimmt hatte. Er wollte die Frauen des Kapitäns für sich; ein heftiges

Begehren, das sich in der Zeit, da alles verloren schien, in ihm noch gesteigert hatte.

Er akzeptierte die teilweise Niederlage, die der Tod des anderen bedeutete.

»Na schön!« sagte er heftig zu seinem Helfer, »wir erobern das Schiff, wie wir's beim erstenmal gemacht haben – nur warten wir die nächste Schlafperiode ab und überraschen alle im Bett. Damit hätten wir noch etwa zehn Stunden Zeit. Legt euch also hin, damit ihr dann fit seid.«

Als die zehn Stunden vorüber waren, gab er die Parole aus: »Nur die Leute von der Raumpatrouille sind zu töten – und, Hewitt! Die frühere Schiffsbesatzung brauchen wir noch.«

Der Angriff auf das Schiff begann mit dem systematischen Durchkämmen von Korridoren. Nach einiger Zeit entfernte sich das erste Trio von der Hauptgruppe und marschierte zum Maschinenraum. Zwei andere Dreier-Gruppen machten sich auf den Weg zum Behelfs-Kontrollraum und zur Brücke. Die Hauptgruppe begleitete Gourdy in die oberen Etagen.

Nach Lesbees Auskünften hatte sich die Raumpatrouille in der Wohnung des Ersten Offiziers einquartiert. Andere Patrouillenangehörige bewohnten benachbarte Kabinen.

Zwei Dreiergruppen wurden in diesen Bereich entsandt – mit Hauptschlüsseln und der Anweisung, die Gegner zu überraschen und alle neuen Leute zu eliminieren.

Gourdy ließ sich von den übriggebliebenen zwei Männern zur Kapitänskabine begleiten. Er benutzte einen der vielen Nachschlüssel, die Lesbee hatte anfertigen lassen, öffnete behutsam die Außentür und trat auf Zehenspitzen ein. Eine Minute später starrten zwei überraschte Frauen schläfrig zu ihm auf: in den Betten des Hauptschlafzimmers lagen Marianne und Ruth. Einer der anderen Männer war ins andere Schlafzimmer gegangen; von dort meldete er, daß er Ilsa und Ann gefunden hatte.

Kein Hewitt. Der war überhaupt nie hier gewesen! Warum hatte Lesbee ihm nicht gesagt . . .?

Heißer Zorn durchströmte Gourdy, der aber schnell abebbte, als ihm bewußt wurde, daß er schnell handeln mußte. Er ließ die Frauen stehen und eilte zum Detektorinstrument.

Sämtliche Wohnräume, die er durchsuchte, waren bewohnt.

Nachdem er einige Minuten lang hastig nach Hewitt gesucht hatte, erkannte er, daß das zu lange dauern würde. In einem letzten Versuch schaltete er das Bild auf den Schlafraum im unteren Teil des Schiffes. Hier zeigte sich niemand. Wahrscheinlich waren alle wieder bei ihren Familien.

Er suchte und fand den Knopf, der das Innere des Patrouillenhauptquartiers auf den Bildschirm holte. Eine zufriedenstellende Szene: zwei Tote im Schlafanzug. Über einem der Männer lag schluchzend eine Frau.

Indem er nacheinander die Kabinen durchsuchte, sah er entzückt, daß seine Männer einen siegreichen Vorstoß gemacht hatten. In zwei Wohnungen war es zu Kämpfen gekommen; hier war die Überraschung offenbar nicht gelungen. In einem Zimmer lag einer seiner Leute am Boden und war offensichtlich tot. Doch ihm gegenüber lag ein toter Fremder.

Beide Kabinen waren völlig zerstört worden.

Gourdy rieb sich triumphierend die Hände und begab sich in den Hauptraum der Kapitänsunterkunft. Seine beiden Begleiter standen nervös draußen im Korridor; er konnte sie durch die offene Tür ausmachen. Die vier Frauen hatten Morgenmäntel angezogen und drängten sich nahe der Tür zum Hauptschlafzimmer zusammen. Seine Frauen. Bald.

»Nun also, meine Damen!« sagte er mit breitem Grinsen. »Es sieht so aus, als würde ich bald wieder Kapitän sein.«

Schweigen folgte seinen Worten. Der mürrische Ausdruck auf den vier Gesichtern reizte ihn. »Bei Gott!« rief er. »Wenn ihr nicht bald ein bißchen Interesse zeigt, scheuche ich euch alle hier raus!«

In Ruths Augen erschienen Tränen. Dann kam ein Schluchzen über ihre Lippen. Es war wie ein Signal. Alle vier Frauen begannen zu weinen.

Gourdy steigerte sich in schäumende Wut. »In das Zimmer dort!« fauchte er und deutete auf das zweite Schlafzimmer. »Und rührt euch nicht von der Stelle!«

Das Schluchzen verstummte. Wortlos folgten die Frauen dem Kommando und schlossen die Tür hinter sich.

Die beiden Männer waren während der Auseinandersetzung ins Zimmer gekommen. »Was ist los, Kapitän?« fragte einer nervös.

»Wir siegen«, erwiderte Gourdy.

Trotzdem eilte er an den Spionorter zurück, um sich selbst davon zu überzeugen.

Mit ungeschickten Fingern stellte er die Anlage auf den Maschinenraum ein. Auch dort wurde ihm der Sieg angezeigt. Der frühere Erste Offizier Miller war gefangengenommen worden.

Über den Kommunikationsbildschirm schaltete sich Gourdy in die Szene ein. »Wo ist Hewitt?« fragte er Miller.

Miller stand sichtlich unter Schockeinwirkung. Trotzdem klang seine Antwort überzeugend: »In einer der Kabinen weiter oben. In welcher, weiß ich nicht, ehrlich!«

Gourdy glaubte ihm. »Wir schnappen ihn!« sagte er entschlossen. Und unterbrach die Verbindung.

Leider gab es im oberen Teil des Schiffes weit über hundert Wohnanlagen. Es beunruhigte Gourdy, daß sein Glück ihn bisher nicht zu den Räumen geführt hatte, in denen Hewitt sich aufhielt. »Verdammt!« dachte er. »Warum hat er sich nicht an die Frauen rangemacht, wie es jeder normale Kerl getan hätte?«

Diese Empfindungen klangen ab, als sich seine Männer nacheinander bei ihm zurückmeldeten. Man hatte auf der ganzen Linie gesiegt.

»Sind natürlich auch in falsche Kabinen eingedrungen!« meldete Harcourt. »Sobald wir wußten, daß es sich um Leute von der alten Besatzung handelte, haben wir wie befohlen gesagt, sie sollen drinnen bleiben und keine Tricks versuchen . . . Einige wissen jetzt natürlich, was los ist.«

Seine Kollegen äußerten sich ähnlich.

Gourdy zeigte sich gleichgültig. »Wir wissen ja, was das für Typen sind«, sagte er verächtlich.

In diesem Augenblick meldete sich das melodische Signal des Kommunikators. Automatisch wollte Gourdy zum Gerät gehen und blieb dann abrupt stehen. Erstaunt runzelte er die Stirn. »Wer könnte da anrufen?« fragte er. Sein Gesicht war noch immer voller Zweifel, als er sein Gerät einschaltete.

Hewitt!

Die beiden Männer starrten auf das Abbild des anderen. Gourdy kniff die Augen zusammen; Hewitt blickte ernst und ergriff als erster das Wort.

»Man hat mich eben von Ihrer versuchten Machtübernahme verständigt, Gourdy. Ich weiß nicht, wie Sie an Bord gekommen sind. Jedenfalls haben Sie den Fehler Ihres Lebens begangen.«

Bei Gourdy blieb nur ein Wort hängen: *›Verständigt!‹* »Wer hat Sie verständigt?« fauchte er. »Warten Sie nur ab, bis ich Sie in die Finger kriege ...«

Entschlossen fuhr Hewitt fort: »Ich habe bereits etliche Leute zusammengeholt. Meine Streitmacht wird mit jeder Minute größer ...«

Ein erster kalter Schauder lief Gourdy über den Rücken.

»Wir sind bewaffnet«, fuhr Hewitt fort. »Und in wenigen Minuten marschieren wir los, um Sie zu holen. Sie sollten sich lieber ergeben, ehe es zu spät ist.«

Gourdy hatte sich von seinem Schock erholt. »Mit *dem* Haufen von Feiglingen kommen Sie nicht weit!« sagte er verächtlich und trennte die Leitung.

39

Etwa eine Stunde später begann der Kampf um die Rückeroberung des Schiffes.

Auf einer Seite standen achtzehn Männer, die mit Strahlern, Revolvern und mehreren Schrotflinten bewaffnet waren. Ihre Gegner waren im wesentlichen die Wissenschaftler und Techniker. Se verfügten ebenfalls über Strahler, Revolver, eine Anzahl von Gaspistolen und Waffen aus den Labors.

Gourdy glaubte fest daran, daß seine Gegner feige waren, weil sie sich schon einmal hatten gefangennehmen lassen, ohne Gegenwehr zu leisten. Hewitt dagegen wußte, daß diese Einschätzung falsch war. Ein neuer Faktor war in die Rechnung einzubeziehen. Die frühere Besatzung des Schiffes schöpfte neuen Mut aus dem System, in das sie in den letzten Wochen eingefügt worden war.

Hewitt bezweifelte nicht, daß diese Männer in bezug auf ihre Frauen noch immer sehr von Vorurteilen belastet waren und auch in mancher anderen Hinsicht sehr engstirnig dachten. Doch für jeden war die Aussicht, wieder unter der Kontrolle Gourdys und seiner Helfershelfer zu stehen, völlig unakzeptabel.

Sobald diese Entscheidung gefallen war – und anscheinend waren sich viele sofort darüber klargeworden –, gab es keine Probleme mehr. Instinktiv hatten sie sich Hewitt zugewandt. Und als der sie aufforderte, sich für den Angriff etwas einfallen zu lassen, brachten die Physiker, Chemiker und Ingenieure folgendes hervor: Sie entwickelten einen Laser, dessen Lichtstrahl eine elektrische Ladung transportierte . . .

Ein Energiefeld, das auf das Nervensystem einwirkte und bestimmte Muskeln verkrampfte . . .

Sie schufen einen kleinen runden Ball, der in den Maschinenraum rollte, sich an einem der Antriebsaggregate festsetzte, Energie heraussaugte und Hitze abstrahlte. Als die Temperatur im Maschinenraum auf über achtzig Grad angestiegen war, schickte die kleine Gruppe von Gourdys Leuten Miller heraus, um anzufragen, ob man sich ergeben dürfe.

Hewitt ordnete an, die Kapitulation zuzulassen.

Durch die Gefangenen erfuhren sie von Lesbees Ermordung. Hewitt hörte sich an, wie der Mann beschrieb, daß alles stillzustehen schien, als sie das Gefängnis verließen, ein Phänomen, das sich seither noch mehrmals wiederholt hatte. Er erkannte die Übereinstimmung mit seinen eigenen Eindrücken, als er an Bord des Schiffes kam.

Eine große Aufregung ergriff von ihm Besitz. Es wollte ihm scheinen, als könnte eine kontrollierte Methode der mechanischen Änderung von Zeit-Relationen das gesamte Raum-Zeit-Wirrnis lösen.

Doch sofort ging ihm auf, daß Gourdys Männer ihm dabei nicht helfen konnten. Sie hatten gar nicht begriffen, was da mit ihnen geschah.

Ein junger Wissenschaftler namens Roscoe hatte plötzlich einen wirklich guten Einfall: Wenn Lesbee an Bord des Schiffes zurückgekehrt war, mußte sich auch Tellier hier befinden. Hewitt schickte den jungen Mann mit einer Patrouille los, um die Rettungsboote absuchen zu lassen. Und dort fanden sie Tellier, wie erwartet.

Aber er konnte nur weinen, als er von Lesbees Tod erfuhr. Seine Kenntnisse über Lesbees Ideen waren bruchstückhaft und beinahe wertlos.

Wenn man es genau nahm, so war das, was die Wissenschaftler in den Kampf führten, nicht neu. Keines der Geräte, das im Kampf eingesetzt wurde, war an Bord der *Hoffnung der Menschheit* erfunden worden. Jeder dieser Waffen lag ein bekannter Vorgang zugrunde. Doch waren Fachleute erforderlich, sie nutzbar zu machen.

Für die Wissenschaftler war der Kampf mit einem Spiel zu vergleichen. Ihnen standen Dutzende von Geräten und Stoffen zur Verfügung ...

Gourdys Mann auf der Brücke wurde aufgefordert, sich zu ergeben. Er weigerte sich. Daraufhin begann ein Lautsprecher an den Kontrollen einen Ton zu erzeugen. Es handelte sich um einen Lautsprecher, der sämtliche Frequenzen erfaßte. Der Ton wurde nach kurzer Zeit so unerträglich, daß er dem Mann die Trommelfelle zu sprengen drohte.

Als er sich ergab, wurden die beiden Männer im Behelfs-Kontrollraum bereits von Flammen angegriffen, die aus den Wänden hervorstachen. In Wirklichkeit handelte es sich um ein Laser-Phänomen, mit dem den Metallkristallen der Wände eine Mischung zahlreicher Lichtwellen – einschließlich einiger im Hitzebereich – abgerungen wurde. Die flammenähnlichen Zungen flackernden Lichtes zuckten zehn bis zwanzig Fuß weit vor, willkürlich auftretend, ohne Vorwarnung. Sie waren natürlich bei weitem nicht so heiß wie echtes Feuer, aber sie gaben Hitze ab und erzeugten damit den psychologischen Eindruck von Feuer. Nach einigen Minuten hastete Gourdys Helfershelfer zur Tür und kapitulierte.

Der Mann, der Hewitt diesen Erfolg meldete, fügte angewidert hinzu: »Was mir dabei zu schaffen macht, ist der Umstand, daß wir diese Gruppe schon bei der ersten Machtübernahme so hätten bekämpfen können . . .«

Hewitt starrte den Mann an, der beinahe so groß geraten war wie Harcourt, nur eben älter, und fühlte sich im ersten Augenblick bewogen, die Bemerkung unbeantwortet zu lassen.

Dann aber richteten sich seine Gedanken auf die ähnliche Situation, die auf der Erde herrschte. Auch dort waren Zehntausende von Wissenschaftlern die einzigen, die als Gruppe die Kräfte der Natur begriffen und auszunutzen verstanden. Doch selbst in einer Diktatur hatte man immer wieder feststellen müssen, daß diese große Gruppe kenntnisreicher Menschen kein System hatte, das ihr half, aus den Laboratorien herauszukommen und ihre Ausbildung für andere Dinge zu benutzen als die, die ihr von oben vorgeschrieben wurden.

Daran denkend, schüttelte Hewitt den Kopf. »Ich bin nicht Ihrer Ansicht«, sagte er zu dem Wissenschaftler, der William Lawrence hieß. »Hundert Jahre lang war Ihre Gruppe nicht politisch ausgerichtet. Dafür haben die verschiedenen Herrscher im Schiff gesorgt. Jetzt ist das anders.« Er lächelte verkrampft. »Fühlt sich anders an, nicht wahr?«

Das Ende der offiziellen Schlafperiode rückte heran. Große Gruppen von Männern hatten nach und nach an allen Gängen, die zur Kapitänskabine führten, Aufstellung genommen. Die Frage, wie der Angriff geführt werden sollte, mußte mit Rücksicht auf die Frauen des Kapitäns entschieden werden.

Unter der Führung Lawrences meldete sich eine Gruppe Wissenschaftler bei Hewitt. Der Sprecher sagte nachdrücklich: »Ich fürchte, wir müssen die Frauen opfern. Wenn nicht, kommt es möglicherweise zu einem direkten Kampf. Dabei könnten wir dreißig bis vierzig Männer verlieren.«

Diese Möglichkeit hatte Hewitt bereits zu schaffen gemacht. Er brachte die Möglichkeit zur Sprache, Gourdy zur Kapitulation zu überreden, indem man ihm Straffreiheit versprach.

»Nachdem er so viele Leute umgebracht hat?« Mehrere Stimmen äußerten sich sinngemäß und in sehr entrüstetem Ton.

Zorn wallte in Hewitt auf. Wenn ein Kompromiß berechtigt war, sollte dabei nach Möglichkeit jeder gerettet werden. Er sagte: »Gourdy hat die Männer aus persönlichen politischen Gründen umgebracht.«

»Sie ermordet!« fügte Lawrence barsch hinzu.

Hewitt bezwang seine Wut und erklärte, daß diese Anschuldigung in gewisser Hinsicht natürlich stimmte. Um die Tötungen kam man nicht herum. Doch bis vor gar nicht langer Zeit sah das von der Mehrheit der Leute akzeptierte System die politischen Führer in einer besonderen Kategorie. Und bis zu jeder *echten* Veränderung in dieser Hinsicht war es vermutlich noch ein sehr weiter Weg. Das war eine Wahrheit, über die sich die Menschen, die in dem neuen System aufgingen, noch nicht recht im klaren waren.

Hewitt fuhr fort: »Die Beschaffenheit einer Gesellschaftsform läßt sich beinahe anhand der Tötungen bestimmen, die sie zuläßt und rechtfertigt. Und wenn wir uns ansehen, wer in dieser Gesellschaft für die Zuteilung des Todes und die anderen Strafen zuständig ist, erkennen wir, daß die Killer durch die politischen Führer geduldet werden, die ihrerseits von der breiten Masse in ihrem Handeln gestützt werden.«

Er stockte einen Augenblick lang. »Hier an Bord des Schiffes hat es von allen diesen Dingen eine ziemlich verkürzte Version gegeben. Und nachdem Sie sich jetzt im Übergang von einem System zum anderen befinden, können Sie sich nicht dazu überwinden, jene Gewalt zu dulden, die zum alten System gehörte. Wenn hier unter uns jemand ist, der sich aktiv gegen das alte System aufgelehnt hat, würde ich mir gern anhören, was er zu sagen hat.«

Ein langes Schweigen trat ein, bis Miller, der ehemalige Erste Offizier, die Hand hob. »Ich war gegen das alte System«, sagte er. Einer der Wissenschaftler stotterte zornig los: »Mr. Miller, diese Behauptung kann ich nicht ohne Beweis akzeptieren.«

»Ich habe diesen Gourdy gehaßt, seit ich ihn zum erstenmal sah«, sagte Miller aufgebracht.

»Und was war mit Ihrer Einstellung, als Sie sich als Lakai für Browne hervortaten?« fragte der Wissenschaftler mit rauher Stimme.

Auf Millers Gesicht malte sich Überraschung. »Mr. Browne war der rechtmäßige Kapitän des Schiffes!« protestierte er.

Hewitt brachte die Männer mit einer Handbewegung zum Schweigen. Mit einem schwachen Lächeln wandte er sich dann an die Gruppe als Ganzes. »Sie sehen, was ich meine«, sagte er.

Roscoe, ein junger Wissenschaftler, sagte leise: »Ich begreife das eigentlich nicht. Aber ich habe das Gefühl, als hätten Sie recht. Na schön, Sie versprechen ihm also die Immunität. Was wollen Sie hinterher mit ihm anstellen?«

»Ihn in das neue System einpassen«, erwiderte Hewitt offen.

»Und wenn er nicht hineinpaßt?«

»Ich bin bereit, das Risiko auf mich zu nehmen«, sagte Hewitt. »Bestehen noch Bedenken, daß ich versuche, mit ihm fertig zu werden?«

Mehrere Männer senkten den Blick, als er sie direkt anschaute, doch es gab keine hörbare Opposition.

Gourdy lachte laut auf, als Hewitt ihn anrief. »Hören Sie«, sagte er, »wir sind hier bei den Dingen angelangt, die die Männer von den Jungen unterscheiden. Und Sie haben die Jungen, und ich habe die Männer. Mit den Vorräten, die hier in den Nebenräumen lagern, halten wir jahrelang aus.«

Hewitt deutete an, daß den Angreifern sicherlich entscheidende wissenschaftliche Möglichkeiten zu Gebote standen. Er schloß: »Ich kann also nur annehmen, daß Sie meinem Angebot nicht vertrauen. Ist es das?«

»O doch, doch, ich traue Ihnen.«

»Wo liegt dann das Problem?« beharrte Hewitt. »Wenn Sie auf dieses Angebot nicht eingehen, sind Sie am Ende Ihrer Straße angelangt, Gourdy.«

»Ich glaube immer noch, daß ich siegen werde«, erwiderte Gourdy. »Ihre wissenschaftlichen Mätzchen – Sie wissen genausogut wie ich, daß die früheren Kapitäne dafür gesorgt haben, daß sie in ihrer Kabine nicht wirken können.«

Hewitt erklärte: »Sie sorgten dafür, indem sie sich bemühten, die Wissenschaftler auf ihrer Seite zu haben.«

Gourdys Gestalt auf dem Bildschirm zuckte lediglich verächtlich die Achseln. Doch gegen seinen Willen war er betroffen.

Irgendwo tief im Inneren war auch er davon überzeugt, daß das Ende nahe war. Doch er konnte sich nicht dazu überwinden, seine Niederlage einzugestehen. Vielleicht geschah doch noch etwas zu seinem Vorteil. Aber was? Er hatte keine Vorstellung. Eine Kapitulation kam aber nicht in Frage.

Mit ruhiger Stimme sagte Hewitt: »Ehe die ersten Schüsse fallen, können Sie sich noch jederzeit zu meinen Bedingungen ergeben!« Und er trennte die Verbindung.

Mehrere Wissenschaftler hatten Hewitts Gespräch mit Gourdy mitgehört. Einer von ihnen sagte jetzt: »Nach Ihrem Gesichtsausdruck zu urteilen, sind Sie doch nicht ganz so objektiv, wie Sie vorhin getan haben.«

»Es fällt mir immer schwerer, Gourdy zu mögen«, räumte Hewitt ein. »Aber man muß davon ausgehen, daß er ebenfalls unter großer Anspannung steht.«

Doch er beruhigte sich wieder, als er seinen Panzeranzug heranfahren ließ und den anderen erklärte, was er plante.

Als er sich darin hatte einschließen lassen, gab er das Einsatzsignal. Woraufhin er den Anzug auf den Korridor zusteuerte, der zur Kapitänskabine führte.

Das erste Geschoß traf unmittelbar vor seinen Augen auf das ultraharte Plastikmaterial. Die Wand verbog sich, klappte aber in die Normalstellung zurück. Hewitt ließ die Maschine zurückfahren. Er hatte zu zittern begonnen.

Doch er erholte sich schnell wieder und setzte den Vormarsch weiter fort.

Eine Kette von murmelgroßen Funken schien an der Vorderseite des Anzugs hinabzulaufen – ein Strahler! Der Effekt war so unheimlich, daß er eher fasziniert als erschrocken reagierte.

Gleich darauf traf ihn eine volle Schrotladung. Der Krach schlug ihm vorübergehend auf die Ohren.

Doch unverletzt lenkte Hewitt sein Panzerfahrzeug weiter. Als er nur noch wenige Meter vom Eingang entfernt war, hörte er Gourdys Stimme hinter der Tür. »Verdammt, Hewitt, was wollen Sie?«

»Ich will mit Ihnen reden.«

»Das können Sie auch über den Kommunikator.«

»Von Angesicht zu Angesicht gefällt's mir aber besser.«

Es trat ein Schweigen ein. »Na schön, kommen Sie rein.«

Wieder setzte Hewitt den Anzug in Bewegung, wobei er daran denken mußte, daß er und seine Berater vermuteten, Gourdys kräftige Helfer würden den Anzug umzukippen versuchen, sobald er ins Zimmer rollte. Allerdings war das keine leichte Aufgabe. Der Anzug wog bei einer Schwerkraft von einem g beinahe vier Zentner, dazu kam Hewitts Eigengewicht von fünfundachtzig Kilogramm. Vier Mann aber mochten ausreichen, die Maschine aus dem Lot zu hebeln.

Folglich hielt er auf der Schwelle inne, wo man nicht an ihn herankam. Und weil es ihm einzig und allein darauf ankam, die Frauen zu retten, übersah er die Männer und schaute zu den Schlafzimmertüren. Es war wie ein Wunder – nach einer Sekunde öffnete sich eine Schlafzimmertür ein wenig. Im Schlitz tauchte ein funkelndes Auge auf, das ihn anschaute. Er vermochte nicht zu erkennen, wer ihn da musterte. Hewitt wollte es auch gar nicht herausfinden. Ruckhaft ließ er die Maschine anfahren. Mit der Höchstgeschwindigkeit von zehn Meilen in der Stunde rollte der Anzug durch den Raum. Hewitt bekam nur am Rande mit, daß sich Männer auf ihn stürzten und nach ihm zu greifen versuchten. Ihr Schmerzensgeschrei, das durch den elektrischen Schutzschild des Anzugs ausgelöst wurde, hörte sich in seinen Ohren nicht unangenehm an.

Als er sich der Schlafzimmertür näherte, meldete sich Hewitt über seine Lautsprecher: »Meine Damen, machen Sie mir Platz!«

Sekunden später prallte der Bug des Fahrzeugs so heftig gegen die Tür, daß sie aufgebrochen worden wäre, hätte sie nicht bereits offengestanden. So klappte die Tür nur heftig auf und knallte gegen die Wand. Hewitt rollte hindurch. Kaum war er drinnen, sah er, daß alle vier Frauen anwesend waren.

Eine große Erleichterung überkam ihn, denn er hatte für diesen Augenblick zwei Signale.

»Feuer!« sagte er in sein Mikrofon.

Mit diesem Wort deutete er an, daß er in der Lage war, sämtliche Frauen zu schützen.

Die Wissenschaftler reagierten sofort. Von einem Konzentrationspunkt an der Wand krümmten sich Blitzstrahlen herbei, trafen den Rücken des Anzugs und strahlten davon in den hinter ihm liegenden Hauptraum.

Aus diesem Raum tönten qualvolle Schmerzensschreie. Dann hörte Hewitt das dumpfe Poltern von Körpern, die zu Boden sanken.

40

Hewitt rief in sein Mikrofon: »Kommen Sie schnell herauf!«

»Keine Eile«, lautete die gelassene Antwort. »Die machen niemandem mehr Schwierigkeiten.«

Die Stimme gehörte William Lawrence, und ihr Tonfall war so vielsagend, daß Hewitt überrascht zusammenfuhr. Wortlos, von Unbehagen erfüllt, fuhr er zurück, drehte um und kehrte in den Hauptraum zurück.

In unterschiedlichen Stellungen lagen zwölf Männer im Raum. Ihre Reglosigkeit erschreckte Hewitt. »Lawrence!« sagte er in sein Mikrofon, und seine Stimme klang irgendwie schrill. »Wir hatten uns darauf geeinigt . . .«

In Lawrences Stimme lag ein unheildrohendes Lachen. »Tut mir leid, Mr. Hewitt. Versehentlich haben wir den Männern eine tödliche Dosis verpaßt. Schade.«

Hewitt war außer sich vor Zorn – nicht nur wegen des Inhalts der Worte, sondern wegen des Tons, in dem der andere sprach. »Sie sind auch nur ein Mörder!« brüllte er.

Lawrence blieb gelassen. »Sie regen sich zu sehr auf, Mr. Hewitt. Wir werden Ihnen nicht übelnehmen, was Sie in dieser Stimmung sagen.«

Hewitt mußte sich bezwingen, um die Beherrschung nicht zu verlieren. Trotzdem klangen seine nächsten Worte noch sehr verbittert. »Was Sie getan haben, hat wohl auch seine guten Seiten«, sagte er. »So wie sie sich gedankenlos auf das alte System bezogen, reagieren Sie jetzt automatisch auf das neue.«

»Sie glauben doch nicht etwa, daß wir ihn davonkommen lassen wollten!« sagte Lawrence mit lauter Stimme. Auch er war zornig geworden.

»Schon gut, schon gut«, sagte Hewitt beruhigend. »Räumen wir auf, und legen wir uns zu Bett. Ich bin müde.«

Aus den Augenwinkeln bemerkte er hinter sich in der Tür eine Frau. Er schaltete die Lautsprecher ein. »Meine Damen!«

befahl er. »Bitte bleiben Sie in dem Schlafzimmer und machen die Tür zu!«

Sekunden später schloß sich leise die Tür, doch schon vorher hatte er gehört, wie jemand zu schluchzen begann.

Das Summen der Türanlage weckte Hewitt. Hastig zog er seinen Morgenmantel an und öffnete die Tür. Vor seiner Tür stand Roscoe, der junge Wissenschaftler.

»Wir versammeln uns im großen Raum, Sir«, sagte Roscoe. »Und wir hätten Sie gern dort. Nur die Männer.«

Hewitt starrte ihn an, und sein Lächeln verschwand. Doch er sagte nur: »In zehn Minuten bin ich zur Stelle.«

Hastig rasierte er sich und kleidete sich an. Halb fügte er sich bereits in das, was in Roscoes Worten zum Ausdruck kam. Durchaus möglich, daß bereits erreicht war, was sich an Bord schnell verändern ließ. Der Rest erforderte Schulung über eine gewisse Zeit hinweg und das Miteinander vieler Menschen, die sich der Möglichkeiten des neuen Systems erst noch bewußt werden mußten.

Er hatte ein System begründet, das sich selbst weiterentwickeln würde. In einem solchen Rahmen war jede Person auf konkrete, egoistische Weise motiviert, die Grenzen einzuhalten.

In einem solchen System lag gleichwohl eine sehr große Flexibilität.

Zum Beispiel erforderte es überhaupt keinen besonderen Moralkodex oder einen ganz speziellen Anführer. Und dem sah er sich nun gegenüber, einem Volk, das frei war zu tun, was es wollte.

Als Hewitt in der Tür des Versammlungsraumes erschien, entdeckten ihn sofort mehrere Leute. Ein Mann sprang auf und rief: »Da ist er!«

Es war eine überraschende Begrüßung. Hewitt blieb stehen, als er die Worte hörte. Während er noch unsicher verharrte, standen mehrere hundert Männer im Saal auf und begannen ihn zu seiner Verblüffung zu bejubeln. Er sah, daß William Lawrence auf der Bühne saß und mit breitem Lächeln zu ihm herüberblickte . . . und ihn zu sich winkte.

Zögernd ging Hewitt weiter. Er spürte, daß er noch ganz und gar nicht aus der Klemme war – trotzdem fühlte er sich schon besser.

Kaum war er auf der Bühne, hob Lawrence ruheheischend die Hand. Als es still geworden war, wandte er sich mit lauter, klarer Stimme an Hewitt.

»Mr. Hewitt, wie Sie vielleicht schon gemerkt haben, befinden sich in diesem Saal nur Freunde. Die Art und Weise, wie Sie an Bord kamen, das System, das Sie einführten, die Motive für Ihr Tun – dies alles hat uns zu der Überzeugung gebracht, daß Sie aus den ehrlichsten ethischen Gründen handeln. Aus diesen und anderen Gründen möchte diese Versammlung zum Ausdruck bringen, daß sie der Meinung ist, Sie wären der natürliche Anführer für diese Expedition.«

Er mußte innehalten, um einer Versammlung zuzuwinken, die zu klatschen und zu brüllen begonnen hatte. Als wieder Ruhe eingekehrt war, fuhr er fort: »Es gibt jedoch besondere Probleme bei der Leitung dieses Schiffes, und ehe wir Sie als Kapitän akzeptieren, möchten wir sichergehen, daß Sie sich nicht auf Gebieten einmischen, die Sie nichts angehen. Mr. Hewitt, diese Versammlung würde gern wissen, was Sie mit den Frauen des Kapitäns zu tun gedenken.«

Der Wechsel von allgemeinen Äußerungen zu einer direkten Frage kam so plötzlich, daß Hewitt einen Augenblick lang nicht zu reagieren wußte. Es dauerte einige Sekunden, bis er begriff, daß er tatsächlich mit einer konkreten Frage zu diesem Thema konfrontiert wurde.

Langsam trat er vor, und er wußte, daß von seiner Antwort viel abhing. Er fragte sich, ob er von der Wahrheit abweichen konnte. Aber dazu war er nicht in der Lage. »Meine Herren«, sagte er. »Ich weiß nicht, wie lange wir hier im Weltall noch zusammen sein werden. Ich gehe aber davon aus, daß eine erhebliche Zeit verstreichen wird, während wir im riesigen Laboratorium des Raum-Zeit-Kontinuums experimentieren, forschen und Daten in Bezug setzen. Natürlich muß in dieser Zeit das menschliche Leben an Bord nach menschlichen Gesichtspunkten weitergehen – und das wird es auch. Es wird Ehen geben und Geburten, Bildungsprogramme und andere wichtige Dinge.«

Plötzlich verlegen geworden, hielt er inne. Was er zu sagen hatte, war im Grunde nicht für einen Saal voller Männer bestimmt. Trotzdem fuhr er nach kurzem Zögern entschlossen fort: »Ich empfinde eine große Zuneigung zur ältesten der vier Frauen, von denen hier die Rede ist, und ich hoffe, sie empfindet ebenso für mich. Es ist meine Absicht, ihr die Ehe anzutragen.«

Etwas von dem tiefen Ernst, der ihn erfüllte, mußte sich auf seine Zuhörer übertragen haben. Denn als er geendet hatte, herrschte ein großes Schweigen. Auf der Plattform fuhr sich William Lawrence über das Kinn und blickte zu Boden.

Schließlich stand Roscoe auf. »Mr. Hewitt«, sagte er, »während meines Lebens und des Lebens meines Vaters war der Kapitän der *Hoffnung der Menschheit* ein Mann mit mehr als einer Frau. Wollen Sie uns zu verstehen geben, daß Sie das zu ändern gedenken, daß Sie sich auf eine Frau beschränken wollen?«

Hewitt starrte wortlos auf seine Zuhörer, die stumm und erwartungsvoll dasaßen. Alle Augen schienen intensiv auf ihn zu blicken. Er hielt es für lächerlich, daß diese Männer ihn an die Tradition der Vielweiberei binden wollten. Er ging davon aus, daß sein Einverständnis damit für die anderen der Beweis sein würde, daß er die männliche Hegemonie an Bord aufrechterhalten wollte.

Wie immer die Motive aussahen – er lehnte die dahinterstehende Haltung ab. »Ja – eine Frau«, sagte er.

Überall im Saal begannen die zu ihm aufblickenden Männer zu lächeln.

Dann trat Lawrence vor und gab Hewitt die Hand.

Aus dem Saal sagte Roscoe: »Nun also, Kapitän Hewitt. Sie haben unseren Test bestanden. Wir stimmen für Sie. Wir vertrauen Ihnen. Stimmt's, Männer?«

Und Hewitt nahm die zweite Ovation des Tages entgegen.

41

Acht Jahre vergingen an Bord.

Die Wissenschaftler lernten durch langwierige Forschung, was John Lesbee V. in einem einzigen Augenblick klarer Einsicht erkannt hatte. Sie schlossen sich aber seiner Umschreibung nicht an. Das Universum war keine »Lüge«. Es war, was es war. Es hatte da einen »Anschein« gegeben, der von den hochentwickelten Nervensystemen von Mensch und Tier wahrgenommen worden war. Anscheinend – so wurde angenommen – brauchte das Leben eine einzigartige Stabilität und hatte deshalb Gehirnmechanismen *geschaffen*, die die Wahrnehmung auf die erkennbare stabile Kondition beschränkten. Innerhalb dieses »soliden« Rahmens ging das Leben seiner beruhigten Wege, sich schmerzhaft entwickelnd, sich auf unterbewußter Ebene ständig an das reale Universum anpassend.

Und nun war der Mensch durch seine wissenschaftlich geübten Sinne in der Lage, endlich die Wahrheit in Augenschein zu nehmen.

Die Männer maßen diese Wahrheit, ermittelten grundlegende Prinzipien, trafen Vorhersagen und belegten sie. Die Kontrolle über die Zeit wurde durch eine allmählich ansteigende mechanische Manipulation der Lichtgeschwindigkeits-Zustände erreicht. Ursprünglich war die *Hoffnung der Menschheit* zufällig in der Zeit zurückgeglitten. Jetzt wurde das große Schiff planvoll durch das zeitlose Universum der Translichtgeschwindigkeiten gesteuert.

Obwohl an Bord über vierhundert Wochen vergangen waren, kam die *Hoffnung der Menschheit* nur eine Woche nach der Trennung von der *Molly D.* wieder in die Eins-zu-eins-Relation.

Die beiden Schiffe tauchten knapp einen Tag hintereinander in der Kreisbahn um die Erde auf. Für das Bergungsschiff waren sieben Tage vergangen, für das interstellare Schiff nahezu dreitausend Tage . . .

Es folgte eine Notsitzung des Kabinetts, eine Konsultation mit dem Asiatischen Block und eine ausgedehnte internationale Abstimmung unter Wissenschaftlern.

Erst dann wandten sich Peter Linden und Averill Hewitt an die Welt.

Der Physiker sprach als erster und lieferte die wissenschaftlichen Informationen. Sie liefen summarisch auf folgendes hinaus: Die *Hoffnung der Menschheit* war in die Zukunft des Sonnensystems vorgedrungen und hatte beobachtet, daß die Sonne für kurze Zeit die Charakteristika eines veränderlichen Cepheiden-Sterns annahm.

Während diese Worte gesprochen wurden, zeigte das Fernsehen bewegte Bilder von diesem Ereignis: das plötzliche Aufflackern, die Hitzewelle, die eine Flanke der Erde traf . . .

Der Wissenschaftler gab sich Mühe, seinen Zuschauern klarzumachen, daß das, was da auf den Bildschirmen ablief, in der Zukunft tatsächlich photographiert worden war. Es war das Ergebnis einer Translichtgeschwindigkeits-Kondition von Grundmaterie – zumindest würde es das sein, wenn es eintrat. Schneller als das Licht vorrückend, mit einer Front von vielen Lichtjahren, würde diese Erscheinung – die der Form einer Welle im All glich – in Kürze das Sonnensystem erfassen.

Schneller als das Licht dahinrasend, würde diese Woge in etwa vier Sekunden durch die Sonne fegen und die dreiundneunzig Millionen Meilen von der Sonne zur Erde in sechseinhalb Minuten zurücklegen.

Sämtliche Schäden gingen auf die Hitze zurück, die von der Woge nach ihrer vier Sekunden währenden Berührung mit der Sonne mitgerissen wurde.

»Der Merkur«, erklärte Peter Linden, »wird fürchterlich zugerichtet werden, doch alle anderen Planeten werden überleben, einschließlich der Erde.«

Trotzdem galt es Schutzanlagen auszuheben. In der Periode der Hitzeentwicklung mußten die Menschen auf der der Sonne zugewandten Seite in unterirdischen Stellungen verschwinden. Zum Glück würde der riesige Pazifik das meiste abbekommen . . .

Als er schließlich vor den Kameras und Mikrofonen an der

Reihe war, sagte Hewitt: »Ich habe bessere Nachrichten für Sie.«

Während ihrer Reisen in Translichtgeschwindigkeiten hatte die *Hoffnung der Menschheit* Dutzende von anderen Sonnensystemen besucht. Man hatte drei andere freie Planeten gefunden, auf denen Menschen leben konnten. Es wurden zahlreiche Kolonisten benötigt, um die Gruppe jener zu verstärken, die bereits dort waren.

»In diesem Augenblick«, sagte Hewitt, »befindet sich meine Familie – meine Frau Ruth und die vier Kinder – auf einem dieser Planeten. Er soll unsere ständige Heimat sein.«

Mit diesen Worten begann er seine große Publicity-Rede vor der ganzen Welt.